马小淘——著

孟繁华　张清华/主编

有意思的事多了

山东文艺出版社

图书在版编目（CIP）数据

有意思的事多了 / 马小淘著. —济南：山东文艺出版社，2023.6
（情感共同体·80后作家大系 / 孟繁华，张清华主编）
ISBN 978-7-5329-6880-0

Ⅰ.①有… Ⅱ.①马… Ⅲ.①中篇小说—小说集—中国—当代②短篇小说—小说集—中国—当代 Ⅳ.①I247.7

中国国家版本馆CIP数据核字（2023）第062584号

有意思的事多了
YOU YISI DE SHI DUO LE

马小淘　著

主管单位	山东出版传媒股份有限公司
出版发行	山东文艺出版社
社　　址	山东省济南市英雄山路189号
邮　　编	250002
网　　址	www.sdwypress.com

读者服务　0531-82098776（总编室）
　　　　　0531-82098775（市场营销部）
电子邮箱　sdwy@sdpress.com.cn

印　　刷	肥城源盛印刷有限公司
开　　本	710毫米×1000毫米　1/16
印　　张	15
字　　数	240千
版　　次	2023年6月第1版
印　　次	2023年6月第1次印刷
书　　号	ISBN 978-7-5329-6880-0
定　　价	65.00元

版权专有，侵权必究。如有图书质量问题，请与出版社联系调换。

总序
80后：一个情感共同体

孟繁华　张清华

"情感共同体"，是新近兴起的历史学流派——情感史研究的概念。这个历史学研究流派被称为史学研究的新方向，它在考量客观事实的同时，还关注到人的道德、行为、信仰与情感等因素。美国学者苏珊·麦特和彼得·斯特恩斯指出，对情感的研究改变了历史书写的话语——不再专注于理性角色的构造，而情感研究已有的成果已经让史家看到，不但情感塑造了历史，而且情感本身也有历史。当然，研究历史与情感的关系和研究文学与情感的关系，是完全不同的两回事。借助历史研究的"情感共同体"概念，意在说明，这个共同体是一个真实的存在，而并非空穴来风。

将80后作家群体看作一个"情感共同体"，当然也只是一个比喻，一如我们此前将70后看作"身份共同体"一样。任何比喻都是有欠缺的，但可以将比喻对象更形象地呈现出来。另一方面，即便是80后本身，他们也从不同的方面将作家看作一个"共同体"。80后有代表性的批评家杨庆祥，写了《80后，怎么办》一书，引起很大反响，特别是在80后群体中，反响更强烈。张悦然说："十年前80后主要是一种反叛形象，主要写的是叛逆青春，那时候的80后肯定不需要《80后，怎么办》这本书。但是到了现在，变化非常大。我的问题在于，这代人是不是变得太快了一点，好像青春结束得太早了一点，一下子就进入了一种很委顿的中年的状态里面。正是在这样快速的消失当中，我们这一代人需要停下来审视自己。"由此可见，杨庆祥的困惑切中了一代人的思想脉络。他书中提出的问题，比如"失败的实感""历史虚无主义""抵抗的假面""沉默的'复数'""从小资产阶级梦中惊醒""我们这一代没有真正的青春""我依然属于弱势群体""能够受到一些公平的待遇就可以了"等，因有极大的"共情性"，而受到了同代人的关注。这是80后内部对"情感共同体"认同的一个佐证。但无论如何，杨庆祥还比较客观。他终究还认为"我们是比50后、60后和70后更幸福的一代人"。这当然是另外一个话题。

在现代社会里，每个人都是当然的单个主体，但每一代人也必定有某种共性，虽然这共性也是被建构和解释出来的。80后的共性是什么？也许很难说清楚，杨庆祥的阐释或许也不能说服所有人。要想为他们找一个最大的"公约数"，确乎很难。但是，从某种意义上来说，这一代人有着相似的文化与社会境遇，却是事实。这种境遇在我们看来，或许就是一种历史的"错位感"与"迟到感"。他们成长的阶段，刚好是中国社会迅猛变革与走向市场化的年代，他们的童年与青春时代，经历了中国社会价值观的剧烈转换；而等到他们长成的时候，中国的社会已历经世纪之交，进入了一个阶层逐渐固化、机遇相对减少的时期。相对优越的成长环境、比较早地受到关注，与成年后的某种失落之间的落差，带给了这一代人特有的困惑与迷茫。

从这个意义上，与其说他们是一个"情感共同体"，不如说是"经验共同体"，只是这样说不够清晰和强烈而已。要想说得有效，而不只是"求正确"的话，那么"情感共同体"是一个必要和不得已的强调。但是须知，在情感体验与情感表达之间，也同样存在着巨大的差异，人的个性差异在文学表达中，尤其有决定性的作用，更何况，人所表达的情感，也未必是他内心感受到的真情实感。所以，从根本上说，即便是同代人，他们的创作也未必在同一个声音频道里。因此，恰是这些相同和差异，一起构成了这代人的整体特征。我们必须承认，现在我们讨论的80后作家，与刚刚出道时的80后作家已经非常不同。对那时的80后作家，社会和文学界都有不一样的看法，比如有的人认为，他们过早地被市场裹挟和被书商包装了，他们没有经历上几代作家所经历的那些制度性的历练，所以在他们之中也就"看不到跟经典写作接轨的作者"。同时还有一种看法，就是他们除了书写个人成长经验之外，很难进行真正的"创作"，对社会问题和社会公共事务还不具备处理的能力。

然而时过境迁，经过十多年的锤炼和努力，以及社会不同方面的合力培育，现在的80后已经蔚为大观，且早已实现了"纯文学"意义上的承前启后，逐渐成熟并走向了文学创作和批评的一线。为了培养文学批评队伍，中国现代文学馆已先后邀请了十余届客座研究员，这些人中的相当一部分是80后，十余届中已有数十人，其规模已足以令人生畏。更有第三届客座研究员，还将他们自己命名为"十二铜人"，显然隐含了自我认同的情感关系。鲁迅文学院多次举办"青年作家高级研修班"，参加者也多为80后。更有专门以培养"文学新锐"为己任的文学刊物或栏目，比如专门举荐文学新锐的《西湖》杂志，以及《人民文学》的"新浪潮"，《十月》的"小说新干线"，《北京文学》的"新人自荐"，《作家》的"处女作"，《天涯》的"新人工作间"，《民族文学》的"本刊新人"，《中国作家》的"新实力"等等，都培养了一大批80后作家。正如80后青年批评家行超所说，最近的这二十年，既是中国社会经济、文化思潮、价值取向发生巨大转变的二十年，也是80后一代从青春期的少男少女成长为家庭支柱和社会中坚力量的二十年。80后一代在生理和精神上的全面成长，必然导致如今的80后文学与此前呈现出若干显见的变化，世纪之交那种与市场需求、商业逻辑等相纠缠的青春文学，已逐渐在他们笔下消失，取而代之的，是在内容、主题、艺术手法等多方面都变得更加成熟、更加复杂的多样性的写作。到今天，在纯文学刊物、出版市场、网络文学等各个文学场域，80后作家都占有重要的位置。而这代人写作历程中所经历的变化，恰恰构成了中国文学在新世纪发展流变的一个面向。

从诗歌领域来看，80后的一代，似乎已经没有当年70后登场时那种明显的策略意识。他们既不急于标张自我文化身份的独异性，也不刻意强调与前代的继承性，在诗风上是相当"稳健"的一代。从社会身份看，他们也主要有两类，一类是"学院派"的，一类是"非学院派"的——隐藏于社会各界与三教九流，但共同点是，文化素养都相对较高。其中"非学院派"的一类在写作上更接地气，像丁成、阿斐、唐不遇，还有女诗人中的郑小琼、李成恩，他们都是现实感非常强的诗人，当然表达个性都各自有鲜明特点；而茱萸、胡桑、严彬、王东东则都属学者型的诗人，有很强的学院背景和诗学素养，他们的写作可以说都非常自信，有从容不迫的气度，既充满知性，同时又不掉书袋，殊为难得。这两类诗人，并没有像"第三代"那样分为"民间写作"和"知识分子写作"，他们几乎已经消弭了这些对立和差异。即使是像郑小琼这种出身底层、从"打工诗人"群体中成长起来的写作者，也体现出良好的素养，也写过许多具有先锋气质的，以及"纯粹植物"意义上的诗歌。

总体上，80后一代的文学评论家、小说家、诗人、散文家，已经全面覆盖当代中国文学的各个场域。为了推动这个文学群体的健康发展，鼓励青年作家创作，我们在编辑"身份共同体·70后作家大系"之后，应出版社之约，不得不继续勉力集合"情感共同体·80后作家大系"，深感使命难违，与有荣焉。但实在说，又恐因为年龄阻隔、代沟之障，对他们的理解和阐释其力难逮，说出外行话来，令方家和晚辈嗤笑。所以，多不如少，与其在这里喋喋不休，不如让读者自去判断。

致敬山东文艺出版社的朋友们,他们高瞻远瞩的文学眼光和情怀令我们感佩不已;也致意80后的青年才俊,他们的积极响应也令我们倍感欣慰。让我们一起努力,继续为中国当代文学的发展添砖加瓦。

　　是为序。

目　录

总　序　80后：一个情感共同体　…………　1

有意思的事多了　…………　1
骨　肉　…………　19
失　重　…………　65
小礼物　…………　89
两次别离　…………　107
不是我说你　…………　131
你让我难过　…………　183

后　记　有意思加正常　…………　225

有意思的事多了

我小时候,几乎全世界的人都管我妈叫汪姐。除了真该称呼她为姐的小年轻,还有看上去至少比我妈大一轮的,也有几乎可以归类为老年人眼看要退休了的,各种目测不像是精神有问题的中老年人,都管我妈叫汪姐。我仔细回想,没管我妈叫过汪姐的,似乎只有我姥姥姥爷,他们要是也叫她一声姐,确实有点乱套。我爸是叫过的,理亏告饶,或者打趣时都叫过。我当时想,我长大可能会被叫作张姐吧,这是我妈应该传给我的一种极具威望的头衔。

我妈是个裁缝,铺子就开在我爸学校门口的街上。我爸是大学俄语老师,现在听起来好像挺知识分子的,当时我爸的身份却让童年的我遭受了不少轻慢。因为我爸是体育大学的。在体育大学教俄语,就感觉是走个过场,学生们都要好好搞体育,学俄语无非对付。我家就住在大学院里,那院里几乎所有人都穿着运动服,挺拔、欢乐、生机勃勃。我爸差不多是那院里唯一驼背的人——也不是,大门口看门的何大爷也驼背。何大爷当年可能已经快七十了,但是全院人都称呼他为大爷,包括只有几岁的我。就像我妈被叫作姐一样,那个院里所有人的称呼都是以不变应万变的。

我们院住的大人基本都是教练，小孩就是教练生出来的运动神经发达的小野兽。而作为一个俄语老师和裁缝结合的二代，我可以算是伶牙俐齿、心灵手巧，只是跑不快跳不远，玩什么都最拖后腿。

　　"你爸教啥的？"

　　"我爸基础部的。"

　　"基础部？干吗的？"

　　"教俄语。"

　　"怪不得。"

　　还经常发生这样的对话。小伙伴们看着玩什么都没他们利索的我，又得知我爸教俄语，毫不掩饰地露出果然"上梁不正下梁歪"的鄙夷神色。教跳高的，教跳远的，教篮球的，教排球的……我当时觉得他们的父母太高级了。我也经常看到他们的父母，拎着我只在电视里见过的标枪、链球什么的，率一众人马意气风发向田径场奔去。

　　而我爸就没什么存在感。我家有一些俄语书，但我从来没见我爸看过。他不坐班，也不加班，那时候没人加班，我看到的所有大人都有工作，但都应付得比较轻松，都挺闲的。除了我爸他们基础部的英语老师。英语老师都在外边办英语班，教中小学生英语，我就被迫跟着其中一位老师学新概念英语。我爸没这个机会，社会上没有俄语班，没那么多人觉得有必要懂俄语。那时候人们口耳相传的新时代必修技能是英语、游泳、开车。我爸也没教过我俄语，倒是经常敦促我好好学英语，还去他同事那儿打听我在英语班的表现。我至今只掌握了几个俄语单词，记得星期天的发音有点像"袜子搁在鞋里面"。

　　我妈虽然不是学校的人，却是体育大学一呼百应的人物，爱打扮的学生、赶时髦的老师、卫生所打针的阿姨、院长的太太……那院里一大半女人的衣服都是我妈做的。现在有个词叫"匠人"，我觉用在我妈身上还挺合适的。我们家裁缝店里每天都有三两妇女拿着料子比比画画，我妈在缝纫机、木尺、大熨斗、大剪子、三角形画片、时尚杂志中穿梭，她们七嘴八舌反反复复，在不断地犹豫、推翻后定下最终的样式，露出幸福的笑容。那时候还不兴空调，每到夏天总有一堆要做连衣裙的阿姨汗津津地挤在我家商量来商量去，电扇摇头摆尾地转着，但是也无法为她们吵吵嚷嚷的热忱降温。一般来说，临走的时候她们会高高兴兴扔下一句："汪姐，就交给你了！"顺道捏一下我的脸。我对这个仿佛规定动作的流程颇有微词。我妈说："你就认了吧，这是生意。你不让她们捏，她们不来做衣服怎么办？大人捏你，是为了表示喜欢你，说明你可爱。我小时候也这么过来的，现在想让人捏也没人捏我。"以至于我那时候就对人生产生了很消极的认识——活着就是小时候有人捏你脸，长大了他们捏你孩子的脸，管你叫姐，而你还会匪夷所思地希望他们捏你。

其实我相信，就是我当时立马攥住她们的手腕，直接拒绝被捏脸，那些妇女也依然会来做衣服，因为我能感受到她们对我妈那种由衷的信赖。甚至很多时候，她们不做衣服，就是闲得没事，也要来店里坐坐，摆弄摆弄画片，翻翻服装画报，说一些前言不搭后语的事。有时候我妈和她们莫名其妙地笑作一团，很偶尔地，还有人哭过，我妈也跟着哭过。现在回想起来，我家的裁缝铺就是个"八卦"集散地——那阵子"八卦"这个词还不这么用。我记得那时候刚兴起个词叫"送礼"，大家提起来还都神神秘秘的。有个阿姨评职称，做了几天思想斗争才拎着几斤鸡蛋、一串香蕉到院长家坐了坐。第二天院长把鸡蛋、香蕉送去托儿所了，说是看望看望祖国下一代，给孩子们的一点心意。阿姨到我妈面前哭笑不得地讲了一遍，说不是院长廉洁，而是她带的东西太上不了台面，才搞出了这个喜剧效果。还有个教数学的老师，总来抱怨她婆婆做菜太抠，根本不够吃。我觉得那个老师特别好看，白净、温婉，即使说婆婆坏话，脸上也不见戾气。比起来，汪姐长得就没那么温柔，用现在的说法，她那叫不高兴脸厌世脸高级脸，反正就是乍看起来不太好说话，有点不那么好惹的样子。

　　汪姐的所谓厌世脸其实是非常文不对题的，你和她接触三分钟，就会发现她热情如火，容易相处，她何止是不厌世，简直是太热爱生活了。店里没客人的时候，她自己也闲不住，不是边哼歌边踩缝纫机，就是边翻画报边看电视。店里放了一台小黑白电视机，是家里买了彩电之后挪过去的。汪姐看电视特别喜欢和主持人互动，主持人并不知晓屏幕外有一个能量过剩的她，她也能一句句接住主持人的话茬。那时候电视一共没几个频道，一种节目叫社教节目，介绍一些对现实生活既不能雪中送炭，也算不上锦上添花，形容成隔靴搔痒才比较准确的生活小技巧。一般开场一阵煞有介事的音乐后，主持人僵硬地坐在一个台子后边，一脸假笑地张嘴了："亲爱的观众朋友，您也许知道×××，但您一定不知道××××……"汪姐这时候会头也不抬地说："我怎么不知道？就你知道，看把你能的！"然后主持人亲切而详细地介绍完那些不着调的妙招、技巧之后，她又会很蔑视地抱怨："什么破玩意。"

　　晚上回到家，她依然不知疲倦，会把白天听到看到的挑精华给我爸复述一部分。我爸哼哼哈哈，也看不出是敷衍还是真诚地附和几句，一天就基本结束了。院长去托儿所看望下一代事件给我爸带来了极大的乐趣，以至于这么多年过去，我也确凿地记得那两样倒霉的东西是鸡蛋和香蕉。我的童年记忆里的标志性物件，除了缝纫机、大熨斗，竟然还有了我并没有亲眼看见的从院长家拎到托儿所的鸡蛋和香蕉。

　　我爸好像一度想把这个故事写成小说，最终没有付诸实践是觉得未免有出卖同事的嫌疑，外加他觉得自己还是应该专注于诗歌，不该冒险尝试其他文学体裁。那几年我爸迷恋文学，尤其是诗歌，经常在家高声朗诵普希金、莱蒙托夫，并且以能读懂原文而倍感骄傲。有时候也会朗诵些原创作品，具体内容我一句也不记得了，只记得这个频频发生的场景。

我记得有一回我爸异常激动地拿回家三张电影票，说是通宵放映的译制片，一晚上三部电影。由于没时间把我送去姥姥家，外加本来就富余一张票，两人决定把我也带去。于是我人生第一场通宵电影出现得早了一些，那时我只有六岁。放映的第一部电影是《罗马假日》，还没看完，我就比里边的公主还困了，所以第二部第三部我全然没有一点印象。第二天我妈表扬了我，说睡得很安静，原本是很怕我在里边哭闹的，隔壁座位看到他们带了孩子颇有些不满，而我一声不吭，非常给他们长脸。

电影院的环境严重影响睡眠质量，虽是躺在爸妈腿上睡了一夜，我第二天上课依然浑浑噩噩的。而我爸妈都目光炯炯，一个去讲了俄语，一个继续在裁缝铺里为人民服务。我放学回到店里，一堆女人正各抒己见，就做斜裙还是一步裙争论不休。我放下书包出去玩，俩小时之后回来，听到的第一句话依然是关于斜裙——"我还是坚持斜裙。"一位阿姨摩挲着料子坚定地说。那一刻我有点恍惚，不确定是进了什么时光隧道，还是她们真的就这么虚度了两小时光阴。我长大后一看到那些时间循环的电影，都会想到小时候在裁缝铺外推门而入的瞬间。每一次进去都有标志性的台词——斜裙，提醒你又进入了循环时空。还有一次，出现了更戏剧性的场景：也是一堆妇女七嘴八舌安乐祥和地讨论着款式，猝不及防地，一位阿姨咣当一声昏倒在地。一众妇女惊慌失措地扑在她身上抢救，按人中、掐虎口、轻轻摇晃……我妈吩咐我去沏糖水。糖水下肚，阿姨像电视里的英雄复活那样渐渐苏醒。原来是废寝忘食讨论衣服，低血糖发作了。

反正那几年，我们家的裁缝铺日日人头攒动，每天都有很多面目模糊的阿姨，而汪姐就是那一锤定音的唯一清晰的女王。我至今仍觉得她是我认识的人中非常有人格魅力的一位。

我一直觉得我妈交际花女王式的裁缝生涯是被一位叔叔动摇的，虽然她自己认为有更理性的原因。

叔叔姓牟，首次登门是个周末，是来找爸爸的。周末爸爸没事也会到裁缝店打打下手。牟叔叔骨瘦如柴，第一次来的时候非常焦虑，目光闪烁多疑，屋里轻微的响动都会引起他的警惕，脑袋随响动摇摆，仿佛拨浪鼓。他长得极度愁苦，这么些年过去了，我依然没遇到谁看着比他更愁容满面。那时候我很喜欢玩一个叫《大富翁》的游戏，那里边的角色一旦衰神附体就会盖房失败，过路费加倍，每每碰到懊恼不已。牟叔叔的脸立马让我想起了衰神附体。

他似乎很腼腆，数次话到嘴边又咽了下去。但他又好像非说不可，逐渐向喋喋不休转换。话匣子打开之后他根本难以自持地滔滔不绝，反反复复叙述着他胃出血住院了，而他老婆不闻不问异常冷漠，几乎没有去医院照顾他。他看起来的确是病人的样子，说全世界的胃都在他肚子里出血了，我也是信的。他那长相像一个不幸中的万幸，反正就是非常倒霉但好歹还有一条命的感觉。他说话时双手绞在一起，干瘦而愤怒的表情看起来竟有些好笑。

武娟，这个名字我依然记得的，像鸡蛋和香蕉一样，这个在叙述里反复出现的牟叔叔老婆的名字也深深留在了我的记忆里。牟叔叔不止一次来访，看着好似是找我爸倾诉，其实大部分时候都是我妈在配合倾听。汪老师，他叫我妈汪老师，而不是汪姐。

在牟叔叔连续来了几个周末，失魂落魄反复讲述同样的故事不久，那个传说中的武娟也来了我妈的裁缝铺，来换一条坏了的拉链。她长得像一匹健康的马，高、壮，有一排整齐洁白又好像有些太长了的牙齿。感觉她确实不太适合出现在病房里伺候病人，过于强健的气质和医院不太搭配似的。我无法把她和牟叔叔联系在一起，对他们当初为什么要在一起产生了深深的疑问。

"牟叔叔为什么总来说他和他老婆的事？"我颇有些不解。

"因为他和他老婆以前都是你爸的学生，一起留校结婚的。他父母在外地，可能没人说吧。"我妈回答。

"他俩都是学俄语的？那个像马的阿姨也是学俄语的？"

"哎呀，不是啊！这院里没有学俄语的。他们都是搞体育的，你爸教过他们俄语，但他们主要学的是体育。"

"牟叔叔也是学体育的吗？"我表示怀疑，牟叔叔看起来随时会死的样子。

"可能搞理论的吧，具体我也不知道。"

"你烦吗？他讲的事特别重复。"

"还行吧。挺可怜的，我觉得他也是找不到地方说才鼓足勇气来的，不说出来该憋闷坏了。反正就听听呗，其实帮不上什么忙。"

后来牟叔叔还是断断续续地来，基本可以确定他身体恢复得不错，至少侃侃而谈的时候不知疲倦。如果店里有生意，他就默默坐在一边，不会不懂分寸地讲他在医院被冷落的故事。顾客走了他立马卷土重来，幽怨地倾诉起武娟对他的不人道。一句话可以总结的事，他非要讲述得说来话长。有时候周末来裁衣服的多，他也捞不到多少说话的机会。有次赶上中午，他看我妈太忙，还带我去食堂吃了饭。我妈好像就是有一搭无一搭应付着，但眼见牟叔叔越来越正常了，虽然依然皮包骨，但脸上气色好了很多，不那么衰神挂相了。用现在的说法就是，他基本算是被我妈治愈了。我觉得汪姐对人有种本能的体贴，这点她自己可能都不十分清楚。

随着牟叔叔的康复淡出，来做衣服的人也渐渐开始变少了。用我妈的话说，不仅变少了，而且顾客越来越土气。因为商店里成衣选择越来越丰富，裁缝就显得不那么重要了。那些吵吵嚷嚷的阿姨还是经常来，裁缝铺里依然热火朝天，但是她们大部分是来聊天的。家长里短的八卦依然在此汇集，但是裁缝汪姐的业务正在日渐缩水。

同时，我们家晚上也经常宾客盈门。常常是我放学看到一伙人叽叽喳喳在裁缝店聊天，回家没多会儿，又有三五叔叔阿姨乘兴而来。晚上家里这一波，是我爸的朋友。那时候我爸已经写了三四年诗，和市里一批热爱文学的文青、文中来往热络。这伙人要是三五个一起来，必定带着酒，不多时就喝个东倒西歪，聚会最后总会朝着不着边际的方向发展，差不多每次把客人送走都需要我爸妈苦口婆心劝说。我爸不胜酒力，每到聚会尾声都显露出厌烦的神色，送客时也几乎是强颜欢笑。但是待到下次聚会开始，他又是热情高涨。见证了几次他的情绪变化，我想起他经常刻薄我的那句话——记吃不记打。如果只是一两个所谓文友来家里，通常是不喝酒的，就是聊文学，聊啊聊，人一少好像就特别适合业务切磋，聊到兴起还有个叔叔住下过。

有一天晚上家里没客人，我妈忽然说要把裁缝铺关了，转行开干洗店。我爸颇有些震惊地问："干洗店是干什么的？"

我妈说就是不用水，用药水洗衣服，能更好地养护衣服。她说她忽然感觉到疲惫了，商店里的衣服越做越好看，她不想再费脑子了，想干按部就班的事。干洗店是不需要审美的，只要掌握技术就行。

那一瞬间我轻微地感受到幻灭，因为我其实挺享受做一个裁缝二代，以为长大了那间铺子会顺理成章归我继承，也有一堆女人喜气洋洋围着我，我会接过我妈的大剪子大熨斗成为新一代女王。

我妈向我爸讲了她对裁缝铺、干洗店的前瞻。她认为，做衣服的人会越来越少，买衣服的越来越多，而高档的衣服需要好好养护，干洗店商机无限。

我爸频频点头，但担心我妈低估了干洗店的风险。

"姑且一试呗。我当年开裁缝铺不也是头脑一热，在厂里和工友相处不愉快，就不想干了。心想着蹬缝纫机从小就会，又爱打扮，不如就开店做衣服。在书店买了两本服装剪裁的书，拿着挂历练手，慢慢就学会了。虽说也到老裁缝那儿学过几天，但其实真论技术也就一般，更根本的还是我的眼光。我属于靠脑子的，看的服装画报多，给她们提的建议洋气，说白了就是技术平庸，审美超群。现在商店里什么都有了，我那套不行了。而且我好像也没有原来的心气了，我都不想穿做的衣服了，商店里的衣服真漂亮呀！当初那股不知道哪来的热情，消失了。我现在的心思就是搞个干洗店试试。"

汪姐的果敢非一般人能及，她把手上的活做完，我家的裁缝铺就扩大成了干洗店。干洗机、水洗机、各种药水、各种尖端设备被她引进铺面，还把隔壁不做了的食杂店也租了下来，风风光光地开业了。

干洗店与裁缝铺不同，光靠我妈一人是不行的。我爸不上俄语课的时候虽然不坐班，但他还是惦记着用那些时间来写诗，就提议要我舅舅来帮忙。我妈及时制止，说宁肯找勤工俭学的学生，也不让家里人掺和进来。员工可以开除，又不能开除弟弟。

于是，我从每天放学到裁缝铺写作业变成了到干洗店写作业。对了，开干洗店那年我上小学三年级，原来的班主任生孩子去了，换了一个新班主任也姓汪。我兴冲冲回家告诉汪姐，我们新老师和她一个姓，叫汪带娣。

"我可不跟她姓一个汪！她家很愚昧。"

"你都还没见过，干吗这么说？"

"叫带娣的都是重男轻女，想让你们老师带个弟弟来……哎呀，这倒也不赖你们老师，你别告诉她啊！"我妈背后说老师坏话，又明显有些后怕。

干洗店生意还好，之前那些争执斜裙还是一步裙的阿姨一部分变成了顾客，也偶尔有人带着些大了、肥了的衣服裤子求我妈帮着改小改短。店里虽不像之前那么热闹，却好像更多了一种做生意的感觉。我注意到一个非常有意思的细节：来取衣服的人表情差异特别大。之前的裁缝铺，来取衣服的阿姨们都难掩兴奋激动，跃跃欲试要和她们的新衣服打照面。

而来干洗店取衣服，她们则平静许多。相熟的看也不看，新客人可能会仔细检查，生怕哪里洗得不够干净，可要赶紧当面说清。

汪姐总是在熨烫环节亲力亲为。她说，熨烫是干洗店的精髓。刚洗出来的衣服都是皱皱巴巴，再干净也是不起眼的。把洗好的衣服熨得板板正正，才算彻底大功告成。作为一个"退役"裁缝，我怀疑她在熨烫中找到了某种隐秘的存在感。

亲自熨烫衣服的汪老板还在那年办了一张信用卡，领到卡那天她健步如飞，说感觉到她的信用卡在钱包中蠢蠢欲动。只是当时可以刷卡的地方并不多，她总是绞尽脑汁找地方刷卡，而后每月坐半小时公交车去还款，乐此不疲地体会着自己理解的现代生活。这种乐趣并没持续太久，坚持了一年之后，她又感觉到了无聊和费劲，坐着公交车把信用卡注销了。

我爸的文学圈聚会依然如火如荼地进行着。其间他在省级刊物发表了几次诗歌，收到面额不菲的汇款单，更是激发出更多文学热情。我爸还趁着去北京出差时，去更大的杂志社投稿，接待他的编辑竟然是一位著名诗人。他谦恭地询问编辑老师的姓名，编辑报出大名，他顿时激动万分，回来和我讲述那段经历时都眉飞色舞。

"你特别喜欢那位大诗人的作品吗？"我问我爸。

"其实看的不多。"

"那你高兴成这样？"

"你不知道他多有名。而且他确实非常平易近人，和他聊天真是如沐春风。"

"他喜欢你的诗吗？"

"他说离他们刊物的标准还有一定的差距。"我爸黯然了一瞬间，"但是他真是太平易近人了。"

傍晚出现在我家的叔叔阿姨除了文学爱好者，又复杂多元了一些，有号称要徒步穿越哪哪哪的，有已经为自己油印了诗集的，还有画画和爱好电影的，反正热闹得群魔乱舞的。汪姐穿梭其中，端茶倒水，有时候也跟着骂骂咧咧的。我听不懂他们在说什么，但能感受到一种珍贵的亲密，好像所有人都敞开心扉，那种明亮、欢愉、海阔天空，让人难忘。

有一次他们猜起了谜语，我坐在角落里懵懂地听，崇拜极了，觉得他们太高深太有意思了。当然，只记得这情绪，一个谜语也不记得了。

有个阿姨画了两幅肖像送给我爸，一幅是个鬈发外国人，一幅是我爸。我爸告诉我那个外国人就是写《假如生活欺骗了你》的那个普希金。我说，原来那个阿姨是个女画家。我妈忽然接了话茬，她说哪那么容易就女画家了，她就是个画画的女的。我妈使用语言如此准确，她不搞文学可惜了。

后来一个据说也写诗的白胖阿姨经常领着她的黑胖女儿来我家，她们俩有不同方向的大舌头，就是口齿都不特别清晰，但错误的发音方式又不尽相同。如同她们都是胖子，却一个白，一个黑。黑胖女儿比我小一岁，据说学习成绩很好，还会唱美声，被我妈认定为我学习的榜样。据说她还特别机智，一个例证是：有一次白胖阿姨被外边的事耽搁了，没及时赶回家给她做午饭，被反锁在家的她在饥饿中想起了二楼邻居家的电话，求救过后，她找出家里所有的鞋带、绳子之类接到一起，甩到楼下，吊上了邻居准备的饭菜。白胖阿姨绘声绘色地讲了这个急中生智的要饭故事，丝毫没有反省自己为什么不及时回家给黑胖妹妹做饭。我爸妈在接下去的一周里又数次添油加醋复述了这个故事，反复夸了黑胖妹妹一个礼拜。他们总结道，她具有超出年龄的生存能力，并且非常聪明。

由于这个故事里的英雄小主人公是我见过的，就提不起学习的兴致，心里还多少有些逆反：她有必要为了顿饭那么忙活吗？就她那身板饿个三天也不至于出什么问题。卖火柴的小女孩要是有她这么能折腾也不会悲惨死去了……愤愤不平让我浮想联翩。我仔细回想，汪姐在裁缝店创造美的时候也经常忘记给我做午饭，但我很少感到饥饿难耐，对于饭的态度一直是早点晚点无所谓，甚至吃不吃都行。我得出结论：胖子对饿的敏感程度和一般人是不一样的，越胖越对付不了饿。甚至在这之后的许多年，我每次看到和这事毫不相干的黑胖子，都觉得他们曾经搜罗了家里所有的绳子，拼命接续在一起，只为了吊上来一篮子饭，眼前会自动出现他们吭哧吭哧接绳子而后饿虎扑食的画面。

除了女儿，白胖阿姨讨论的基本都是文学前沿的内容。坦白说她口才还挺好，虽然口齿不清，但做到了口若悬河。我爸我妈好像都挺喜欢她，我和黑胖妹妹也玩得不错。她告诉我她妈妈逼她学习各种才艺，美声、美术、国际象棋，休息时间被各种兴趣班占满，到我家几乎是她最大的休息。她说白胖阿姨还希望她能到我家主动表演，别家长推一步才走一步。我告诫她差不多得了，她接绳吊篮的楷模故事已经够经典了。她对我的泡泡纱居家连衣裙流露出艳羡，我还非常仗义地求我妈给她做一件。我妈勉为其难地答应了，但据她推断，那女孩穿上不会好看。果不其然，她把裙子塞得鼓鼓囊囊的，我能感觉到白胖阿姨和我妈都有一点犹豫，夸还是不夸。

我其实一直不太明白，为什么大家都误以为自己穿上某件衣服就能变好看，从小目睹着阿姨们取衣服时热切期盼的眼神和她们试穿后平凡的效果，作为旁观者，我认为这一切非常荒诞、徒劳。我不知道人类为什么觉得穿衣服他们就能变好看。我以为，冬天一人一件军大衣，夏天干脆都全裸最方便，没必要绞尽脑汁地打扮。我问我妈："妈你说这些人是不是叫贪慕虚荣？"

"别瞎用词了！所谓穿衣之道，大有学问。人靠衣裳马靠鞍。"我妈铿锵有力地回答我。

"你不是说好好学习最重要吗？"

"都重要。你这个岁数学习最重要。不过人生在世吃穿二字也很有道理。哎，你说我把洗衣店盘出去开个饭店怎么样？"我妈顶着她的不高兴脸兴致勃勃地对我说。

"你快别了，我真不想放学去饭店写作业。"

那时候干洗店也遇到一些磨人的事，由于洗衣工的疏忽，串色、缩水、破损都发生过，洗坏了就要赔偿。而且那时候很多衣服压根就没有洗标、缩水比，到底需要干洗还是水洗，哪些面料容易掉色，哪些不能加温，全凭经验。基于对面料的熟能生巧，能大致判断的只有我妈。就是说，她身兼老板和店里的业务骨干，根本没法真正轻松。除了真洗坏的，也被吹毛求疵过，客人指着衣服上针眼儿大的所谓污渍，坚决要求重洗、返工，洗好后还要求免单。这还是有生意的时候，更多时候没什么生意。体育大学周围，并没有那么多衣服需要送出来洗。

然而，我妈又开动脑筋和学校的招待所展开了合作，定期会有一大批床单被套桌布被送来，算是一项稳定的进项。

我爸的文学事业也稳步发展，他一度成为省里小有名气的诗人，经常去参加一些文学笔会，还因为收到一张超大面额稿费汇款单在体育大学引起轰动。那时候汇款单都是寄到收发室的，所以据说一传十十传百，都知道我爸发财了。

省报副刊还给他做了一个图文并茂的专版，把他归纳总结为一个精通俄语、醉心诗歌的知识分子。汪带娣老师曾在家长会上见过他，看到报纸之后兴冲冲和我确认。我故作平静地肯定了，报纸上那个戴着墨镜的诗人就是我爸，其实内心非常狐假虎威。

那年夏天一直下雨，江边的台阶被江水覆盖了，防洪纪念塔下再次成了防洪重镇。我爸把他那笔巨额稿费的大部分都捐了，还和那些常来我们家吃饭的作家朋友搞了一台抗洪主题的朗诵会。一开始好像就是几个朋友的小型民间活动，后来白胖阿姨联系了电视台的编导，就越做越大，变成了要在电视里播放的比较严肃的朗诵会。

录制朗诵会当天，我和我妈都去了现场当观众。出发前，我妈把我爸要穿的衬衫反反复复熨烫得平平整整，感觉应该直接送去展览，而不该覆盖在任何肉身上。后来我爸上台了，果然有点配不上那衣服，他稍有些驼背，显得衣服很端庄，他本人差了点意思。白胖阿姨穿了件印着京剧脸谱的连衣裙，好似不管不顾破罐破摔。我和黑胖妹妹挨着坐，除了为家长要上电视激动以外，其实有点百无聊赖。有位年过七旬的老诗人情绪激动，现场赋诗两首，高亢激昂。朗诵会过半，老诗人说他又即兴创作了三首诗，被录播导演好言相劝，没有现场全部朗诵。

　　以我当年比较幼稚的审美判断，老诗人的诗挺假大空的，再加上年事已高，严肃中有种人人不敢拆穿的滑稽。

　　"他这个算诗失禁吗？"我小声对我爸说。

　　"怎么这么没大没小！"我妈隔着我爸小声怒斥我。

　　"你别说，这个表述真的很机灵很准确，我女儿也很有文学才华。"我爸竟然没批评我。

　　"也？还有谁很有文学才华？你吗？"我妈坏笑地瞅着我爸。

　　要说咬文嚼字还是汪姐第一。

　　朗诵会播出的日子，我们一家三口守在电视机旁。诗失禁的老诗人出现了，白胖阿姨携带一身京剧脸谱出现了，而挨着白胖阿姨朗诵的我爸没有按时现身，好像老师点到你的学号时忽然跳过去了。我妈一副很懂的样子，说这不是直播，是录播，不一定按照现场朗诵顺序来。录完了编导还会重新剪辑，可能我爸被剪辑到压轴位置了。但我已经有了一种不祥的预感，离朗诵会结束越来越近，我偷偷紧张起来。直到字幕闪过，开始播广告了，我爸都没出现。显而易见，我爸被剪掉了。我爸表现得很克制，需要仔细观察才能检索到他的泄气和失望。

　　我爸我妈都没有说话，我想安慰一下我爸，又不知道该说点什么。

　　晚饭的时候，我爸对我妈说："多拿些酒来，因为生命只是乌有。"

"爸你这话太有诗意了。"我其实不太知道什么叫"只是乌有"，只是想讨我爸高兴。

"这不是我说的，这是个葡萄牙诗人写的，可能都快一百年了。"

"我看了你书柜里的《茶花女》。"我搜肠刮肚找到了一个看似随便聊聊，其实挺有技巧的话题。我爸一直希望我多看书，把觉得我可以看的都放在书柜的低层。

"你觉得怎么样？"

"我不喜欢阿蒙·杜瓦，我觉得他太对不起玛格丽特了。"

"其实吧，在男的里他算不错的。"我爸边说还边点了点头，一副颇有心得的表情。

我妈刷碗的时候小声和我愤愤不平，不理解为什么癫狂的老诗人和大舌头的白胖阿姨都被收入了节目中，明明最有气质风度的我爸却被剪掉了。由于要克制音量怕我爸听到，她的表情简直有些狰狞。我和我妈的疑问基本相同，但在我爸面前也若无其事。我第一次意识到家长也是需要呵护的。生活就是如此，你以为也许是个高光时刻，甚至你觉得自己已经完成了什么，却终究不了了之。你想假装不在意，但其实所有人心知肚明你的尴尬。

不确定是不是朗诵会的事让我爸不痛快了，反正此后他开始翻译一本俄文诗集，不那么有热情自己创作了，晚上来我们家谈天说地的叔叔阿姨也逐渐变少。我不知道是我爸通知他们别来了，还是他们各忙各的自己不来了，反正就感觉是各奔东西了。

白胖阿姨和她的黑胖女儿也一改频繁造访的习惯，第二年春天才重回视野。白胖阿姨兴致勃勃和我爸讲起诗坛的新动向，而我爸竟有些意兴阑珊，回答得非常敷衍。倒是我妈拿出了接待牟叔叔的架势，显示出极强的倾听素质。

白胖阿姨介绍完文学世界的新情况，又按照套路开始展示她优秀的女儿，示意黑胖妹妹拿出影集给叔叔阿姨和小姐姐（也就是我）看看。

彼时，我们那儿特别流行艺术照，就是在无PS时代浓妆艳抹、华服美裳、用力过猛的影楼照。造型比婚纱照还夸张，穿着各种晚礼服，拿着羽毛扇子或者更奇怪的道具，摆着矫揉造作的姿态。然而一套顶级的艺术照，价格非常不菲，反正我爸一个月的工资是不够的。

黑胖妹妹羞涩地从帆布袋里掏出了一本三十二开的影集，难掩得意地递给了我妈。我妈满脸慈祥地匀速翻看着影集，我也凑过去跟着一起看。可以说，除了惨不忍睹没有更合适的形容词。黑胖妹妹被抹了一脸白粉底，白里透黑地戳在各种妖娆的晚礼服里，显得呆傻肿胀。

"去把你的也拿出来给阿姨看看。"我妈突然轻描淡写地说。

我忽然觉得她不是特别成熟，不仅不成熟，还没有恻隐之心。我真不想拿。

"拿不动吗？要不我帮你搬？"汪姐抬起下巴催促我，还给我使了个眼色，目光中透出今儿她们可是撞到枪口上了的得意。

我也照了一套，软磨硬泡了我妈好久，背着我爸去照的。我妈拿出了我爸不知道的私房钱，给我在最贵的影楼来了一套最贵的套餐。影集比八开的考卷还大一圈，确实挺沉的。那是宫保鸡丁十二块钱一盘的年代，我照了五千块钱的艺术照。要是再说得"上纲上线"点，我是拿我妈辛辛苦苦洗衣服的血汗钱照了那套东西。为了防止我爸知道我沉迷于这么肤浅的东西玩物丧志，影集取回来我就把它藏进了衣柜里，大人们不在家的时候才默默拿出来欣赏。没料到我妈突然不低调，直接端给白胖阿姨，一下子暴露了我俩的秘密。

我挺不自在地搬出影集拿给两位客人欣赏，气氛一下就僵了，可以推断出白胖阿姨和黑胖妹妹看到我影集的心情。黑胖妹妹整个人缩在了椅子里，无论是影集规模还是她和我的外形差别，距离还是有点明显的。白胖阿姨几乎是恼羞成怒，直接把话题强行转移到了学习成绩，还劝诫我妈不能太惯孩子。

"我也觉得照这玩意很傻，但是小姑娘都喜欢，有什么办法！就像咱们小时候爱攒糖纸，现在想想也很无聊。她想照就满足她呗，省得她埋怨家长对她不够意思。"

这个词真是用得很准确，我汪姐实在太够意思了。

"影楼的人都说她这套拍得漂亮，想挂出来当样品，结果她不同意，害羞，自尊心特别强，不愿意别人看到。"汪姐好像被白胖阿姨附体了，以略陌生的姿态讲起了话。倒是一贯是女儿先进事迹宣讲团的白胖阿姨强压怒火心潮起伏地听着，我觉得她喘气的声音都变得粗重了。

白胖阿姨带着她闺女败兴而归后，我爸和我妈又一起津津有味地欣赏了一轮我的影集。爸妈一致认为照片太土了，价格也是太暴利了。但是看着照片里的我发自肺腑的陶醉，他们也觉得挺有意思的。意料之外，我爸竟然没讽刺我，可能是因为他不用掏钱吧。

我问我妈为什么要拿出影集来气白胖阿姨，我妈说其实不是非要碾压，就是一瞬间烦了，没事不敝帚自珍，也太爱分享了，谁有心情天天捧臭脚天天违心夸人啊！她是母爱，我是不相干的呀，我没义务啊！但是拿出来也有点后悔了，毕竟小姑娘还是容易有挫败感的。不过人生本来就挺残酷的，早让她认识到也没什么坏处。

后来我爸调到一个综合性大学教俄语了，新大学离体育大学挺远的，我妈就把体育大学旁边的干洗店给转出去了。临搬家那阵子，我竟然看到武娟阿姨挽着牟叔叔的手从校园里经过。那画面挺刺激的——心事重重的稻草人和狂放不羁的骏马竟然破镜重圆了。

"他们俩和好了？"我有点想不通地问我妈。

"反正他胃不出血了。"我妈笑着说，不知道是不是在为他们高兴。

"武娟阿姨到底是教什么的？这大学有马术吗？我觉得她太矫健，太像一匹马了。"

"我也不知道。现在什么也不教,她辞职了,开了个体育用品店,据说很赚钱。"

"你下一个开什么店呀?不会真是饭店吧?"我很好奇我妈又要头脑一热做什么新买卖。

"我股票赚了些钱。打算先歇俩月,再置办置办咱们的新家。肯定有个新店在等着我,你放心吧,我还可以偷着给你买你爸不同意买的东西。"

"我都有点舍不得咱家店,我就在那店里长大的。你不留恋当裁缝吗?我只要一听到量体裁衣这个词就想到你。"

"麻烦你以后还是听到洪福齐天的时候想我吧,或者神通广大也行。没有必要持之以恒做一件事,感觉到不痛快或者时机到了就跑呗。有意思的事多了。"我妈潇洒地甩甩头,归置东西去了。

骨肉

1

我十二岁那年，我妈妈和我亲生父亲私奔了。我知道这听起来好像一个颇具喜感的病句，好像二人转里那句——我只知道生我那天我妈没在家。这要是句玩笑倒好了，可是我妈真就那么潇洒地跑了，十二岁，被她和命运一起归纳成我人生的分水岭。从此我从一个动辄唱着"请把我的歌带回你的家，请把你的微笑留下"的无知少女，变得满脸不苟言笑的早熟。后来我读大学时，一个室友一边谈起私奔的浪漫色彩一边做少女怀春状，我特想给她一嘴巴。私奔有什么浪漫的，私奔就是自私自利，自己酒池肉林，把别人扒光了扔到雪地里。

我记得那是个平凡的傍晚，爸爸骑着自行车接我放学，我们一路有一搭无一搭地聊着，没有电视剧里的诡异配乐提醒接下来会有节外生枝的情节发生。

妈妈不在家，屋里灯黑着。餐桌上早饭的碗筷没有收拾，小碟子里一块吃了一半的酱豆腐几近风干，委屈巴巴地暗红着。碟子下边压了一张撕得参差不齐的牛皮纸，上边七扭八歪地写着：

张老师，我走了，先不带走张函，对不起。

没有落款，但显然是妈妈留下的。她走得太仓促，乍一看那一行潦草的字迹简直如同涂鸦，而压根不像一张离别的便笺。最精彩的是，她可能是太着急了，写了一个错别字——我叫张涵，她写错了我的名字。

如果是侦探剧，大抵会有人依据这错误的名字找到蛛丝马迹，推测出这是妈妈刻意留下的线索，她是被胁迫的，故意写错女儿的名字，便于展开推理。然而，她没有这么缜密的心思，她只是跑路心切。

那一刻我觉得挺好笑，感觉抓住了妈妈的把柄，她随随便便写错了我的名字，下次她再批评我做题马虎，我要拿这个作为有力的还击。我没有清楚地意识到发生的到底是什么。这事是有点不寻常，但是好像也没什么大不了的，我妈本来就是嚣张任性天马行空的。所谓离别，是在一次次对那个傍晚的回忆中逐渐清晰的。

爸爸颓然坐在餐桌旁，忽然很有点蔑视地盯着我。

"你不是我亲生的。"他有几分恶狠狠地说。

我不知道该接点什么，他一语道破的不是天机，对我来说却比天机更骇人。

"你妈，和你亲生爸爸跑了，我被甩了。"他接着说。

"那我呢？"

"看不出来吗？你也被甩了，还他妈甩给我了。"

"我会为你养老的，请别杀掉我。"我一时不知道该说点什么，还无师自通地学会了为生存担忧。

"你以为我缺人送终啊？你这种苟且劲儿真像你妈！"他朝我大喊。

"什么叫苟且？这个词我好像没学过。"

"苟且就是，为了活，过一天算一天，什么事都干得出来。"

"嗯，懂了。但是我妈她跑了，她没过一天算一天。我才是真苟且，我不跑。你对我动点恻隐之心吧。恻隐之心，我新学的。"

"我在你说这些废话之前已经动了，我是成年人，不跟没用的人清算。我现在没什么心情吃饭，也不想给你做饭。"他犹豫了一下，接着说，"其实，我现在不太想面对你。你回屋睡觉吧，明天还要上学。"

时间也就是五六点，这个人竟然让我回屋睡觉，但是我不敢反驳。我知道我妈疯了，他说的应该都是真的。

"晚安。那个，我以后还叫你爸爸吗？"

"你觉得呢？"

"晚安，爸爸。"

然后我就真洗漱上床假装睡觉了。事情发生得太突然了，我根本还没理清头绪，就被裹挟进了肃杀的氛围里。在此之前，爸爸说话的方式并不如此刻薄。他绝对是个慈父，在每一个该讲原则的瞬间都会板不住脸。妈妈说他一直以来的做派叫作惯子如杀子。当然，那时候我以为他是我亲爹，对我多好都是应该应分的。所以当我被通知他不是亲爹的时候，我忽然意识到自己遭遇了什么。之前和美幸福的家，原来一直是个危机四伏的肥皂泡，两个大人彼此心知肚明，只有我一直活在假象里。我妈和我亲生父亲跑了，而我叫了十二年爸爸的人，和我没有血缘关系。我竟然是个非婚生子，身份不仅尴尬，简直还有点肮脏。现在他们不管不顾跑了，还没带我。

爸爸让我上床睡觉，我根本不敢提出其他意见。我还是有些惶惶然，生怕他还没考虑清楚。对他来说，我就是个狼崽子，也可以算作仇人之女，留着我干吗？当人质？慢慢折磨？越想越觉得凶多吉少。或者他万一图痛快，明天一睁眼，我已然被他扔到垃圾箱里，或者被送到孤儿院了。反正送回姥姥家姥姥也不会要我的，我感觉她连我妈都不怎么喜欢，她的心思都在我舅舅身上。平心而论，这些年最喜欢我的还真就是我爸爸，但他现在已经成了我继父，还是被我妈戴了顶硕大绿帽子的继父。我以后的日子能好过吗？就算他不会追究我，我也不好意思再像以前那样在家里又作又闹，要漂亮衣服要高级钢笔了。我得像《鹤的报恩》里那样，把自己的羽毛拔下来织到布里，报答养父的大恩大德。

我真是无家可归，被亲生母亲抛弃，又忽然多了个素未谋面的生父。这种凄楚的身世在武侠小说里大概还要更夸张，我可能还会被生父的仇人打下山崖，但是又会大难不死，很快在山崖下获得秘籍，最后还会有可能不止一个侠客英雄无缘无故地爱我，非要为我肝脑涂地。然而生活不是主角开挂的武侠小说，就算是，我也未必是生活的主角。我可能就是那种命不好，一直不好，到最后也没什么转机的配角。

我只是短暂地哭了哭。后续的眼泪要涌来时，我竟然劝住了自己。以前我只要一哭就停不下来，非要别人好言相劝或者赔礼道歉。这回我陡然明白了什么叫欲哭无泪，所谓一夜长大，真不用提前练习。真他妈是时势造英雄。

第二天我起来做了早餐。其实也不能算做，我就是把冰箱里的面包、果酱拿出来摆了摆，又冲了两碗芝麻糊。我收起了桌上那张边角参差的牛皮纸，我要永远记得那个错字。从前我根本起不来床，从来没用过闹钟，都是妈妈叫我，第一次只能叫醒两根手指。我会从被里伸出两根手指，哀求："再睡两分钟，就两分钟。"

那一天我学会了用录音机定闹钟，以便早早出现在客厅。

爸爸起来看了一眼餐桌，又看了一眼我。

"少来这一套，除非坚持一辈子。"他说。

我放下手里的面包就回被窝了。我已经很难准确描述出当时的心情了，愤怒、羞耻还有点放心。我大概一直知道他其实是个君子，越表现得委曲求全只会显得自己越滑稽。不如就死猪不怕开水烫吧，应该不会被撵到大街上的。

2

  我上学，他上班，我们像一对普通的单亲家庭的相依为命的父女。郁郁寡欢一点也是正常的，至少外人看来，我们这种有变故的家庭，总要有点垂头丧气才符合剧本——我妈抛夫弃女和野男人跑了，我和我爸都是受害者，我们一时半会儿还没法从打击中走出来。

  爸爸以前也不是个话多的人，但现在变得格外少了些。他表达苦闷的方式也真没什么新鲜的——少说话，多喝酒。他的举止做派都和电视剧里那些被绿了的好人差不多，让我怀疑他到底是真想喝，还是在模仿那些人。

  他依然每天接我放学，虽然那时候我的大多数同学都自己回家不用家长接了。他没有提出不接了，我也不敢说，所以每天放学，他扶着自行车和一群低年级学生家长挤在一起，等我出来。有一天我甚至看到他在吃冰淇淋，是那时刚刚流行起来的美登高，比小时候的冰棍卖得贵一些。车筐里放着一根，大概是留给我的，我走过去，他递给我。我们之间形成了某种别别扭扭的默契，可以不说话的时候就尽量不说。谁也没有通知谁，但是就这样仿佛一蹴而就地形成了，十二年的欢声笑语顷刻间灰飞烟灭。

  他会在离家最近的仓买买两瓶啤酒，也不多喝，但是和从前的不喝比起来，还是有借酒消愁的意思。有时候他做饭，我就跟着吃。有时候他懒得做，就给我两块钱，能买一个面包一根火腿肠。

  我绝对没有遭到任何虐待，也不是冷暴力。只是我们心情都不太好，或者说非常不好，谁也不知道说点什么合适。好像彼此的伤口都还没有结痂，如果非要拥抱在一起，可能粘连，重新流出鲜血。淡漠、冷硬的气氛正搭配我们的心情，如实呈现痛苦，比假装开心容易多了，毕竟我们在学校、单位多少都要做戏，表现出一切尽在掌握的勇气。

奶奶作为外围的当事者表现得异常暴躁，她只要一看我俩就克制不住大骂我妈，一骂就停不下来，很多时候以哭声收场。她总是用重复的词语声讨妈妈，数落爸爸无能，说不知廉耻的儿媳妇和窝囊废儿子让她抬不起头来。一想到儿媳妇和人跑了，她就吃不下睡不着，好像最为这件事困扰、可能一生也走不出阴影的是她。我们因为不想反复面对她的愤怒，降低了去奶奶家的频率。

"奶奶知道我的真实身份吗？"一次从奶奶家回来，我问。

"你有什么身份不身份的？"

"你明白我的意思。"

"不知道。"

"一直不知道？"

"原来只有我和你妈知道，现在加上你，应该就三个人知道。不对，也许你亲爸也知道。"

"你就是我亲爸。"

"忠心不要表得太早，显得很虚伪。"

"你不告诉奶奶吗？"

"算了，让她多骂几句窝囊废也没什么不好意思的。她挺喜欢你的，这个让她知道了，比你妈跑了打击大多了。她本来也不喜欢你妈。告诉她对咱俩都没什么好处，不仅你，我也会更艰难。咱俩就忍辱负重吧，别给你奶奶添堵了。"

后来我每次见到奶奶都觉得特别鬼鬼祟祟。尤其是她刀子嘴豆腐心，比以往更勤地给我买新衣服穿。我知道她觉得我没妈可怜，比以往更怜惜我，可这一切的前提是，我是她亲孙女，我是她儿子的亲女儿。她不是没事瞎关心全世界，给没妈的孩子送温暖。她只关心她的一亩三分地，关心她孙女。而我其实是个冒牌货，哪怕我妈没跑，我也不是她亲孙女。

揣着明白装糊涂，骗吃骗喝心里并不舒服。

据爸爸说，我亲爹姓刘，叫刘雨刚，和我妈青梅竹马，两家住得不远。他们是小学同学、初中同学，我妈高中毕业时，他已经进了工厂，顺道因为游手好闲而小有名气。据说我姥姥顶看不上他，说他三岁看到老，没出息，一脸倒霉相。所以妈妈和他谈恋爱也是偷偷摸摸的，两人不到二十就眉来眼去，二十二岁出双入对，在工厂是一对引领潮流的流氓。这是爸爸的原话——一对引领潮流的流氓。搁在别人嘴里，可能是一对璧人，在他这儿归类为一对流氓也算合情合理。后来的岁月里，我发现了他对"流氓"这个词的偏好，几乎稍有点出格之举的，他都会以"流氓"两字相赠。说回我亲生父母。据说两人山盟海誓认定了彼此，我姥姥纵使一百个看不上刘雨刚，也架不住自己姑娘铁了心，也就睁一只眼闭一只眼了。可这时候我爸爸，也就是我养父——每次说到他们就是这么乱——我爸爸杀出来了。我爸爸作为群众艺术馆的新职工，被派去我妈他们工厂体验生活。他从师大美术系毕业，彻底结束了画家梦，浑浑噩噩被分配到群众艺术馆，彼时正沉浸在无法实现理想的苦闷中。不过说实话，即使我对他充满敬仰，我也必须承认，他的画乏善可陈，无非一些中规中矩的临摹，和所谓艺术毫不沾边。体验生活中唯一的亮点就是我妈了。爸爸说妈妈那时喜欢穿粉红、明黄、宝蓝、葡萄紫等等饱和度很高、存在感很强的颜色，在当时的女工中并不多见，因为色彩的关系，她站在人群里永远是出挑的。当然肯定更因为长得好看，一个美人如此张扬，才叫耀眼。

"我那时候刚看了部外国电影，叫《叶塞尼亚》，女主角是个美艳奔放的吉卜赛女郎。那气质和你妈妈太像了，热情，大胆，野路子，还有种娇憨，和周围其他的人不一样，尤其和学校里的女孩不一样。"爸爸如是说。

可能是受了这番言论的影响，后来我看到妈妈年轻时的照片，觉得她一眼望去就是个浪迹天涯的人。这种人不该被娶回家，她不是安居乐业的命。"

"然后，你就频频示好，从刘雨刚那儿抢了我妈？"

"默默示了示。你妈肯定能感觉到，她一看就是心思不往正地方使，对男女之间的事却非常敏感。我心里清楚她肯定看不上我，而且人家已经有了男朋友，我还硬往上冲就不太道德了。"

也不能算是卧薪尝胆，反正在工厂体验生活半年，本就要天天去上班。然后就不知道是劫还是缘地赶上刘雨刚出事了，他偷了车间的配件拿去卖，尝到几次甜头变得越发大胆，多次铤而走险，终于被逮了个正着，直接就被开除了。那时候正赶上"严打"，刘雨刚怕开除还不算完，再被抓进去蹲个十年八年，越想越害怕，就跑路了。在那个公共电话街口王大妈帮喊一下，没有手机、BP机，没有网络的年代，好像没来得及和我妈告别也是合理的。于是，骑着自行车下班的我爸，碰到了在长椅上哭的我妈。他劝了一会儿，把我妈送回了家。这一送不要紧，立马就被我姥姥盯上了，一个一看便知是知识分子的纯良小伙子，还在群众艺术馆搞绘画，不知道比偷东西被开除的刘雨刚强了多少倍。我姥姥对我爸异常殷勤，再加上刘雨刚的消失，我爸倍受鼓舞，仿佛看到了某种希望。

而真正促成我爸妈结合的，其实是我。这时候我已经悄悄来到了人世，静静藏在我妈的肚子里。很荒诞的是，恰恰是我的到来，把我妈推向了不是我亲爸的男人。

"刘雨刚跑的时候知道我妈怀孕了吗？"

"这很重要吗？"

"当然重要了。知道不知道能决定他是臭不要脸还是不要脸。"

"他好像知道，你妈告诉他了。"

"真他妈不是个东西。"

"不要轻易说脏话，你是个女孩。"

这是几年后我通过断断续续的谈话梳理出的他们三小无猜的故事。时间的流逝终于使我们可以越来越平静地谈论那个离开的女人，我也终于解开了好奇，我怎么可能另有生父，他们结婚十二年，我十二岁，而我却是其他人的孩子。原来，用现在的话说，我爸就是备胎、接盘侠、喜当爹。由于我的迅速壮大，他俩闪婚了。在这桩看似郎才女貌速战速决的婚姻中，我爸飞快地成了一个神不知鬼不觉的后爹。我想起电视剧里夫妇不和时，总有那么句台词——孩子是无辜的。我太讨厌这句台词了——废话，我当然是无辜的。可是我好像又不太无辜，因为我来了，我妈才火速嫁给了我爸。

"你从一开始就知道，我是刘雨刚的？"

"知道。你妈这点倒是磊落的，我追她，她就告诉我她怀了刘雨刚的孩子。我怀疑她和我结婚主要就是为了合理合法地生下你。她掌握着全部的主动权，利用了我对她的迷恋。你妈妈就是那个工厂的巨星，她在那儿虽然是个工人，却比厂长得到的爱还多。我相信不是我，还会有别人愿意，所以即使在那个时候，她的姿态也没低过。"

"你难受吗？"

"说实话，我有点记不得年轻的自己是怎么想的了。好像也痛苦过，但是更多的是一种幸福，我因为得到你妈而感到由衷的幸福。更重要的不是婚姻，而是美。劳特累克说过，美丽女人的曼妙身姿并非为爱而生，它太精致了。"

"谁？"

"我喜欢的法国画家。你别打断我，我要说的是，我被你妈妈的美折服。她爱不爱我不那么重要，我为自己可以合法地、近距离地欣赏她的美而满足。尤其是你出生的瞬间，我觉得你就是我的孩子，我甚至觉得你长得像我。人要是渴望活在假象里，有一丝一毫的可能，他也不想戳破。我一度觉得，你妈妈可能已经爱上我了，你抱着娃娃跑来跑去，她边嗑瓜子边看电视，周末带着你去公园转转，没什么太新鲜的，平顺、踏实，我觉得这就是我想要的全部。直到你亲生父亲回来了，我察觉到你妈神不守舍，电视照样看，饭照样做，但是我能感觉到她微妙的紧张。她甚至开始像刚认识时那样，不由自主地管我叫张老师，我知道一定发生了什么。"

"你知道？"

"我没料到是刘雨刚阴魂不散，还以为是你妈外边有了别的什么人。结果我一问，她就说了，是刘雨刚。我真是五雷轰顶，这不你们完完整整一家人都凑齐了，我这位置不是一般的尴尬啊！因为你也是他的，我好像连打他都不合适。你妈也不是完全不痛苦，她两边跑，但是她对咱俩都还可以——请原谅我按驻地划分，把你归为我这伙。我都知道的，事情就是这么棘手，我得装君子啊！我也是太自信了，觉得十几年过去了，我们过得不能算恩爱，也至少是和谐，这么安逸，这是谁也舍不下的。我还鼓励她，说忠于自己的心，人是可以爱两个人的。可是她自己坚持不下去，她说她太难受，决定舍一个。没想到她那么果断，舍的是我，还没怎么犹豫。出局的是我！我细想这还真有点不对，虽然道德是可以超越的，但法律还是顾及顾及的好。我们是合法夫妻啊，我是受保护的那个，她按先来后到，那可是街道大妈的逻辑啊！"

3

我学习成绩特别好，因为心里装着低人一等的秘密，我知道我必须要成为学业上的佼佼者。唯有所谓优秀，才能掩盖某些先天不足，我的身世已经是一个巨大的失败，我只能在能掌控的部分赢回一分。至少我希望，开家长会的时候，爸爸可以感到一丝骄傲。这个原本和他毫不相干的乱七八糟的孩子，吃他的，喝他的，哪怕让他有一刻觉得值得也行。

小学毕业后，我和爸爸搬离了那个邻里邻居鸡犬相闻的家属区，住进了商品房。爸爸虽然无缘成为大画家，但是画点油画把家境搞到殷实的地步还是可以的。我是非常雀跃地搬家的，毕竟作为那条街的重点保护对象，我始终无法以昂首挺胸的姿态出现。连号称格外古怪乖张的自行车棚看车大爷都对我格外关照，别人存车他正眼都不看，我和我爸一去，他总是关切地问："晚上吃点什么啊？两个人的晚饭不好弄啊。"干吗老强调两个人，您这儿还一个人呢！商品房的好处就是永远不需要和邻居社交，再也没有人以过度关切的目光看我了。我知道大家都是好意，但是那些悲悯的目光好像一种提醒——你妈和别人跑了。而这提醒每次又会触动更不为人知的部分，不仅是跑了，她还是和我亲爸跑的呢。有时候我觉得，邻居们的好意也带着某种站着说话不腰疼的成分，政治正确地看别人家的笑话，只要掩饰好猎奇，假装悲悯就好了。

随着远离旧环境，伤口也在慢慢愈合。我与爸爸除了那些简明扼要的对话，也会有许多其实没什么特别，却意趣盎然的瞬间，我们越来越像一对真正的毫无可疑之处的父女。我初中的班主任姓熊，报到第一天我看到长得怒气冲冲的熊老师，第一次觉得有人能和自己的姓氏神来之笔地匹配。回家我与爸爸提起，他兴致勃勃和我说起很多可以做姓氏的动物名，比如马、牛、虎、鹿、燕、龙、骆。甚至我们翻起了字典，查了猫、驴、鸭、猪等等，竟然发现鸡和狐也是可以做姓氏的。从来没遇到过姓这俩姓的人，鸡小姐、狐先生，哈哈，听着好像有什么别的意思似的。他也经常带去我公园、游乐场，我被指挥着在各种景点到此一游、笑对镜头。那时候相机还是用胶卷的，一卷二十多块钱，才三十几张，拍完还要拿去冲洗，挺金贵的。洗出来要是哪张闭了眼睛，他还要怪我浪费钱。

"下次别照了，我不怎么喜欢照相。"

"你这是像谁啊？你妈最喜欢照相了。下次你好好配合配合，省得有人说我苛待你，有照片为证。"

"我当然是像你了。"

这中间我妈回来过一次，大概是我十四岁时，她回来和我爸办了离婚手续。据说民政局周六周日不办公，所以她是工作日回来的，只待了一天。而那天我正上学，回家后发现床上放了两件新外套、一件新马甲。非常明艳的粉色和黄色，它们无一例外都小了。我偷偷试了试，腋下非常紧，不及时脱下来可能会撑变形。看来，我真是比她想得顽强，在没有母爱的地方我成长的速度已经超出了她的预测。爸爸问三件衣服是送给姑姑家的妹妹还是要留着做个纪念。我反问有什么可纪念的呢？他还是默默留下了一件，收在了我衣柜最下边。

那时候我已经来例假了。我还记得初潮的情景。有天早晨我正在刷牙，爸爸欲言又止地出现在门口，他咬了咬下嘴唇说："你看看你内裤上有没有血……"说完转身退到了客厅。

我狐疑地脱下内裤，真有血。我意识到自己是来了生理健康课本上讲的月经。

"怎么办？"

"我去买。"

我回到卧室，发现床单上有血，爸爸一定是看到了床单，推测出了我的情况。

彼时女孩都很回避这个话题，生理健康课上老师讲到月经，大家都讳莫如深，有的还做出夸张的懵懂，都急着和月经划清界限，一副谁也没发育那么早的奇怪模样。

"所以这个东西要多长时间一换？"我指着卫生巾问爸爸。

"具体我也不知道，可能几个小时吧。"

"能坚持一天吗？我不想在学校换被同学看见。"

"又不是在操场换，你在厕所弄谁能看见？"

"我们学校厕所是开放式的，没有门。"

"你等会儿，我打电话问问你姑姑。"爸爸犹豫了一下，"你自己打电话问问你姑姑呗……算了，还是我打吧。"

那是个没有网络的时代，现在不成问题的事，那时都要颇费一番脑筋。和姑姑通完话，他说中午去学校接我吃饭。

"我上午先去学校周围几个公共厕所转转，当然只能以男厕所的情况为参考。我接你出来吃午饭，顺道带你去上厕所。"

"那卫生巾你带着行吗？"

他冲我翻一个白眼，答应了。

中午他站在学校门口等我。

"你走路的姿势太吓人了，是想告诉全世界你用了卫生巾吗？"他撇着嘴说。

"有那么明显吗？"

"是的，两条腿劈着，非常不自然。"

初中余下的两年，每个月都有几天爸爸会到学校接我吃午饭，虽然很多时候是翻着白眼来的。

接下去的周日，姑姑带着她女儿和我逛了街，给我挑了好几件内衣，还嘱咐要轻轻用手洗。我其实不太情愿，和背心比起来，胸罩真是十分不舒服，有一种强烈的束缚感。姑姑说，现在不穿，以后胸会下垂，而下垂就不像年轻姑娘，会非常显老。

我能感觉到爸爸面对我发育的束手无策和慌乱。他没有经验，甚至也没有立场，一个没有血缘的父亲，面对一个来月经的别人的亲姑娘，进退两难。他吞吞吐吐地告诉我，血不能用热水洗，不然容易洗不掉；特殊时期不要吃凉的东西，不要剧烈运动，不然容易肚子疼。我不知道这是姑姑告诉他的，还是他自己偷着查的资料，只是永远忘不掉他极力掩饰难为情的神色。有一次，我坐在沙发上看了两集电视剧，起身离开时，他很有些讽刺地瞧着我说："自己有什么病，自己不知道吗？"我回头看到沙发上隐隐约约的血渍，赶紧冲进卫生间换裤子。

　　时间久了，好像这个家从一开始就只有我们俩，一切自然而平衡，仿佛不曾缺少什么。我的文具和衣服都是最高档的，都是百货大楼里最新的款式，好像某种较劲，别人家孩子有的，爸爸都会买给我。甚至初中三年级，我们家买了当时非常尖端的电脑——奔腾486。我成了同学里第一批玩上《大富翁》的。周六，他还送我去学计算机，我至今记得几个wps的命令，可惜好像一直也没派上过用场。有些时候，我觉得他简直有些过分小心翼翼。比如同学们常常会说起家长下班回来气不顺，冲他们发一顿无名火。我却从来没有遇到过，他表达苦闷的方式就是默默喝酒，喝多了就睡了，没发过酒疯，那种隐忍克制仿佛某种程序，不会被轻易破解，而我，感到一种并未被当成自己人的失落。至亲之间，总要有胡搅蛮缠的瞬间，因为骨血相连，不会被拆散，所以不必顾及什么。

　　有时候我觉得他对我有些过度保护，比如他坚持接送我上学，即使偶尔出差把我送到姑姑家，也叮嘱姑姑接送我。比如他不喜欢我参加集体活动，总觉得一个老师管好几十个学生会有照顾不周的危险。有一年学校组织去市郊的飞机制造厂参观，他不想让我去，觉得来回坐两个多小时大巴不安全。

　　"破飞机零件有什么好看的啊？在家看电视不行吗？"

　　"你不是不愿意让我看电视？"

　　"我现在愿意了。"

　　"大家都去，我想去，我要参加集体活动。"

　　"不去的话，我给你买一套新衣服，不低于三百块钱。"

　　三百块在那时绝不是一笔小数目，对于一个中学生诱惑算得上巨大。

　　"你知道我是班干部吧？"

"两套，不低于三百。"

"你当年就是这么跟我妈谈条件的吗？"

"她不值这么多。"

4

　　我十六岁那年，姥姥死了。她硬硬朗朗了六十多年，突然就脑出血去世了。邻居们都说她是不敢缠绵病榻，一双儿女都不在近旁，真是得了卧床不起的病，怕是也无人照顾。她年近四十就开始守寡，可以说是忍辱负重，也可以说是独断专行地拉扯一双儿女。话说我妈那时候也快上高中了，正是叛逆期，姥姥却重男轻女，把节衣缩食省下的钱都投资在舅舅身上。所以母女俩多年来心有嫌隙，再加上她当初不同意我妈和刘雨刚在一起，十几年后我妈又和刘雨刚跑了，她始终不肯原谅我妈。这也只是姥姥的一面之词，好像我妈一直十分忏悔，一心求得她原谅一样。在我看来，我妈根本不在乎她妈原不原谅她。她才不需要上有老下有小恶心她呢，她没妈也没女儿，她只有刘雨刚。

　　小时候我觉得姥姥挺看不上我的。我成绩一直好，她却总说女孩都是早慧，过几年就会被男孩追上。也不知道她说的男孩是指全部男孩，还是特指我舅舅家那个后进生。我和表弟每次起争执她都要拉偏架，义正词严搞出一些姐姐要让着弟弟、男孩小时候会格外好胜的歪理邪说。最精彩的是有一次我们动起手来，她竟然一把推开了我，怕我伤到表弟。那时候爸爸妈妈舅舅舅妈都在，气氛让除了我姥姥的其他人都有些窘，四位家长都不知道该说点什么好。我记得舅妈冲我妈笑了笑，我妈也回以微笑，没一会儿大家就都各自抱起孩子起身告辞了。

　　我虽然年龄尚小，却对长辈的不友善瞬间记忆犹新，一提起姥姥，就想起她推开我的画面。虽然其实我妈跑了之后她对我特别好，但我对那种充满歉疚的好都充满了警觉，仿佛那种好与我的自尊相抵触，让我感到非常不舒服。她会经常买几本不着四六的书送我，还会不自然地夸我聪明、漂亮。有时候她会推心置腹地给我讲一些人生哲理，可是听起来都没什么切实的意义。姥姥不仅对我心怀愧疚，对我爸更是时刻准备着道歉，以至于她谨小慎微的态度让我爸感到非常难堪，总是把我送去就找理由告辞。而我爸越是要走，我姥姥就越感到抱歉，两人的互动陷入恶性循环，我都能感到二人的狼狈。

我不知道姥姥知不知道我到底是谁的孩子。她肯定不知道我知道真相。这么惊悚的问题，我必然不敢问她。

"其实你姥姥是个好人。虽然重男轻女，没什么文化，没什么分寸，有点势利，但是大理儿上是个好人。"我爸曾经这么评价她。

"重男轻女，没什么文化，没什么分寸，有点势利，这听起来简直已经一无是处了！"我觉得这几个归纳倒是挺到位的。

"大是大非上有数。就比如她看我那眼神，全是对不住。"

"看你你也接不住啊，你根本不敢看她。"

"我一看到那些所谓知情者对我的抱歉，就感到屈辱。"

"我姥姥倒是一直对你挺好的。我觉得她不怎么喜欢我妈，也不太看得上我，就对你这个女婿还挺满意。"

"可惜还是个假的。我就是说双簧的前边抹着白鼻子的家伙，发声的还是你爸，我只是在前边假装跟着动。"

"我说过一百次了，不要把那个人叫作我爸。"

那是秋天，北方的秋天特别短。那些高大的树，叶子却格外不结实，一阵风过，就稀里哗啦全掉下来了。树一秃，冬天就名正言顺地来了。姥姥好像瞅准了时机，死在了那个转瞬即逝的秋天。踩在满地落叶上，咯吱咯吱的响声，好像姥姥平素那些没什么道理的絮叨。我发现自己非常想念她，想起她经常擦的花牌手油，我之前一直觉得那个气味太香了，却忽然很想再闻闻它。爸爸帮着舅舅操办了姥姥的葬礼，我觉得他完全有理由不参与，但是他被推进了一个逆来顺受大好人的轨道，不由自主去掺和那些让自己不痛快的事。姑姑说，毕竟妈妈和舅舅都在外地，他如果不帮着张罗张罗，自己心里过不去。

我妈赶回来的时候，已经是葬礼过后的深夜。据说她去了香港旅游，联系不上。这个人就是这么神奇，把女儿扔给别的男人，妈妈去世时自己正在香港潇洒。

她好像也没特别伤感，至少第二天她出现在我面前时看起来是这样。她对我露出一个谄媚而热烈的笑容，继而向我扑来。

四年来我第一次见她，说平静是假的，但也绝不激动。我偷偷打量了她，如果再高个几厘米，再瘦个十几斤，才更像我记忆里的她。她好像变矮变胖了，也许是爸爸的讲述里不断强调她年轻时的动人美貌，让我的记忆也出现了偏差。

我下意识地躲了躲，她也警惕地在扑空前收了手，那个拥抱在即将成型时不了了之了。

"涵涵，想妈妈吗？"

我都不知道她怎么好意思问出口的。

"这位女士，你是出差了三天吗？问出这么撒娇的问题。"

"我也是没办法，我们那时候条件太差了，什么都没有规划，根本没法带你走的，带你走就是让你吃苦遭罪。"

"所以呢？你是因为心疼我才抛弃我的？你就宁可吃苦遭罪也要追求自己的爱情，把我扔给没有血缘的人，留下一张草稿一样的便条，就人间蒸发了？"

"你知道了？谁告诉你的？这个王八蛋为什么要告诉你！"

"你有病吧！你骂谁王八蛋，我爸爸吗？阿姨，我警告你不要骂我爸爸，他是我唯一的亲人了。"

"你那么小，怎么可以告诉你这些！我以为他是个好人，他那么喜欢你，不会忍心伤害你的，我没想到他会和你说这些。都是妈妈不好，是妈妈做错了，妈妈应该带你一起走的，让妈妈弥补你吧，涵涵。妈妈现在就去和他说，妈妈带你走……"

她像电视剧里歇斯底里的被侮辱与被损害的妇女一样，边说边哭，语无伦次，如果不是从第一集就开始看她这出大戏，还真以为她是受害者呢。

"我亲生妈妈都抛弃我，我有什么权利要求一个养父珍惜我！还要求他不会忍心伤害我，你伤害我们的时候怎么不问问你自己啊？"我挣脱了她的手，不想继续这我埋怨她、她埋怨我爸的对话，"我不走，我和我爸爸相依为命。你回你的苟且之地吧，阿姨。"我已经学会了"苟且"另外的用法，并且活学活用在了合适的语境。

我本来应该到此为止，但是我忍不住号啕大哭。我与她一脉相承，用哭号回应着她的哭号。被命运吞噬的人，却一副要吞噬什么的架势。我们两个都张着血盆大口，看起来一定非常丑陋。

5

据说我妈还真去找我爸兴师问罪了，她觉得我爸揭露真相是对她的报复。她不擅长反思自己，却敢于第一时间追究别人，仿佛把小女孩遗弃荒野，却回过头来责难收留孩子的人为何没早点赶到。我爸还轻描淡写地对我道了歉，他说他那天告诉我就后悔了，也确实是失去了理智，确实是心怀报复才口不择言的。

"我永远不会忘记那天的情景，也会永远记得自己说过的话。我不会离开你的，爸爸。"我在心里对他说。

很多年以后我还是没想清楚，他没有直接把我送回姥姥家是出于习惯还是同情，还是他自己也没想清楚。

他其实无儿无女，离了婚可以轻手利脚地再找一个，可是却好像全无这方面的心思，一副除了含辛茹苦把我抚养大别无所求的架势，一心一意演着现实版《搭错车》。苦情程度简直超越了《搭错车》，毕竟我其实还是情敌的女儿。

我因为学业所迫每天忙得睡眠不足，他一天天上班、下班、买菜、做饭、画点画赚点外快，日子好像复制粘贴一般日复一日，根本没什么乐趣可言。他绝对有大块空白的时间谈个女朋友，但是却丝毫没有这方面的迹象。他当然也不会像电视剧里的慈父，说出什么"看着你慢慢长大就是我最大的乐趣"之类的感人宣言，他就是默默地活着，好像没什么不开心，但是隐约透着一股黯然。

"你真是为了我不找女朋友吗？"我忍不住问。

"没有合适的。"

"有人喜欢你吗？"

"不多。"

"那就还是有呗。你为什么看不上人家？"

"不好看。"

"你还真是好色啊！都一把年纪了，二婚还要找好看的！"

很多时候我觉得我们的对话更像一种较劲，好像简单粗暴，又好像离真实无比遥远。爸爸真的依然执着于美人吗？遇到我妈那样一个不管不顾的蛇蝎美人，几乎直接摧毁他的一生，他却还觉得美色是第一要义？那他还真是吃一百个豆不嫌腥。

我转念又想，我是真诚地希望他开始下一段感情生活吗？如果他谈了恋爱，顺利，要结婚，一个女的搬进我家，然后这屋檐下，我切实意义的后爸给我领来一个后妈，后妈还以为后爸是我亲爸。也许他们还会再生个孩子，他们才是骨血相连的一家。姥姥也不在了，好像最后的后路也被堵死了，真有那一天我该何去何从啊！

结果，有一天，他真领回来一个女的。我放学回家，看见桌上已经炒了三盘菜，一个女的扎着围裙从厨房走出来，对我笑。那真是恍如隔世，那女的不是我奶奶，不是我姑姑，虽然全然不像，却让我想起了我妈妈。那是平凡家庭每天都发生的事，一个扎着围裙在厨房的妈妈，我十二岁之后却只在梦里见过。

不只是全然不像，简直是截然相反，那女人矮而白胖一头直发，妈妈高而黑瘦最喜烫头，上帝造人的时候一定用妈妈和那女人互相参照了，不然怎么可以背道而驰得如此极端。再加上她糟糕的化妆技巧，那张白脸真是和美搭不上什么关系。

"涵涵，这是牟阿姨。"爸爸一脸假笑看着我。

我笑容可掬地叫了牟阿姨就看向餐桌。一个烧茄子，一个酱鸡翅，一条鱼，都是家常菜，但摆盘颇有讲究。尤其是那条鱼，还像饭店里一样在盘里放了一朵白萝卜雕出来的花。好像是鱼的追悼会，尸体旁边配白花。

"你们艺术馆的搞雕刻的？"我小声说。

"闭嘴。"爸爸也小声说。

牟阿姨又做了一道拔丝红薯，说是专门为我做的，女孩都爱吃。这道菜还是有点难度的，连我姥姥都不是百分百成功，搞出过吃起来一样，就是拔不出丝的版本。牟阿姨不知是出色发挥还是原就是零失误的高手，一盘拔丝红薯块块能拔出老长的细丝，供我假装天真掩饰不自在。

"你和爸爸长得真像。"牟阿姨微笑地对我说。

我和爸爸相视一笑，好像认同着牟阿姨对我们父女外貌的归纳。爸爸迅速地朝我眨了一下眼，只有我们知道这笑容里藏着我们共同的秘密。

"不仅仅是长得像，说话的神态、举手投足简直一模一样。"牟阿姨作为房间里话最多掌握情报最少的人，滔滔不绝。

"他们都说我们长得像。"我像是捣乱似的配合着,心里却真感到一阵温暖。我希望真可以像他,希望朝夕相伴可以替代遗传,让我们变成一对一眼望去便是亲生骨肉的父女。

一顿饭她轻声细语对我嘘寒问暖,还弄了一双公筷礼貌地为我夹菜,一种并不仅仅是出于认生的别扭弥漫全身。她好像面面俱到,真诚友善,但那张若有所思的脸和过于准确的动作又透着一种隔阂。一个非常不恰当的感觉——她像个太监,再温驯和阴柔,也有一种毫无女性魅力的男性气质。很多年我没有猛烈地想起妈妈了,那一晚很多和她有关的画面涌入脑海——她教奶奶跳迪斯科,把录音机调到最大声,不顾奶奶的羞怯和厌烦一顿狂扭;她急三火四地冲进我房间,大喊着,快换衣服,街角新开了一家锅烙店,咱们背着你爸去尝尝;她买西瓜人家多找给她五块钱,她捏着意外横财走了两条街,左思右想又给人送了回去;她看《渴望》边哭边骂刘慧芳,这女人有病,谁也救不了她,她自己有病……我必须承认,这个丧心病狂抛弃我的女人有超出常人的感染力,她不管不顾,欢快,幽默,有一种与生俱来的热情。只要她在家,各处都回荡着她制造出的各种响动,那时的家庭氛围与现在完全不同。

"你觉得牟阿姨怎么样?"晚上,爸爸问。

"萝卜花雕得不错,祖上是御膳房的吗?"

"我觉得她很纯洁。"

"你是一朝被蛇咬十年怕井绳吗?二婚不是要找大美人,就是要找完全不一样的,以纯洁为第一标准。"

我忽然意识到我爸好像还没走出我妈的阴影。他对女人的判断,我妈依然是一条隐隐的线,像她那么好看,或者干脆迥然不同。他还没有忽略她,忘掉她,他心里总有个隐隐的她。也包括我。那个牟阿姨真没什么不好的,她有可能贤惠、顾家、温文尔雅,而我对这个家女主人的认识是被妈妈定型的,所以我才觉得正常的牟阿姨那么奇怪。

"说真的，你接受我和她交往吗？"爸爸继续问。

"哪儿找来的？简直如同定制一般，从头到脚和我妈南辕北辙！我无所谓。没给我留下什么确凿的印象，和大马路上任何一个稍微体面点的人一样。嗯，她像一个工作人员，对，就是这个词，不知道干什么的，但肯定有工作，工作人员。你想和她好就和她好吧，好像不是多讨厌。我有什么权利反对啊，我一个寄人篱下的。你就是找个叔叔回来，我也会祝你幸福的。"

牟阿姨没有再出现过。我后来回想，她做的鱼还挺好吃的，虽然煞有介事了点。奶奶说他俩肯定根本没谈过恋爱，是我爸随便领回家试探我的。可我觉得牟阿姨好像挺卖力表现的，不像一个随便搭戏的群众演员。

6

一晃我十九了，这中间妈妈问过几次我要不要去南方和他们一起生活。我爸也问过几次，我确定他不是为了甩掉我这个包袱之后，就彻底拒绝了。我们俩过得挺好，虽然磕磕绊绊，也有些莫名其妙的冲突，但是感觉最大的挑战已经过去了，灾难也已经是虎头蛇尾的尾巴阶段。

听他自己说，他也和女人喝过咖啡，看过电影，只是最后都不了了之。他对异性能使出的全部勇气都用在追我妈顺道接纳我上了，现在只剩下把天聊散的能力，坐在一个女人对面，说着说着就无话可说了。喝完咖啡，无言以对，看完电影，面面相觑。

"你可以不说话，直接抓她手。"

"你以为我是你那个流氓亲爸呢！"

连我也哑口无言了，他果然具有让人不想再说话的能力。

这中间我倒是谈了一次比较走心的恋爱，高中同学，学习不好，长得帅。一起逃课看过电影，放过风筝，也畅想过未来。当然像我这样长大的孩子，肯定不是一头栽进去的懵懂少女，我知道我们成不了，我还小。但我也是真诚的，虽然带着扫兴的理智。

老师知道后按照惯例找了家长，见到是个负责的爸爸便更加苦口婆心。说是对我寄予了厚望，没想到高考前夕我会犯这么致命的错误。我心说我成绩也没有下降，不过就是正常的异性相吸，怎么就错误了？更谈不上致命！

我爸回到家竟然怒不可遏。

"只注意了你拿回来的成绩单，没想到你已经学坏！"

"我怎么学坏了？不就是和男同学看个电影吗！"

"你听听，你高中都没毕业，就和男同学看电影，一副情理之中的样子。你的嘴脸非常丑陋，现在。你分得清你是干什么的吗？你是学生，不是流氓。你就应该好好学习，电影院就不是你该去的地方。"

"我给你考上好大学不就得了。"

"不行。你考上好大学是正常，你还得规规矩矩的。你不学好，考上哪儿也没用！你可以收敛一点吗？我对你要求不是十分严格，那是相信你自觉。我养你，是为你妈行个方便，不是要把你放任成女流氓报复她。麻烦你替我考虑考虑，没人知道你是遗传的堕落，都以为是我教唆你学坏呢！你还真来了上梁不正下梁歪的那一套！我不同意你谈恋爱，坚决不同意！"

"从我妈身上你看不出吗？家长喜欢的不一定行，家长不同意的，可能还过得不错！"

"你住口！"他怒不可遏。

"你又不是我亲爸爸。"我小声嘀咕。

"我是王八蛋！"他竟然听到了，暴怒地摔门而去。

"你现在知道我不是你爸爸了，早干吗去了？"大概二十分钟之后，他在隔壁大喊。

我没敢接茬。我知道我说错话了，但是我也不太想道歉。

我小声嘀咕了那句话之后，这样表面上看起来通情达理，其实非常上纲上线的暴君训话，后来还发生了很多次。他总是能火眼金睛地挑出我历任男朋友的缺点，毋庸置疑地指出，那个人配不上我。在他的认识里，我每段恋爱都是幼稚的，是头脑一热，是自取其辱。

我记得有一次看台湾综艺，一个男艺人说自己剪了难看的发型，着急让头发快点长，就会把避孕药磨成粉加在洗发水里，屡试不爽。当时我正急于留长发，就到药店买了避孕药加进了洗发水。本来没当个事，可是被爸爸发现垃圾桶里的避孕药包装，又是一顿大闹。他先是以为我吃了那药，近乎歇斯底里地呵斥我。我说我只是希望头发长得快点，在尝试偏方。他将信将疑，以自以为严峻的目光注视了我半天，试图通过对视检验我是否慌乱。发现我非常淡定之后，他如释重负，一丝好奇飞快地从他脸上掠过，又迅速变为严肃与恨铁不成钢。但是发现我没吃，只是洗头，声调明显变低了，估计训诫强度也比之前准备的有所下降。他批评我愚昧又大胆，说避孕药有各种副作用，虽然不吃，随着洗发水和头皮接触，谁知道对身体有没有伤害。训诫之余，他还雷厉风行地到卫生间把洗发水扔了。我其实还挺心疼的，毕竟避孕药也不便宜，还没怎么用，就被他给处理了。

他还偷听我和同学的电话，生怕我和男生搞出什么把持不住自己的亲密接触，重蹈我妈的覆辙。他没有明说，但他那紧张兮兮的样子，让我一眼看穿无谓的担忧。

我的高考志愿也和他冲突、拉锯了一阵。我想学英语，他认为英语只是工具，学别的专业也不耽误我好好学英语，我应该学法律、建筑或者其他什么更像一个专业的专业。我想留在本地，他坚持认为我应该到北京、上海去读书，说上大学不仅仅是学习，还有氛围。他说我一定要去看看世界的磅礴和复杂，才能摆脱他们人生的局限。最后我的第一志愿四个学校清一色报了北京，中文系，这也是我们不断商量，彼此妥协的结果。

毫无意外地被第一志愿录取了，仿佛人生某种平衡，在学业上我不曾遭受什么挫折，带着"穷人的孩子早当家"的努力，我总在分数上得到丰厚的回报。学习也确实让我快乐，好像因为觉得这世界太复杂，我竟然真的有很旺盛的求知欲和好奇心，每每弄懂了一些稀奇古怪的难题，都让我异常兴奋。我那个被爸爸棒打鸳鸯的男朋友，勉强考上了本地的三本。成绩出来后，我们对彼此的未来都有了大方向的估量，便心有灵犀地疏远了。

7

去北京报到前的暑假，我妈盛情邀请我去她家住几天。之前的寒暑假，她也发出过类似的邀请，我都以冲刺高考为由拒绝了。也不是全然没动过心思，只是拒绝她会给我带来一种快感。多年前她抛弃我，如今我冷淡她，我不会可怜地等她回头，她一转身便哭着扑向她的怀抱。我已经打掉牙咽进了肚子里，我要用我的拒绝和桀骜来惩戒她、提醒她，她是个道德有污点的人。

"我觉得你应该过去住几天，她毕竟是你妈妈。"我爸很有些深明大义地说。

"她抛弃我的时候，就应该预料到有这一天。我又不是卖火柴的小女孩，怎么会饥寒交迫地等在原地！"

"她抛弃的主要是我，你只是暂时被留下，人家没说不接你。革命必然会有牺牲，委屈你一个，成全你亲爹亲妈，这点觉悟都没有吗？"

"凭什么？她走的时候连我名字都写错了！我恨她！"我竟然哭了。

"你都这么大了，不能用书本上简单的感情来面对世界。不是只有爱和恨这么简单，人人都有难处。你妈妈不是故意的，她做事就是那样心不在焉，当时又那么匆忙，你又不是判卷老师，写个错字没必要揪住不放。她后来一直给我单位汇款，尤其是每年你生日前后，我都能收到钱。你想想，他们在外边生活也不容易，她在尽自己所能，在经济上弥补你。"

"你要了吗，那些钱？不是都退回去了吗！咱们缺钱吗？"

"我没要，是因为早几年我也有气，而且咱们确实也不缺钱。如果，我是说如果，我下岗了，我们处在经济上的困境，她的钱可是能救命的。"

"没有如果。如果我们那么惨的话，我只会更恨她。"

"你马上要变成一个大人了，不能总用受害者的身份想问题。你小时候确实过早经历过一些人生的不公平，包括你妈，包括我，都给了你一些伤害。但是我希望这些不要影响到你对世界的判断。不管是和我，还是和其他任何人，都不要成为互相舔舐伤口的人。而且你不能要求你遇到的人和事都是标准的、正确的，谁也没有做错，不能要求所有人对你轻拿轻放，我不希望你把自己当成一个弱者。别人做错了，你也要有能力去宽恕和原谅。我培养出来的孩子，要襟怀广阔。"

"对别人太过仁慈，那就是对自己残忍。"

"她永远不能算是别人，她是你妈妈。"

爸爸似乎说完了，我们沉默了一会儿，他忽然摸了一下我的头。

"你缺什么吗？你妈妈虽然不在，但我觉得我做得可以，所以你应该是个健康的孩子。要上大学了，要有精神上的成长，别没事老想着惩罚别人，那样还有工夫想自己吗？去吧，回来我们去海边玩。"

于是第二天，我襟怀广阔地以一个强者的姿态上了飞机。一睁眼行李都被收拾好了，我确实受了那番话的触动，也觉得人活得这么高洁活该吃亏。

飞机上邻座坐着一个严重鼻炎患者，好像呼吸十分不通畅，几秒钟抽一次鼻子。一路被嘶嘶啦啦的抽鼻子声搅乱着思绪，我好像什么都没有想，又觉得非常疲惫。

一出机场，就看到我妈在出口奋力朝我挥舞手臂，她依然动作夸张，看起来充满活力。我走近，见她身形没有多大变化，但当年的美艳已被生活撕扯得七零八落，原本肤色就黑，还并不润，竟有了几分黑瘦老太的前兆。只有那生动劲儿一成不变，她大笑起来，眼角挤压出几条细碎的纹路，嘴里一颗虎牙也露了出来。一瞬间我觉得记忆里有过和这一模一样的画面，那种真实感让我不禁恍惚。

"你男人呢？不急于看看自己早年的作品吗？"不知道为什么，冷如冰霜的语调从我嗓子里冒出来。人有时候不能完全操控自己，本能无处不在。

"爸爸在家等你，他犹豫了很长时间，还是觉得在家里等合适。"

"我有爸爸。我不会叫那个人爸爸的。正常人都只有一个爸爸，请别为难我。"

"涵涵，你不叫也可以的，但是对他别太刻薄好吗？"

"你记得我是哪个'涵'吗？"

妈妈有些糊涂地看着我。算了，她根本不知道我在说什么。我要是斤斤计较，早活不下去了。

去她家的一路上，她嘴都没有停过，如同一个导游，尽力介绍着这个城市的景点和地标。这和我有什么关系，我又不是来旅游的。她那副自顾自说话的样子，让我觉得非常熟悉。纵使七年空白，我依然可以自如地想起当年她还在时的情景。

到门口的时候，我突然间有些却步，之前努力营造出的平静一扫而光。我将迈进的房子，原本是我理所当然的、亲子鉴定的家吧，爸爸妈妈都是医学上如假包换的。而我十九岁了，之前从未踏入过这个家门。

门陡然打开，一个六七岁的男孩向我扑来。他一看就经过了动员、演习，训练有素的架势，让人想起领导来学校检查时门口那些挥动塑料花，喊着"欢迎欢迎，热烈欢迎"的孩子。他是我弟弟。来之前我已经被做过了心理建设，要有姐姐的样子，大人的心结，不能拿弟弟出气。对了，我忘了说，他们私奔的第二年春天，又生了一个孩子。也就是说，我妈抛弃我的时候已经怀孕了。多么完美，新的孩子已经到来，旧的还有什么可留恋？她每一次都是怀着同一个男人的孩子奔向新生活的。刘雨刚优秀的繁殖能力也是让人佩服，不管在多么不合时宜的当口，他都能精准地入侵她，恶毒地发送一枚精子，变成我，变成弟弟，让他的女人以生育的方式和他建立紧密的羁绊。不被祝福的恋情，勾引有夫之妇，两次狗血的相遇，都以怀孕达到不得不出现个转折的高潮。

"你叫什么名字？"我故作亲切地问。

"刘凯新。"

真难听。刘雨刚、刘凯新、张涵，听起来八竿子打不着，一点关系没有。我想起高中开学的第一天，老师点名，一个女孩叫刘涵。听到那个名字我心一惊，如果不是阴差阳错，我也应该是刘涵吧。

客厅不大，有一股贫贱夫妻百事哀的衰朽的味道，廉价的空气清新剂把那味道吞噬了，但是还残存了一点点，被我捕捉到了。

沙发上坐着一个没有必要描述外貌的男的。仔细想想他当时也就四十多岁，却有一种非常苍老的姿态。我不得不承认，我曾经无数次在想象中描画他的样子，这个 DNA 上的父亲，我对他没有正向的情感，却充满了好奇。我以为他一定非常健硕；或者习惯性带着吸引低级女性的邪魅狂狷的笑容；或者喷着廉价发胶，把头发弄得硬邦邦的自以为很帅；或者就算长得不济，也应该目露凶光有个亡命徒的样子。可是他竟然就是个头发稀疏的中年人，看起来毫无兴风作浪拐跑别人老婆的能力。他强作慈祥状，却没有一张与之配套的平静的面孔，一脸被生活苛待的生硬线条，可以想见平时骂骂咧咧的模样。也没有形体可言，臃肿不堪，像一块学徒做出来的不成形的面包。我忽略了时光，我的想象里他一直是二三十岁和我妈反复纠缠的样子，而他现在已经是个发福的隔壁老刘，一点不像流氓，简直有一种"樯橹灰飞烟灭"的幻灭感。

他站起来，犹豫了一下，竟然向我伸出了右手。然后我那个弟弟也冲过来对我伸出了手，我妈不知是热衷展示一家人的团队意识还是脑子短路了，也过来和我握了握手。难道有记者吗？难道本次会晤要上新闻？竟然会出现——握手的诡异画面。寻亲电视节目到了这个段落都会哭天抢地，而我们竟然像领导人会面般握起了手，撒手之后，又都有些不知所措，表现得近乎冷场。毕竟我们的主题不是失散和重逢那么简单。

他们的手都不热，也都有点湿，生命气息微弱，散发着一家人的统一质感。我觉得我是个闯入者，摸了三条奄奄一息的搁浅的鱼。

"涵涵，别拘束，就像到自己家一样。"刘雨刚没有看我，声音不大地说。

听到他叫我涵涵，我一个激灵，涌起一股被陌生人无事献殷勤的不适。他的声音像是从鼻毛丛生的鼻孔里飘出来的，可怜巴巴，听着难受，让我想起初中时那个腿脚不太利索的生物老师。他的样貌、声音都让我反感，即使抛开前情，也不想相信这是我血缘上的父亲。

"就像到自己家一样。"这句待客的套话，用在这儿太准确太精彩了，简直是小说家也想不出的场景，可以分析出一百个微妙的意思。

相顾无言了一阵，还是我妈一惊一乍地带我参观了整套房子。两居室，比起我和爸爸现在的家，寒酸了太多。他们看起来像三个受害者，带着我参观他们并不宽裕的生活，我好像是代表我爸来访贫问苦的。所有关于奸夫淫妇的刻板印象轰然倒塌，一对私奔的男女，难道不该过得放纵糜烂腐化堕落吗？可是他们竟然活成了一对可怜虫，像一对老实巴交安分守己的中年夫妻。这就是妈妈背井离乡飞蛾扑火重新选择的生活吗？她应该早就追悔莫及了吧！这日子简直像一块嚼了一天的口香糖，无味到令人想吐。人有时候会产生非常上不了台面的小心思，某个瞬间，我脑中竟闪过一丝庆幸：没有带着我一起跑，没把我拉进这拮据的生活，留我和我爸吃香的喝辣的，算掏着了。

餐桌上，妈妈对我异常热情，几乎指着每一道菜都说是特意为我做的。还有据说我最爱吃的爆炒鱿鱼。我有点模糊了，最近这些年都是爸爸做什么，我吃什么，我最爱吃的已经变成了番茄牛腩。按说，我重新吃到妈妈做的菜，应该瞬间被拉回童年的记忆，然而好像我的味蕾都失忆了，嘴里的味道那么陌生，像是正处在一个新开张的餐厅，迎面而来的都是新的刺激。对面坐着的那个六七岁的男孩，上下唇迅速的碰撞表达出他的津津有味。这是属于他妈妈的味道，属于这个三口之家的味道。这套房子不大，却装满了他成长的印记，这里从未留下过我这个不速之客的蛛丝马迹。我，一个素未谋面的陌生姐姐，一个遥远而难缠的客人，一个他们复苏良心的安慰剂，他们一定早和他说好了，要对我好，对我笑，让我尽兴而归。

可能是房间的采光不太好，每个人的脸都很黯淡，都是满面尘灰烟火色。也可能是错觉，我觉得他们都很累，连小小年纪的刘凯新脸上也有疲于应付生活的沧桑。他长得像妈妈，眉眼浓重，鼻梁高挺。按照这个逻辑，我应该像刘雨刚，但是我不敢仔细看他，我希望他在我心里模糊着。

我们一家人整齐地坐在一起——不幸的是，已经太晚了。我与他们仿佛一个整体，却横亘着一道看不见的结界。尴尬的儿女双全。我比其他任何时刻更感到自己孤苦伶仃，我其实非常多余，我不应该被生下来，当初我妈应该把我做掉，老老实实等着刘雨刚回来，正常地结婚，生下刘凯新。而我爸也可以不出现在他们的故事里，他年轻时喜欢过她，然后她嫁给了一个流氓，他也许会难过一阵子，但是很快会过去，然后他会遇到一个真心喜欢他的女孩，有一个属于自己的孩子。这样两家人毫不相干，各过各的日子。只是这貌似完美的方案里，我消失了。我虽然很努力，也挺聪明，可我到底是个有点多余、给所有人埋下不幸悬念的孩子。好可惜！

晚上，妈妈底气不足地询问是否可以跟我一起睡，我拒绝了。不是多么恨，或者故意冷淡她，而是可以预见的窘迫让我没有和她亲热的勇气。况且，他们只有两间房，我和她一起睡，难道要睡在他们夫妇的大床上吗？我无法允许自己踏足那个男人的私人领地，不能坦然躺在他睡过的床上，我们之间必须有清晰的界限。

妈妈讪讪地走了，我理解她急于与我亲近的心，却也替她感到狼狈。如果我同意了，我们难道要一秒钟搂着睡去吗？如果不能马上入睡，要说些什么呢？只有些不咸不淡的话可说吧，如果真敞开心扉，哭一夜可能都是不够的。

我自然失眠了，躺在弟弟的单人床上，感到一种意念中的浑身瘙痒。妈妈说床单都是特意新换的，但我还是忍着抓狂钻进被窝的。睡在别人家里的那种不适应席卷着我，即使我努力做到刘雨刚说的那样——像在自己家一样。他们一家三口挤在隔壁，以显而易见的低姿态表达着对我的歉意。我在这儿像个钦差大臣一样被敬着，却时刻体会着如芒在背。我知道，此刻自己是不由分说的VIP，即使现在起身到他们房间去砸东西，那所谓的父母也并不敢呵斥我。但这可悲的VIP，是拿举目无亲换来的，我曾经被弃之如敝履，曾经像一只旧拖鞋一样被轻易抛弃。不管是他们，还是我，都不知道如何拿捏那种假装亲昵的分寸，以显示我们可以忘了过去。

第二天傍晚，刘凯新坐在写字台前做数学题——据说为了迎接即将到来的小学生活，学前班都开始有作业了。我看见他的屁股在椅子上挪来蹭去，一会儿挠头一会儿吃手，压根无法沉下心五分钟。我竟有些优越地想起"蓬生麻中，不扶而直；白沙在涅，与之俱黑"。他大概不会太爱学习吧。

　　一个礼拜终于度日如年地结束了。临走时，妈妈把我拽进卫生间，塞给我一万块钱。那沓钱是连着号的新票，显示是特意准备的。她说那是她和刘雨刚的一点心意，让我上了大学买点可心的东西。我和她推搡了半天，我俩的手都有些红了。我觉得她好像要哭了，于是我的手软下来，把钱捏住了。

　　收下钱，她和刘雨刚战战兢兢把我送到机场，不知是否为这救赎团圆之旅的圆满结束长出一口气。我想象着他们回到家瘫倒在床上，终于不必再强打精神的松弛模样。不仅他们，其实我也是小心翼翼的，那个家好像很普通，却让我觉得每一个细节都不对劲。我们根本就不是一家人，都在克制自己容忍对方的奇怪，所谓对方，是指我和他们仨。十二岁时，我以为我会终生恨他们。直到一周前，我还非常鄙视他们。但是见面那一刻，我没办法统计出心里有多少种情绪，这对琐碎、邋遢、不敢招惹我的夫妻，我的价值观告诉我，他们是一对烂人，可是我竟产生了巨大的怜悯之情。但是我的愤怒还在，我感到胸口有一个冷风飕飕的窟窿，积压着年深日久的寒气。

　　飞机慢慢滑行至跑道，我忽然发现自己在哼歌——终于可以走了，我是一个幸存者，逃离了他们家。我打开前座靠背里塞着的杂志，我需要读一些字，不管内容是什么，我不想思考。

8

　　"你们家人怎么样？"爸爸问得平静，我却觉得听出了一丝幸灾乐祸。

　　"他们家就那样。"

　　"你觉得你长得像刘雨刚吗？"

"他真的特别丑。"

我好像在爸爸脸上看到一抹得意之色，但也可能是我想多了。谈起那家人时，我的心态变得十分复杂，有一种家丑不可外扬的羞于启齿。

"人家一家人和和美美的，你会有些不是滋味吧？毕竟这些年没有共同生活，你可能会觉得有点别扭。你上飞机后她给我来了电话，说感觉你有些拘谨，说你真像是我的骨肉，和我一样又聪明又刻薄，说话不那么招人喜欢。"

"我觉得他们特别可怜，房子那么小，俩大人看起来孱弱、无能，孩子也就那样。"

"你这都是什么逻辑？听来听去都是物质生活不好，人长得不好看，你怎么这么势利？难道你回去看到他们住大别墅，你就觉得自己吃亏了，应该早点去投奔？你所谓的优越感竟然是人家物质条件不如咱们？他们要是真过得那么不好，你妈怎么不回来啊？至少她真没你这么嫌贫爱富！"

"我嫌贫爱富也是你教育出来的。她也得有脸回来啊！我的优越感难道不是因为他们是一对地地道道的小人吗？"

"不要这么说你妈！我挺佩服她的，至少人家追求真爱的时候是真果断，敢顶着坏女人的名声。道德不是法律，并不是完全不能超越的，比如为了爱情，爱情让人一往无前。我后来仔细想了，我们可能一直挺貌合神离的，只是我当时不敢往深了想，不敢面对，一直在伪装某种其乐融融。你妈叽叽嘎嘎和我说的事，我都觉得没什么意思。我感兴趣的事，我也不会跟她说。别人送我两张画展的门票，她说我得请她吃顿好的，才肯陪我一起去。我一直回避我们精神世界的不匹配。我对她，既奉若神明又居高临下，我没有真正在乎她在想什么，觉得她只要美就足够了。你想想，那是十二年啊！她和我过了十二年，还是不计得失地和刘雨刚跑了，说明她舍得，她知道哪个更好！可能她和刘雨刚确实更合适，他们之间才有交流，才有真正的吸引和理解。"

"灵魂伴侣，是吧？他们哪有灵魂，他们就是被肉体左右的人。别反省了，都是受害者太爱自我反省，坏人才越来越猖獗的。"

"我说过，咱们别把自己放在受害者的角度想问题，你失去的永远不可能是全部。你妈很单纯，单纯的人有时候能更坦然地面对自己的内心，包括不好的企图。我当然也翻来覆去地恨过，但是后来我明白了，她吸引我的就是那份天真，她就不具备瞻前顾后患得患失的能力。一个成年人，别人为了责任和你继续在一起是一种羞辱，我又不是不能自理，没理由不让她走啊。虽然听起来不太周全，但她有权利追求自己的爱情。你是以一个标准形象要求她的，含辛茹苦克己复礼，但是这本来就是一个虚幻的、过于严格的标准。谁也不会得到教科书式的母爱。谁规定的妈妈一定要陪在身边？妈妈也有自己的选择，不能陪在你身边的妈妈也是妈妈。"

"我不是成年人！我不能自理！而且她追求的是什么爱情？日子过得稀巴烂，还生个孩子叫凯新，是有多不开心，才要这么心理暗示！"

"你怎么知道人家不开心？没有很多钱，并不意味着不开心。人家守着自己的爱人，也许非常满足。其实我并不想听到她过得不好的消息。她可以走，但是刘雨刚毕竟我也认识，好像是差了点意思。"

"你刚刚不是说他们才有交流？"

"能交流的大有人在啊！不是我，也不该轮到刘雨刚，在能交流的人里，也能找到更好的。行了，咱俩别在这儿马后炮了。你妈自己不后悔就行吧，一个没什么能耐的大美人，她根本不了解这个世界，或者说，没能耐的大美人都是人到中年不那么美了，才知道世界的本来面目的。不过你看她看人也不是一直不准，至少她看准了我是一个好人——她坚定地相信我会善待她的心肝宝贝。"

"她哪有心肝？她那是不负责任。"

"她真没有心肝就好了。每一个你觉得草率的决定背后,都可能有撕心裂肺的煎熬。她快刀斩乱麻舍的是我,但你始终是她的心病。你妈真不是坏人,你小时候咱们家二楼老头养的猫把麻雀咬死了,你妈还带着你去安葬小麻雀,她挺善良的。"

"你的意思是她对我还没对那麻雀好呢呗?"

9

几天后我们就去海边玩了。我好像对水边并没有特别的感受,爸爸似乎对江河湖海情有独钟。十五岁时的十一和爸爸一起去杭州,长假的西湖边人山人海,游湖的船上黑压压全是人头。爸爸试探地问我是去排队还是再等等,我说你给我买个冰淇淋,吃完咱俩回宾馆吧。

当然我还是在作文里把西湖美景大书特书了一番,苏堤白堤雷峰塔一顿抒情。我一直挺擅长写作文的,有一套勇敢的修辞技巧。我唯一记得写得有点艰难的一次是赶上作文题目是《我的妈妈》。

夏天的北戴河竟然不热,吃海鲜、玩水也算是惬意的。我不会游泳,学了两次都以鬼哭狼号的喊叫告终。我坐在岸边看着水里的爸爸。他穿着我选的大花泳裤,看起来还是有些老了,肩膀和手臂都有点松弛,即使是背影,即使他不胖,依然和年轻人的紧致差异明显。

说好了第二天早晨去看日出,我们却默契地都睡过了。他来敲我房门时已经八点多了,既然已经错过,就索性继续睡吧。如此恶性循环地晚睡晚起了四天,吹吹海风吃吃海鲜,好像看不看日出也不那么重要。

书面语一般说海水是蔚蓝的,但是我觉得我看过的每一片海颜色都不太一样,一滴滴近似透明的水汇在一起,组成了各种微妙的颜色。按照那种很肤浅的联想,爸爸喜欢海大概是他有大海般宽广博大的胸襟吧。爸爸的确比我更享受这次旅行,他说这也许是我们最后一次一起旅行了,我长大了，会有自己的朋友和世界。我觉得他有点煽情了，我们的日子还长着呢。

海滩上拿着立拍得相机的商贩吆喝着生意，十块钱一张。

"给你们爷儿俩来一张吧？"

于是我们来了一张。

"都不爱露牙，爷儿俩一模一样。"照相的一手交钱一手交货，不忘对我们拍照的表情即兴点评。

我看着照片，也觉得我和爸爸一模一样，并且想起了一个风马牛不相及的例子——葫芦娃。七娃被蛇精、蝎子精养大，所以不认爷爷和六个哥哥，被蛇精的三观操控着对世界的第一反应。这样一比，我就成了七娃，我爸就成了妖怪。

临走最后一天，我挣扎着起来看了日出。爸爸以不容置疑的口吻要求我务必完成这项任务，说是要以一次温暖的日出结束我的毕业旅行。

睡眼惺忪来到公园，发现比当年杭州的情形还吓人。天空没有几颗星，黑暗中，四处是只有轮廓看不清面孔的人影，看来不辞劳苦也要逮住太阳上班的人还真是不少。黑暗中我望向远处的大海，其实那是一片隐约的深蓝。如果四下无人，可能还会有种寂静的美，可在百十来号人并不安静的注视下，我感到的只有焦躁和困。

当太阳像一个金色的气球冒出海面时，我和爸爸异口同声地说："好圆啊！"在周围激动的喊叫声中，我们竟然同时先注意到了形状。

太阳桀骜、自带节奏地离开了大海，橘红色的光一层层铺洒在海面上，那的确是不可思议的景象。仿佛的确是一种强大的明亮和希望，君临天下般战胜这残夜，是严格意义的光芒万丈。

很快天就亮了起来，几乎算得上不由分说。好像瞬间的痊愈，黑夜荡然无存。周围原本模糊的面孔清晰起来，在短暂的激动过后，大部分人脸上浮现出倦息，甚至有怅然若失的神色。我和爸爸静静朝海边走去，轻微的浪打湿了小腿，我们有一搭无一搭地闲聊着。无外乎嘱咐我到了大学别和同宿舍的人太计较，花钱也不必太节省，学习可以适当放松但是要心里有数之类。一只喜鹊飞过来，停在离我们大概五六米远的地方，它叽叽喳喳，两条细腿小范围来回溜达着，仿佛念念有词地把爸爸的良苦用心用鸟的语言重复了一遍。我们不敢贸然移动，怕喜鹊飞走。爸爸忽然说："我想吃咸鸭蛋。"

"你看日出的时候想的吧，我也想到了鸭蛋黄。"

10

我大学四年，谈了俩男朋友。爸爸支持我恋爱，一改高中时的严防死守，变成了青春岁月不花前月下着实可惜的开明嘴脸。然而他对我选的那俩人都嗤之以鼻，说一看就是没什么根基的东西，不值得托付。有一天他指着电视里播着的矿泉水广告问我："那个小伙子长得怎么样？"我一看是王力宏。

"当然好看了。"

"要是他追你，你能甩了现在那小子吗！"

"能啊！王力宏当然行啊！"

"那我想想办法，看能不能联系到他。他叫什么？"

"王力宏！"

一度，他和他们艺术馆一个收集少数民族民歌的女的出双入对了一阵。那女的比我爸小九岁，也是离异。我爸屁颠屁颠陪她田野调查，也是相当投入。不过最后，女的着急结婚，软硬兼施，我爸忽然就嫌烦了。据说一个人独惯了，很难和另一个人再组装成一个统一思想统一行动的整体。

大学毕业，我被保研了，只需要把行李打包好，寄存到学姐的宿舍，等到开学再搬到研究生宿舍。原本大三时也想过毕业要留在北京还是回家，如今继续上学的机会送到眼前，好像做出抉择就可以再拖三年。每每面对未来，我都思前想后，全然没有我妈的果敢。

本以为可以轻轻松松玩一个假期，还计划了和本科的同学去旅行，可是又被我妈给搅和了。我上大学时有了手机，还是当年颇为流行的诺基亚蓝屏8250。我妈隔三岔五会给我发一些不痛不痒的短信，有些就是那种转来转去的段子，有些是只要敷衍便可回答的"注意身体""要穿外套"一类的叮咛。在我常常莫名想哭的青春期，她一直缺席，我第一次来例假她不在，我的第一套内衣是姑姑给买的，我从一米三五长到一米六五，她不曾看见。我一米六五三年了，一夜不睡依然红光满面，二十出头，刚刚变成了一个大人，身体好到了人生的巅峰，她让我注意身体。雪中送炭的时候不见人，这锦上添花的关怀对我又能有什么意义？

她得了乳腺癌的消息是爸爸告诉我的。大概她缺乏通知我真实消息的勇气，奇怪的是她好意思告诉我爸爸。人有时候很神奇，吃柿子拣软的捏，一捏就敢捏一辈子。她觉得她对我无比亏欠，对爸爸却定性为不过是有点突兀的好合好散。

爸爸勒令我立马回家，坐第二天的飞机去看妈妈。不知是出于什么心理，他订了两张机票，和我一起去。

"你是去看笑话吗？"

"住口。"

我站在病房门口，不想进去。几乎已经确诊了，还有个小检查要做。爸爸拉了拉我的衣角，我还是没动。他把我叫到楼梯间，没有说话，给了我一巴掌。我十二岁之后他第一次打我，也没有多疼。

然后我默默跟着他进了病房。

妈妈已经垮掉了。她的眼角纹、法令纹都很深，整个人都耷拉着。据说从来没感到过有什么不适，一发现却已经是晚期了。

刘雨刚和刘凯新都在，再加上我和爸爸，好像迅速勾勒了妈妈的一生。由于场合特殊，没有人表现出尴尬。妈妈吃力地朝我们笑了一下。我以前一直觉得她最让男人无法免疫的就是她的笑，特别完整，特别灿烂。而这个笑容很是勉强，几乎是哭的另一种表达方式。她还是不擅长掩饰情绪，绝望爬了满脸，有一种不会好了的气息。她的两任丈夫和两个孩子平和、友善地站在她旁边，仿佛她全部的爱和任性都已被接纳和原谅。可是她拿人之将死换来的这看似和解的时刻，她只能靠在医院灰扑扑的枕头上，谁也无法真正体会她的疼痛、疲惫和孤独。

我当晚查了资料，网上说即使是晚期的乳腺癌，也有人又活了十几二十年。化疗、放疗虽然要遭罪，却不是没有存活的希望。

然而一直咋咋呼呼的妈妈迅速地死掉了。我开学不到一个月，就请假奔赴她的城市，去参加了她的葬礼。医生说发现得太晚了，治疗方案刚定下来，就又发现了脑转移。她有时表现得很积极，说相信自己会战胜癌症，有时候又说太煎熬，想直接跳楼。呕吐、头晕，后来不断晕倒，神志不清，越来越嗜睡。据说在弥留之际，她不让刘雨刚给我打电话，说不想我看到她不成人形的惨样，希望我记忆里一直是她年轻时的模样。

可是我还是看了她的遗体。在太平间冰冷的铁柜子里，她整个人变得干瘪而黄，好像头发也不似原先的黑亮，我不知这是人断气后的相同现象，还是癌症夺走了她发丝的光亮。在那个小格子里，她的脸如同戴了个失真的面具，是真正意义的死气沉沉。她好像一个陌生的大婶，筋疲力竭，僵硬又冰冷，不是我记忆里盛放的妈妈。那个被爸爸比作叶塞尼亚的女人，那个狠心抛弃我们去追求真爱的人，那个最炙热的人，就这么冷了，没有活过五十岁。

刘雨刚说，她的最后时刻曾经反反复复断断续续地说，要把连衣裙留给涵涵。他不知道说的是哪条连衣裙，也不确定这是她清醒时最后的托付，还是已经是意识模糊的胡话。他有些怯懦地看着我，说这段时间太忙了，等整理出来，如果有连衣裙，一定会给我。即使是这样悲伤的时刻，我们也忘不掉彼此的生疏。他在我心里始终是个扁平、混沌的形象，永远也无法立体、真切起来。

我也不知道什么连衣裙，是我十四岁时同桌穿的那条？还是十八岁时忽然流行的那条？我都曾默默希冀，却没有对任何人提起。面对这个世界，我早已有了深深的自知之明。我张嘴爸爸会买给我，但是我知道我不该享受得那么仗义。

难道她知道欠了我多少条连衣裙吗？她已经死了，说这些又有什么意思？

她的葬礼非常热闹，我、舅舅舅妈，我们像外地的亲友团，被观摩和议论着。除了刘雨刚和刘凯新，我谁也不认识。那些可能是妈妈生前有着亲密关系的朋友、同事，与我毫不相干。我们是一对早已没有共同世界的、名义上的母女。我听见他们小声称呼我为"和前夫生的"。他们都搞错了，不是同母异父，我妈这辈子可忠贞了，她只为一个男人生过孩子！我觉得有点好笑，那个安详地躺在棺材里，并不富裕又并不长寿的女人，看起来好像一事无成，却有着这么搞笑的秘密。她其实是个特工，一个打入我爸家内部，又全身而退的特工！

刘凯新眼睛像两个烂桃子，作为更名正言顺的孩子，他也并未被命运优待。他只有十一岁，就彻底成了丧母的孩子，比我当年还要小一岁。

爸爸也来了，他没有去参加葬礼。他说其实该送最后一程，但万一是添乱就没劲了。

我回到酒店的时候，他已经喝了不少。桌上一瓶古井贡，只剩三分之一了。

"我买了店里最贵的酒。清醒太难受。"

"你觉得她是不是特别负疚，所以积郁成疾了？"我也喝了一口。

"我听过你和你男朋友打电话，你骗人的技巧和哄人的手腕都是一流的，和你妈一样。你还读了那么多书，不是自以为是，你是真行。你妈没什么文化,自负都建立在幼稚上,我挺喜欢她那种无知而富有主见的劲儿。她以为她弹无虚发,其实她都脱靶了。你是升级版,你更厉害。但是你们最大的短板就是,你们其实挺有良心的,你们绝对受折磨。你妈没得选,她真爱刘雨刚,你看刘雨刚看她的眼神,你必须承认,他们之间有爱情。她是为爱情跑的,她跑的时候肯定血脉贲张,可能还笑出了声。但是跑只是一个时刻,跑了之后,她会不断地想,不断地检讨自己对不起你,对不起我。她绝对受着良心谴责。"

"我也是啊,我没有一天不在谴责她!我小时候好像诅咒过她得癌,可她真得癌了,我又特别后悔。"我哭了。

"不管她是不是骗了我,是不是根本没喜欢过我,她都是你妈妈。你小时候不睡觉整夜哭,她就整夜抱着你,腰都累坏了……她没有陪伴你整个童年,但是她始终爱你。"

"别人家妈妈不都这样吗!你什么时候这么《艺术人生》范儿了?"

"我后悔没把你早点还给她,我觉得她心里过不去的主要是没陪着你,这事可能最折磨她。"

"你是懒得再恋爱、再生孩子吧,万一再被骗呢!我听说外国人好像喜欢这样,他们不介意孩子不是自己的,说不用自己忙活完还得等十个月了,来了个现成的,前人种树后人乘凉。"

"哎哟,你怎么这么愚昧啊,跟那《大清炮队》里的清朝老百姓似的,觉得外国人腿不会打弯!他们是懒啊还是傻啊,孩子都麻烦别人生?人都差不多,外国人也不是神经病,还是想要亲生的。"

"《大清炮队》?干吗的?"

"一部电影,刘晓庆演的,你小时候看过。"

"那你干吗不要个亲生的?"

"计划生育啊!再说不是装作你就是亲生的吗!"

"那如果没有计划生育,你要吗?"

"当然了。"

"那你对我和对他会一样好吗？"

"至少表面上一样。我也是有城府的。"

我竟然笑了，爸爸也笑了一下。然后他一直没有说话。他垂着头，我隐约能看见几根白发。我忽然觉得他的整个人生被我、我妈、还有不讲道理的命运彻底围剿了。他原本可以丰富辽阔的生活，被我们紧紧禁锢，变得可以轻易概括———一个沉默的好人。

第二天我俩眼睛全肿了，我不知道我们相顾无言到几点，哭了多长时间，我爸又喝了多少。我失去了妈妈，他失去了唯一和他领过结婚证的女人。

11

我博士二年级时，我爸得了癌症。

我周围的同学基本都是父母双全，我们好像根本没到要面对父母离世这件事的年纪。接连遭遇两次癌症，我真觉得自己是天选之人，二十几岁就一次次和命运短兵相接。

好在是早期胃癌，只要切除彻底，五年之后不复发，就算基本脱险了。

然而我爸和我妈表现出的绝望不同，他非常崩溃，以近乎亢奋的方式表达着自己的不甘心，用前所未有的反常释放出巨大的能量。

"别人家女儿听说家长得了癌症都会号啕大哭，你竟然如此冷漠！因为我不是你亲爸爸对吧？你这个孽障！"他手握病历对着我大喊。

"你很快会康复，你只要把手术做了，好好吃饭就会好的。"

"放屁！好好吃饭就会好的？癌症，你知道什么叫癌症吗？我得了癌症！"

"别人家女儿知道，别人家女儿号啕大哭，觉得得了癌症就肯定活不了了，对吗？我是博士，我比她们有文化。我可以负责地告诉你，你八成死不了！"

"我怎么早没看出来你是个白眼狼！"

"你现在到底需要什么？希望收到怜悯吗？因为我没有哭哭啼啼地同情你，让你感到不悦了吗？"

"没一个好东西。"他瞥了我一眼，健步如飞地走了。

这样的咆哮一直持续到他手术前一周。仿佛破罐破摔，他一改之前的彬彬有礼，以各种歇斯底里博取我的关注。他甚至无来由地对我大喊："你为什么越长越像刘雨刚？"妈的，我要是真越长越像他，我也没有办法啊！比如他让我倒杯水，如果我十秒钟没有起身，他就会厉声斥责，还对我军事化要求，令行禁止。我都怀疑他是不是得了躁郁症，过几天胃癌治好了，这个躁郁症可不是那么容易治好的。但是我也理解他，自小没和他分开过，奶奶说我性格像他。我们都是孤僻的人，用教养掩饰内心深处的喜怒无常，看起来很好相处，其实非常挑剔。如今，他怀疑大限将至，再不放飞自我，大概来不及了。其实我心里非常恐惧，如果爸爸不在了，我就是一个彻头彻尾的孤儿了——哪怕那个提供精子、血浓于水的刘雨刚还依然安康。

直到手术即将来临，他好像才认清形势地平静下来。他把存折和银行卡都找了出来，一一写下密码。

"万一我下不了手术台，你就都取出来存到自己名下，不要告诉男朋友。你奶奶需要钱的时候，你自己衡量着给，觉得超出承受力也可以拒绝。我要是下来了，你主动还给我，我还要挥霍。"

"哎呀，别一副金山银山的架势好吗？就这么点遗产也好意思交代吗？还是再多赚些一并给我比较拿得出手！"

手术预料之中地成功，我想起我高中的教导主任就得了胃癌，切了三分之一，休息了俩月就回来上班了，体罚逃课的男生时依然孔武有力。

冥冥之中，我预感到爸爸不会什么事都不顺，既然是早期被发现的，就该顺利被切除。

之后的寒假，我陪他去了法国和荷兰。他说他画了一辈子油画，却只是早年被组织去过一次意大利，欧洲那么多博物馆、美术馆都没有亲眼见过。他说，在画画上他没什么天赋，少年时有过狂热，工作以后就变成了讨生活的营生，如今都快以所谓画家的身份熬到退休了，还是要去看看真正的艺术。

然而整个旅行对我如同噩梦，如果说有什么比我妈不告而别对我刺激更大，那就是这次旅行了。他一路或是抱怨我订的酒店贵，或者嫌便宜的酒店小，每天吃早餐都要拿走一袋糖——理由是怕自己低血糖晕倒，以备不时之需，虽然他根本没有这个病。在卢浮宫、奥赛、橘园、蓬皮杜，他瞻仰大师之余不忘以眼神维持秩序——对大声喧哗的国人挨个投以不忿的目光。我订了红磨坊最前排的票，可以边吃晚餐边欣赏无上装的康康舞，这个号称喜欢劳特累克的家伙却在抱怨芦笋煎得难吃。在阿姆斯特丹，我问他要不要来点大麻——在荷兰咖啡馆里吸大麻合法。他暴跳如雷，怒目金刚地瞪着我："你太让我失望了！我辛辛苦苦培养你这么多年，到头来你还是个流氓，竟然说出这么无耻的话！"他的脸因愤怒而变形，像是已经偷偷吸完了。在海牙莫瑞泰斯皇家美术馆，他觉得一个外国老头插队了，企图用中文和人家理论理论。整个旅程，他对我以及全世界的不文明现象展开了激烈的批判。我非常怀疑，医生把他长了肿瘤的胃切掉了一部分，是不是还顺手加了点什么。这个总是嘟嘟囔囔的人，真的是我爸爸吗？

在蒙马特高地的小丘广场，他看着一群热闹的肖像画师在做游客的生意，不无自嘲地说："我要是在这儿摆个摊，不知道能不能开张。"还有他执意要去的拉雪兹神父公墓，他要去看埋葬着肖邦、王尔德、巴尔扎克的地方。由于看不懂园区地图，我们原计划两小时的公墓拜谒之旅变成了一个上午。在顺利找到了莫里哀之后，我彻底迷路。这里虽然有众多的名人墓地，却埋葬着更多普通人。细想有点滑稽，为了寻找名人，我们在普通人的墓园焦急地穿梭，好像即使死也有明显的区别。终于找到了王尔德。我曾在电影里见过他的墓碑，斯芬克斯的雕塑，被密密麻麻的唇印包裹。据说有一位女士情不自禁亲吻了他的墓碑，然后全世界的人都受了启发，要把香吻献给王尔德。过剩的爱总会变成一种负担，饱含深情的口红腐蚀了他的墓碑，花了九千欧元清洗、修复后，墓园用玻璃挡板隔离了墓碑。贫病交加寂寥地死在巴黎拉丁区一个小酒店里，死后却迎接着四面八方的一往情深，好不荒诞。面对着已被修整干净的墓碑，我想起他说过："人生是一件蠢事接着另一件蠢事，爱情则是两个蠢东西追来追去。"这话简直是特意对我爸说的。他还说："二十年的浪漫使一个女人看起来像一座废墟，二十年的婚姻使她像一座公共建筑之类的东西。"这句好像是为我妈准备的，和刘雨刚二十多年的孽缘，两段加起来二十多年的婚姻，使得她既像一座废墟，又好像是一座公共建筑的废墟，那场浪漫的私奔最后也不过是一桩柴米油盐的婚姻。

告别王尔德，继续抓狂地面对地图寻找肖邦。沿路我看到一个中年女人手扶墓碑默默流泪，对于我们这可能是个庄严的景点，对于她却是长眠着亲人，生死两隔的地方。那段时间热爱气急败坏的爸爸却平静地走着。他默默地看着一座座墓碑，感慨着这座墓碑好美，那个逝者太过年轻。我一边不信邪地研究着公墓的地图，一边等他，却见他在一座墓碑下驼着背，一动不动。看名字，那墓属于一个女孩，生卒年份相减得出的数字仅仅是七。墓碑上的雕刻是一双手，展开的手像一双翅膀，轻轻托着一颗蓝色的珠子。难道法文里也有掌上明珠这个词？我看了一眼爸爸，他已经泪如雨下。

失重

　　据说，每一个单位都有一个怎么吃都不胖的人，而很长一段时间里，丁鑫鑫就是这个人。以至于，她潜意识里有一种安全感，觉得自己这一生无论遇到什么挫折，大抵也和减肥扯不上什么关系。她算不上魔鬼身材，也不是瘦得皮包骨头，只是参考她的饭量，她的胖瘦程度确实已经算是得天独厚了。

　　她硕士毕业刚参加工作那会儿，给单位那些年长女同事留下的第一印象不是工作表现，而是——这孩子吃饭真香。后来熟了以后，丁鑫鑫才知道，她们当时看她吃饭的样子，都以为她来自贫困家庭。据兄弟单位一个偶尔来开会，顺道在他们食堂吃过两次饭的记者说："我吃过的最难吃的食堂饭菜，没有之一，就是你们单位的猪食。"丁鑫鑫也深有同感，她从来不觉得他们单位食堂好吃，甚至也对把所有菜都做得模棱两可的大师傅怀有不小的愤怒，但她还是会默默把饭吃完。她的饭量让她对饥饿特别敏感，即使吐槽也要先吃饱再说。领导第一次派她出差，她给接待方留下的第一印象也是，这姑娘不装，因为她非常认真地把每道菜都尝了尝。

　　这些年，丁鑫鑫在吃上，有一种无所顾忌的坦荡，反正她不追求惹火的身材，反正她又不会胖。

直到前年，她在三十岁的时候忽然结了婚。说忽然其实并不准确，男朋友是恋爱了四五年的旧人，不是和什么来路不明的人闪婚，所以大概用忽然是不合适的。两人有天忽然为鸡毛蒜皮的小事大吵了一回，下午和好之后男友何子平忽然发狠求婚了，两人就头脑一热去登记了。从婚姻登记处出来，丁鑫鑫才反应过来就这么成了已婚妇女。

发现自己胖，是拍婚纱照的时候。丁鑫鑫花了近一周的时间看了各路婚纱摄影的样片和报价。那些舟车劳顿的旅拍是不考虑了，古堡花田之类过于严肃的也兴趣不大。终于找了一家端庄静美的工作室，到了拍照的那天，却发现旗袍、礼服穿上都有点紧，而她相中的两件婚纱都系不上扣子或者拉不上拉链，只好退而求其次选了另外一款。

她原打算为了拍婚纱照减减肥，可是结过婚的同事都说是多此一举。婚纱照都是修出来的，不用你真瘦，你想要多瘦给你修多瘦。她的朋友董莎更是传递了错误情报，她说照相的地方衣服多得是，看起来脏乱差的，拍出来好看着呢。她说的是她的经验，她在影楼拍的，衣服当然多得是。可是丁鑫鑫选的是工作室，拿腔拿调的小作坊，强调特色和个性，没那么多婚纱礼服的存货。

"你们这些衣服，别人真能穿进去吗？"丁鑫鑫收着腹，在摄影助理的大力按压下，配合着拉上了礼服拉链。

"能啊。来我们这儿照相的新娘都有品位，没胖的。"摄影助理轻描淡写。

丁鑫鑫觉得自己的问题有点自取其辱。有品位和胖不胖是这个逻辑关系吗？她被勒得快要窒息了，终于拉上拉链，肚子上的层层赘肉默默试图溢出礼服。她能感觉到自己比过去胖了点，却没料到情况竟然已经如此紧急。

婚纱照从早八点拍到晚八点，一共四套衣服，没一件是丁鑫鑫的第一选择。好看的她都穿不上，又有什么办法呢？选照片的时候，摄影师说不用考虑胳膊、腿、肚子，只看脸就行。选表情美的，其他都可以修，想变长变长，想变小变小。

一个月之后精修照片出炉，整体当然是美的。一万多块钱不到三十张，将近四百块钱一张的照片，总要有点化腐朽为神奇的意思，何况她本来也谈不上腐朽。但是有几张简直美得不像她了，手臂纤细，双腿颀长，嬛嬛一袅楚宫腰的极品身材，让她自己都有点不好意思。她和工作室的人说修得太过了，希望放出来一点，可是真放出来一点，又觉得还是修得过分的版本比较好看。两相对比，越瘦越美显而易见。她想起同事朋友圈里晒的自拍，肤色和本人差好几个色号，眼里塞着美瞳，通常是一个固定显脸瘦的角度。大家都会集体点赞。可是自拍归自拍，真人归真人，修得再美，你也还是原来的你。她每每点赞之余，都会暗笑她们的自欺欺人。看自己婚纱照的瞬间，她忽然就有点理解了她们，哪怕是变美的幻影，也是如此让人欢喜啊！

比较可怕的是，精修的照片里，何子平没有多少变化，对比原片和精修图，丁鑫鑫简直是脱胎换骨，何子平倒是只做了微调，一副天生丽质的模样。何子平不帅，外形上最大的优势就是瘦。两条长腿塞进裤子，走进小肚溜圆脑满肠肥的人群，立马有种脱俗的感觉。丁鑫鑫竟有些不愤地嫉妒起自己的丈夫，妈的，他也那么能吃，怎么只有她胖了？

在此之前，她几乎没意识到自己已经悄无声息地多了不少肥肉。家里有秤，但是她极少想起来去称，她已经保持这个身材十来年了，并且是完完全全的无为而治。

丁鑫鑫看罢照片称了称体重，情况比她想象的要好一些。五十五公斤，对于身高刚过一米六的她，还是可以忍受的。虽说她也知道市面上正流行着一句"好女不过百"，还有更恶毒的版本："体重三位数的女人没有未来！"

丁鑫鑫望着体重秤上的五十五，心想不过尔尔啊，五公斤对她来说不跟玩似的，饿两顿就下去了。

但是饿两顿对别人和对丁鑫鑫不是一回事。多年来对食物敞开怀抱给了她一个舒展而庞大的胃，她不知道什么叫七分饱、八分饱，所谓七分饱八分饱不都是没饱吗？没饱的感觉首先是还想吃。她总是吃到十分饱才知道自己饱了，上一口也许可以总结为九分饱，但是不吃下一口她意识不到。

于是饿了两三天，瘦了二三两，丁鑫鑫的减肥告一段落，家里又恢复了煎炒烹炸。她和何子平都是在做饭上颇有心得的熟练工，工作日会简单些，周末，家里的烤箱、空气炸锅、面包机、砂锅、破壁机总是叮叮当当地运转着。甚至可以说，两人对生活的所谓默契，很大一部分来自对食物共同的热情。据说何子平有个因不和分手的前女友，这不和里其实包括那女人不吃羊肉。每每看着丁鑫鑫投入地咬着他烤的羊排，何子平都会后怕地想，亏了没有和那些不吃羊肉的女人凑合啊。对于爱情，他还算能接受的鸡汤解释是："爱就是在一起，吃很多顿饭。"

婚礼的日期近了，丁鑫鑫每天和婚庆公司为了各自匪夷所思的细节拉锯，却完全没把减肥提上日程。董莎和一个久未联系的大学同学都看不下去了。

"听说你至今没减肥？快减肥，新娘不该过百。"大学同学发来苦口婆心的微信。

"新娘还不该丑呢，那么多丑人不是照样结婚了。"丁鑫鑫振振有词。

"你不能对自己要求高一点吗？我去参加婚礼，就是为了看美，你要有担当。"

"如果新娘胖，你们可以背后吐槽啊！参加个婚礼都没什么可议论的，我也太不善良了。"

"减吧，减到一百以内，随一万份子。"

"不减，富贵不能淫。我就要气势磅礴地出来。又不是集体婚礼，就我一个新娘，不会有一个瘦子穿着婚纱来碾压我。婚纱都是大长裙子，真看不出胖瘦，你就别瞎操心了。"

丁鑫鑫确实没有减，但是婚礼的时候所有人都觉得她瘦了。董莎打趣说她太有心机，嘴上逞强，其实偷偷减肥。大概是筹备婚礼太累了，各种烦琐的细节，桌花、路引花、椅背纱、甜品台、签到台、合影区……把这些乱七八糟都捋一遍，丁鑫鑫瘦了两公斤。其实不过是四斤而已，应该是看不大出来的，只是大家都觉得新娘会瘦，就都心理暗示地看出来了。

婚礼过后，生活又进入日常，而丁鑫鑫的日常中，吃吃吃占了很大的比重。她多年来没有什么宏大的目标，只是质朴地认为，没去过的地方都该去看一看，没吃过的东西，有机会要尝一尝。所以那短暂告别的两公斤，又悄然回到了她身上，它们对丁鑫鑫的忠诚，像孙悟空对唐僧一样——去去就回。真心是全然舍不得走远，说什么也要回到丁鑫鑫身上，不仅仅是两公斤，它们还呼朋引伴，又拽回来两公斤。新婚的丁鑫鑫就这样变成了一个五十七公斤的少妇。当然，按照国际上的换算标准，无论是体重还是体脂率都没有到超标的地步，如果把她归类为胖子，未免有些苛刻和矫情了。但是从审美的角度考量，这个体重真的让她变难看了。腰腹的赘肉让她尽量回避了紧身的裙子，腿上的橘皮组织让她远离了热裤，穿衣打扮上不再有原来的恣意和自由，买衣服时也变得思前想后。最最让她哭笑不得的是，越来越多的旧衣变得捉襟见肘起来。有一次被派去南方出差，临行前夜翻找凉快的衣裤。找出一条刚工作时买的短裤，原本宽松的短裤竟然变成了可体款，使劲吸气方可拉上拉链，再加把劲把扣子系上，原以为是大功告成，刚刚舒一口气，却听到啪的一声，刚刚系上的扣子飞了出去。丁鑫鑫只得穿着系不上扣的裤子循声去找飞出去的扣子。而后她恨恨地坐在沙发上，觉得整个人都不好了，从扣子的恶意，感觉到了全世界的恶意。她爸爸瘦，她妈妈瘦，她爷爷瘦，她奶奶瘦，她姥爷瘦，她姥姥瘦，她舅舅简直就是皮包骨头，她怎么可能基因突变，正风驰电掣地变成一个胖子？不是说胖瘦基本是由遗传决定的吗？如果说这么多年来她一直是被神偏袒的人，为什么忽然就被抛弃了？

而后这样的打击接二连三。比如到三年前去过的城市出差，迎上来的工作人员说："呦，几年不见，都生孩子了！"比如，十一假期过后，丁鑫鑫坐在会议室门口，领导走进来迟疑了一下："啊，是小丁啊，我远看还琢磨是谁呢，挺明显一个双下巴，小长假吃得不错啊！"甚至有一次她去逛商店，试了一条项链，服务员热情地说："您戴真好看，特有气场，好多太瘦的姑娘戴上真不是那么回事！"丁鑫鑫撂下项链转身走了。我就戴个项链，你还挤对我胖，谁说我不是太瘦的姑娘？觉得自己挺会说话呢？捧臭脚是让你假装不臭，你这抱起来高喊太臭了，臭得好，也是太没有职业道德了！这不是羞辱人吗！最最夸张的是，有一次丁鑫鑫回娘家，快进单元门的时候发现爸爸在身后，她刚想问怎么不叫她，却看见爸爸脸上复杂的神色。爸爸说一直走在她身后，根本没认出是她，还觉得她的包挺眼熟。因为那背影全然不是一个小姑娘的，一看就是一个妇女。"你还是稍微控制一下吧，我对你的记忆还是一个拧答拧答的小姑娘的背影，怎么现在变得这么壮观了！我对你没太多的要求，就希望可以从背后认出你！"一个认不出自己女儿的父亲，毫无愧色，还坚持补刀。

终于促使丁鑫鑫下决心减肥的还不是以上的暴击，而是虎子。

虎子是丁鑫鑫和何子平的狗。准确地说，是两人鬼使神差养下来，请神送不了神养的狗。刚谈恋爱的时候俩人去花鸟鱼虫市场闲逛，本是毫无目的，却糊里糊涂买了只狗。两人的生活好像一直如此，本是去市场消遣，却花钱领回来一只祖宗，本是情绪激动吵个架，竟然迅速和好把结婚证领了。

那时候两人还没有同居，在市场卖狗的摊位起哄砍价，狗主人竟然就同意了。于是，两个碍于面子的年轻人，不得不为嘴欠埋单，交钱，领狗。丁鑫鑫和父母同住，狗只能养在何子平租住的房子里，两个彼时感情并没有多深厚的年轻人，开始了科学育狗的生活。丁鑫鑫想给狗取名 Colin，虽然没有什么特殊含义，却也确实是左思右想拿出来的意见。何子平也并未表示异议，于是小腊肠被正式命名为 Colin。然而两周之后，何子平的母亲来访，待了十天，狗就变成了虎子，再叫它 Colin，它无动于衷，非常茫然。何子平的母亲以唠叨和大嗓门纠正和覆盖了狗的记忆，它只知道自己的代号是虎子。丁鑫鑫气不打一处来，这么个小不点腊肠，哪像老虎？干吗非要改成土狗气质浓重的虎子？为什么要把这么楚楚可怜的小家伙更名为山大王一样的虎子？简直是张冠李戴。才来了十天，就敢颠覆我的统治！她想通过不懈地呼唤拨乱反正，可是又觉得狗太可怜了，偶然从市场抱回来，还没有适应新的环境就被先后叫了两个南辕北辙的名字，再改回来简直要精神分裂了。搞不好会变成一只哲学狗，每天思忖着我是谁？我到底是 Colin 还是虎子？

于是，丁鑫鑫只是和何子平念叨了一阵对新名字的不满，并没有为难狗——虎子。她只是不自觉地不想喊那个名字，尤其是在户外。遛狗的时候，她总是鬼祟而斯文，她不想路旁经过的陌生人知道前边那只欢脱奔跑的腊肠有一个彪形大汉的名字。或者说得更准确一点，她是不想让人知道她的狗叫作虎子。

一晃虎子四岁半了，据说狗的四岁半相当于人的三十岁，正是青壮年。也就是说，虎子用了四年多的时间长成了与丁鑫鑫齐头并进的年纪。巧合得简直有些荒诞的是，他们也面临着共同的问题——减肥。虎子在不知不觉中变成了一只超重狗，原本无辜可爱的小脸变得竟有几分肥头大耳，脖子上胖出了褶子，肚子下边的肉松弛而肥硕。冥冥中何子平妈妈取的名字暗示了它的未来，它越来越像它的名字，土肥圆的虎子。

大概是伙食太好了吧，丁鑫鑫和何子平煎炒烹炸的时候，它总是谄媚而渴望地扑闪着大眼睛，所以米饭蔬菜排骨火腿它都是吃过的。当然他们知道喂狗粮才科学健康，可是看到虎子馋得可怜兮兮的样子总是守不住原则，只要不太咸，就给它尝尝。周末会煮一些鸡肝给它换口味，平时也会买一些狗零食。每每何子平的父母来，更是百无禁忌，恨不得给虎子加把餐椅让它上桌。丁鑫鑫说不能给狗吃菜，太咸了，对它的肾不好。何子平母亲的回答是：过去没听说过狗粮，所有狗都跟着人吃，肾也都好好的。类似的理论还有很多，都是以过去开头的，诸如过去的东西没有保质期，恨不得买一次饼干吃半年，也没见谁食物中毒。现在的人动不动就扔东西，说什么过了保质期！丁鑫鑫每每只好睬着，毕竟她战斗不过那个一切都没有问题的过去。

　　过去好像也没有肥胖问题，大部分人都吃不饱，没谁矫情地需要减肥。可是今非昔比，大街上走着一堆瘦得要死的姑娘，电视里铺天盖地的减肥茶塑身衣，很多瘦子都在拼命减肥，何况丁鑫鑫和虎子是切实地面对着体重超标的课题。

　　虎子身上已经毫无少年感，一副憨态可掬或者说尘埃落定的中年模样。丁鑫鑫发现，它不再像以前那样喜欢撒欢地跑，迈着慢悠悠的步伐甚至还有些气喘吁吁。一开始，丁鑫鑫的担心是出自审美的，只是因为丑。她原本不想带着一只长得好看名叫虎子的狗散步，现在竟然要带着一只看长相就大概叫虎子的狗。要是斗牛、松狮、萨摩耶，胖也就算了，毕竟就是富态的品种，一只腊肠发福真是毁灭性的打击，本来腿就短，再一胖，全部颜值丧失殆尽。后来，丁鑫鑫就没心情担心好看不好看了，宠物医院的大夫说，再不减肥，心脑血管疾病、糖尿病、高血压、脂肪肝、关节炎、骨折、皮肤病都可能找上门来。肥胖就是亚健康，亚健康什么病都容易得。

　　医生建议，要用四个月到半年的时间让虎子慢慢瘦下来。要吃减肥狗粮，杜绝高热量零食，适当地增大运动量。听起来和人减肥一样。

如果说虎子有什么不爱吃的东西，那便是狗粮。和鸡肝、肉干各种零食比起来，它最不爱吃的就是狗粮了。如今的减肥狗粮，是狗粮中的狗粮，据说里面粗纤维多，脂肪少，狗吃了会增加饱腹感，还不会囤积热量。可是显然虎子是不喜欢粗纤维的，一开始它根本拒绝食用，仿佛受了莫大的委屈，不解地盯着食盆里的新品种。它像一个任性的孩子，以绝食的方式抵制着减肥。何子平动了恻隐之心，想换回普通狗粮，丁鑫鑫坚决制止了他。虎子已经不是普通的狗了，它是被宠物医院下了通牒的胖子，纵容它瞎吃就是害它。丁鑫鑫想起那句老话："惯子如杀子。"虽然她从来不曾把虎子称作自己的孩子，每次听到养狗的人说什么我儿子昨天又如何如何了，她都有些不舒服。喜欢归喜欢，但狗就是狗，她无法含情脉脉地把它当作儿子。

"不能再害它了，不管它怎么撒泼打滚摇尾乞怜，都不能给吃乱七八糟的东西。"丁鑫鑫严肃地叮嘱何子平。

"怎么就是乱七八糟的东西了？我只是要给它吃点普通狗粮。别人家狗都吃普通狗粮，不都活得好好的？"何子平摸着虎子的下巴。

虎子的表情有微妙的变化。它知道何子平为它说话了，也许事情会出现转机，好吃的就要回来了。丁鑫鑫知道它可以听懂，这么多年狗不是白做的，普通话还是听得懂的。

"它不是别人家的狗，它是我的狗。即使不叫Colin，即使叫个二百五的名字，我也不许它死在吃上。"丁鑫鑫颇有些掷地有声地说。

"问题没有你想得那么严重。狗意识不到它在减肥，对它来说就是主人变了，对我不好了。狗面对的不是减肥的成功或者失败，而是它到底做错了什么，被这么惩罚。你要考虑它的感受，循序渐进，它也不是一口吃成胖子的，要给它时间适应，要做好心理建设。"

"等它适应了，高血压、糖尿病、心脏病都来了，到时候它骨折了，只能凄凉地看着别的狗跑，后悔都来不及。它的寿命本来就比我们短，它现在相当于三十岁，很快就变成五十岁。它本来就没我们活得长，你还看着它作死，活得更短吗？赶紧减，必须减，防患于未然，你不想你的生活是肥胖的我抱着肥胖的它吧？我和它一起减，互相监督，从此走向人生和狗生的新巅峰。"

"虎子倒是不难，你我倒不太看好。"何子平用一种极小又基本保证丁鑫鑫可以听到的声音嘟囔。

"我们走着瞧。"

虎子大概是听出了丁鑫鑫语气里的坚决，又似乎是嗅到了死亡的气息，表情忽然黯淡了下来。没有等来松动，却收获了一个胖子对另一个胖子满满的恶意。它臊眉耷眼地走向食盆，悲伤逆流成河，开始了和减肥狗粮亲密接触的日子。

丁鑫鑫为了瘦身开始吃起了沙拉。各种蘸了油醋的菜叶子，吃一次两次还挺新鲜美味，吃多了只觉得自己在吃草。低脂肪高纤维，每次听到这几个字以及和它相关的燕麦、糙米，以及新近了解到的藜麦、奇亚籽……丁鑫鑫就气不打一处来。这些所谓的健康食品吃起来好像马饲料，那种粗糙，那种乏味，她真是无法持之以恒地坚持。有生以来，她第一次觉得吃东西是这么无趣的事情。薯条、炸鸡、蛋糕，她想念那些高油高糖，那些和脂肪联系在一起的酸甜苦辣。那些东西太好吃了，如今回想起来，各种虚幻又真切的味道涌上心头，真是当时只道是寻常。丁鑫鑫第一次不得不承认，自己馋。

减肥狗粮应该就是狗吃的沙拉，虎子也丧失了往日进食的欢愉，吃饭时候心不在焉，其他时间总是想尽办法撒娇讨食。甚至有一次它呜咽地缠着丁鑫鑫讨食，丁鑫鑫恨铁不成钢地踢了它一脚。踢完之后她有些后悔，想摸摸它表示歉意，却又有些犹豫。人与狗犹疑地对视，都露出尴尬的神色。

那段时间真是人也不开心，狗也不开心。傍晚，经常看到无精打采的丁鑫鑫带着了无生趣的虎子在楼下遛弯，他们相顾无言的样子，像默片的一个片段。都说宠物养久了会和主人越长越像，现在的丁鑫鑫和虎子确实有几分神似——两个不太开心的胖子。

医生建议早晨增加一次遛狗，增强虎子的锻炼，然而丁鑫鑫和何子平都起不来，本来早晨就要上班，再早起半个小时实在是勉为其难。问医生晚上遛弯再增加半个小时，两次一锅烩行不行，医生说怕走的时间太长虎子会累，毕竟它现在是胖狗，负担比较重。

既然不能迈开腿，那就更要管住嘴。只要丁鑫鑫在家，她就常常机警地盯着虎子，严防死守不让它偷食。据说有一次虎子铤而走险差点咬破了丁鑫鑫的手指，她不仅没有给它吃的，还抓起一个娃娃朝它砸去。曾经最最甜蜜的主仆关系，因为一口吃的轻易降到了冰点。何子平回家的时候丁鑫鑫和狗都骂骂咧咧地扑向他，好像在抢占第一时间的发言权。只是丁鑫鑫占了物种的便宜，何子平听她说话比听虎子的容易。他先安抚了丁鑫鑫，又在睡觉前浮皮潦草地拍了虎子几下。他不敢有大的动作，怕引火烧身。

说万事开头难也是可以的，丁鑫鑫和虎子吃低脂餐和减肥狗粮都没有什么立竿见影的效果，反倒是何子平又瘦了一点。多年来他都食欲旺盛身材纤细，刚跟着丁鑫鑫吃了两天草，就一马当先地瘦，想想简直要气死。看着何子平平坦的小腹，丁鑫鑫咬牙切齿地呼唤他为心机 boy。

"给你一个礼拜时间，体重必须上到一百四。"

何子平一米八二，和丁鑫鑫一起胡吃海塞这些年，丁鑫鑫长了二十斤，他却只浮动了三五斤，只要稍微饿两顿，立马又会回到基本点。

"一周之内不涨到一百四我就和你离婚。"

一开始，丁鑫鑫羡慕嫉妒恨地对着何子平叫嚣，后来发现两人似乎失去了这样打情骂俏的基础。何子平脸上逐渐流露出一种极力掩饰的嫌弃和压抑。厨房里不见了丁鑫鑫忙碌的身影，何子平也没有只为自己做饭的兴致。于是，丁鑫鑫吃沙拉，何子平要么跟着吃沙拉，要么下班带回来点包子、饭团，或者叫外卖。丁鑫鑫忽然发现，两人的交流方式其实一直单一，除了一起乐此不疲地吃饭，并没有什么其他共同的兴趣。从同居到结婚，一直是下班一起做饭，偶尔商量着出去吃点什么。吃饭的时候顺便说说单位里发生的事，谁很讨厌，谁又去哪儿玩了。周末无非是一起做饭，三餐之间，丁鑫鑫看电视剧，何子平打游戏。这一下子开始减肥了，丁鑫鑫和何子平的生活好像全无交集，他们更像一对合租房子的室友，各上各的班，各吃各的饭，井水不犯河水。

所以，何子平真的害怕离婚吗？

这么随随便便结的婚，随随便便离了倒也是另一种善始善终。

何子平睡觉的时间都变早了，如果不需要大张旗鼓地吃饭，晚上的时间还是挺宽裕的。做一点白天遗留的工作，或者上上网，看着家里那个为了减肥唉声叹气的女人，和为了一口吃的斜肩诌媚的狗，这一天就算过去了。家庭生活变得简明扼要——减肥。他有时候会趁丁鑫鑫不备偷偷给虎子一点吃的，他其实一直觉得在虎子减肥的事情上丁鑫鑫有些偏执，入戏太深。她好像戒疗中心铁面无私的医生，把虎子当成了毒瘾难愈的病患。一条狗也要按照标准体重过一生吗？那么多胖子不是也活到七老八十？她自己减肥雷声大雨点小，倒把狗闹得面黄肌瘦。

她一周的晚饭都是沙拉，瘦了一斤。中午单位食堂被公认为猪食的饭菜都显得好吃了，毕竟地沟油也是比沙拉香的。她还跟着视频跳郑多燕，十几分钟挥汗如雨，内心极度煎熬，每一个细胞都哭爹喊娘。很多运动爱好者说，运动会让他们快乐，甚至有一种看起来很科学的观点是，运动会促使人体分泌多巴胺，而多巴胺让人快乐。丁鑫鑫不知道自己分泌多巴胺了没有，反正她感觉不到丝毫的快乐。跟着屏幕里的人拉伸、跳跃、踢腿、扭胯，她觉得难受极了，像中学体育测试跑八百米，那种疲惫和无力，几乎可以称之为绝望。那种大汗淋漓真的不快乐，如同整个身体都在流泪，那些汗水其实都是眼泪，是一个胖子无处不在的屈辱的眼泪。当然，丁鑫鑫其实也明白，这种难受都是因为她运动太少了。运动当然是好的，只是她不喜欢。

还有其他的困扰，比如朋友聚餐。丁鑫鑫之前顶讨厌那种聚餐时东不吃西不吃，好容易吃点什么还要涮一轮水的女的，她觉得她们矫揉造作到了极点。如今自己也变得有点进退两难：吃吧，在家的坚持可能都白费了，瞬间破功；不吃吧，面对一桌子食物她确实蠢蠢欲动，感觉久别重逢的不是朋友，而是菜。再加上自己减肥并没什么看得见的成效，还没有缺斤少两，依然是个庞然大物，一个节食的庞然大物看起来是不是有点滑稽，都没吃什么，还一点不瘦，真是丢人现眼。于是，家门以外，丁鑫鑫还是吃的，她认为那不是因为馋，而是为了尊严。她不能让人觉得她什么都没吃就胖，那听起来像个倒霉的人！

可是每每敞开怀抱吃一顿，体重就会做出迅速的反应。甚至有一次她和董莎吃了一顿烤肉，第二天涨了二斤。吃也没吃进去二斤啊，涨得也太不讲道理了。

"谁规定的啊？我为什么不能进啊？"一天半夜，丁鑫鑫在睡梦中呜咽着。

"怎么了，鑫鑫？"被吵醒的何子平摇醒了半睡半醒的丁鑫鑫。

"我梦到一个巨大的桃子，像房子那么大。我走进去，桃子里全是蛋糕，我拿起一块想吃，一个穿着黑色袍子的男人冲出来，抢走蛋糕，他说我超重了，不能吃蛋糕，也不配进桃子。"

"你想太多了吧，减肥不是那么严重的事情。"

"对于瘦人，它不仅不严重，甚至不算个事儿。但是对我不一样。

你不能体会我走在街上的羞愧,全世界的人都知道我胖。"丁鑫鑫依然带着哭腔。

"没有全世界在关注你,我不觉得你胖就够了。"何子平也不清楚自己是安慰还是嘲讽,他不解一个胖了几斤的女人为什么会把自己面对的鸡毛蒜皮上升到全世界。

"我减肥不是为了你,我是为了自己好看。"丁鑫鑫不阴不阳地翻了个身。

何子平觉得自己没必要接茬了,人家话不投机半句多,咱也保持沉默吧。这时候虎子默默出现在卧室门口,减肥以来它的步态也轻盈了许多。它大概是被吵醒了,昏暗的夜灯下,何子平看到虎子静默的身影。它没有叫,审慎地站在门口,以一种前所未有的表情注视着他们的双人床。那是种在墓地凭吊的表情,哀伤、肃穆,又有畏惧。

丁鑫鑫继续睡了,但愿她继续的梦里,可以被允许走进大桃子。何子平却有些失眠,他感觉自己置身电影情节或者电子游戏,和传说中应该庞杂繁复的生活好像隔着什么,新婚生活需要面对的竟然只有减肥这么一个主题吗?难道是打怪升级?打过减肥的怪,才会看见更古怪严峻的未来。

他想自己是不是为丁鑫鑫做得太少了,好像一个旁观者没有给予应有的支持和呵护。第二天,何子平送了丁鑫鑫一张健身卡,他认为节食其实有些愚蠢,如果非要瘦也要靠锻炼。丁鑫鑫接过去的瞬间,并没有何子平计划中的欣喜,她并不是太买账,她希望何子平在精神上支持鼓励她,却并不想他这么切实地参与到她的减肥事业中来。相比健身卡,她更喜欢他前几天下班路上在过街天桥随手买给她的卡包。麻布的卡包赫然绣着四个红字:日渐消瘦。她接过去的瞬间乐出了声,轻轻在何子平脸上亲了一口。这就是精神的鼓励,有趣味,有讨好,还一点不压迫。健身卡就不一样了,送健身卡好像直白的警告:你太胖了,该锻炼了。

卡既然买了，去总是要去的。坚持了大概十次，丁鑫鑫没有哪怕一秒体会到了所谓运动的快乐。她感受到的只有无奈，和肥肉作战不得要领的无力感。十次之后，会所所在的楼热水管线检修一个月，无法供应热水，会所贴出了致歉公告，因为不能洗热水澡，将所有会员卡延长一个月有效期。看起来似乎是没什么损失，差你一个月，补你一个月，但是对丁鑫鑫可是致命的，好容易说服自己坚持的，就这么被生硬地打断了。就是何子平说的那个词，心理建设，等一个月后热水恢复了，还要给自己做一轮心理建设。

热水回来了，丁鑫鑫却再也不想去了。她想到那些在跑步机上狂奔的身影，就觉得一切太无趣了。于是她订了排毒果汁。三天的果汁，六百块钱，代替正餐，号称轻断食可以帮助身体排毒、促进肠胃排空。冷链派送的果汁送到家里，五颜六色，带着序号，像一排各司其职的士兵，令丁鑫鑫感到一种严酷的气息。她需要严格按照序号在规定时间把它们依次喝光，并且不吃其他东西。

第一瓶第二瓶还凑合，喝到第三瓶她就有了逆反的情绪。真是花钱找罪受，六百块钱干点什么不行，非要买这么一堆幺蛾子。好死不死熬到了晚上，丁鑫鑫被饥饿搞得异常烦躁。遛狗归来，何子平瘫到沙发上看电视，顺手撕开一包薯条三兄弟，那是丁鑫鑫的挚爱，经常不知不觉干掉好几袋。她看着他一根根把薯条塞进嘴里，脚趾还不由自主地晃动，而她只有一瓶果汁可以喝。她焦虑地在屋里转了几圈，发现何子平脚搭在茶几上，手里已经换成了一包芝麻糖。她看着他精瘦的模样，忽然恶从胆边生，想给他一巴掌……

丁鑫鑫竟然撑过了三天，有了一种刑满释放苦尽甘来的感觉。她想起郭德纲的相声：好些天没吃饭了，看谁都像烙饼。她一点也没感觉到断食的净化，只觉得整个人既恍惚又暴躁，饥饿的感觉第一次那么具体，像一堆小虫子啃啮着她。第二天晚上她眼冒金星，根本睡不着觉，一遍遍看着手机里的外卖 APP。我不点，我就看看。蒸羊羔、蒸熊掌、蒸鹿尾儿、烧花鸭、烧雏鸡、烧子鹅、卤猪、卤鸭、酱鸡、腊肉、松花小肚儿、晾肉、香肠、什锦苏盘……最后根本不记得自己是怎么睡着的。喝酒会断片儿，太饿了也会吗？

三天瘦了三斤，没有什么可振奋的。毕竟是断食的三天啊，忍饥挨饿换来的也不过就是三斤。而且这样的三斤，大概一吃就要反弹吧。何子平对排毒果汁嗤之以鼻，他讽刺地说喝果汁减肥，还不如烧香拜佛，迷信不如就迷信得彻底一点。三天不吃饭肯定会瘦，但减少的一定不是脂肪。

三天之后重出江湖，只能喝一点粥，毕竟是空了三天的胃，大鱼大肉的刺激大概是受不了的。丁鑫鑫默默盘算是第五天还是第六天放个大招，是吃顿火锅还是来个日本料理，但这种想本身也是一种煎熬。不吃吧，感觉浑身上下好像连头发都想吃；吃吧，那清汤寡水的三天果汁岂不是白费了？丁鑫鑫进入一种摇摆不定的挣扎——吃还是不吃，这是个问题。她是十万火急全心全意地想减肥，但是她奸懒馋滑的身体不配合，很拧巴。王尔德说，我可以拒绝一切，但就是无法拒绝诱惑。自从减肥以来，食物成了这世界上对丁鑫鑫最大的诱惑。

"晚上不如我们去那家新开的牛排店吧。"丁鑫鑫几番反复思量之后，给何子平发了微信。

"已经答应了大学同学，去喝酒。"何子平回复。

除了刚谈恋爱那几个月，平时他们很少在白天联系，上班时间都一副一心扑在工作上的自律模样。丁鑫鑫也不清楚，她对何子平的邀约到底是因为自己馋，还是想修复夫妻间的默契。她觉得自从不正经吃饭以来，与何子平也有些疏远了。

"何子平去喝酒了，我偷偷给你吃点牛肉干，你会感动吗？"

丁鑫鑫抱着虎子，本以为它会激动得摇尾巴，它却表现得非常淡定。

虎子看都没有看她一眼，懒散深邃地目视着前方。丁鑫鑫不甘心地挠了虎子几下，它却只是迟缓地抬了一下前腿，好像在说："我知道你是开玩笑的。"

"人间只道黄金贵，不问天公买少年。"何子平是嘟囔着回来的，"你知道你为什么胖吗？因为你老了！老了就是吃一样的东西，年轻人不会胖，老人就会胖……敌军围困万千重，我自岿然不动。我也会老的，我老了也岿然不动。可是不胖也老，嘿嘿嘿，所有人都会老。虎子也老了，谁也跑不了，都他妈的跑不了。"

嘟囔了一阵他就睡了，睡着三秒就开始打呼噜。丁鑫鑫帮他摘掉眼镜，看着他的头歪着，吐出热气，伴着陌生的呼噜，她捕捉到一种发霉的味道，一种幻灭感。是啊，我就是老了才胖的。窗帘没有拉严，有惨白的月光渗进来。她看着身边的男人，虽然瘦，还是让人想到粗俗的野兽。那一瞬间她感受的东西太过真实，难免索然，甚至带了点沧桑。沧桑不一定是凄凉，沧桑有时候是安定但是坚硬——结婚，变胖，不再是吉祥物般被宠爱的年轻人，就如同她希望虎子是一只沉着精干的中年狗，周围的人也希望她慢慢变成沉着精干的中年人。

第二天是周末，睡到自然醒的何子平焕然新生，不见宿醉的痕迹。下午他问丁鑫鑫要不要逛商店，或者去她昨天提到的牛排店。

"穿什么都不好看，我还是想努力穿回原来的S号。牛排也算了，让我孤独地吃草吧。"丁鑫鑫有气无力地回答。她这一整天都横躺在沙发上，像一尊没什么艺术感的雕塑。

何子平带虎子遛弯归来时，拎着两听啤酒和二十串羊肉串。他从冰箱里拿出一盒哈根达斯递给丁鑫鑫。

"送回去。"

得到丁鑫鑫教导主任式的回答，他知道自己马屁拍到了马腿上，只好讪讪地送了回去。

他打开电视，球赛马上就要开始。喝酒、撸串、足球，这就是周末该有的样子。他大骂厄齐尔错过了那个单刀的时候，并没有注意到丁鑫鑫正愤怒地盯着自己。

"你可以别吃了吗？"一个声音冷冷地传来。

何子平从电视上挪开目光，看到丁鑫鑫咬紧牙关的面孔。他刚要表态自己不吃了，却见丁鑫鑫一个箭步冲上来把剩下的羊肉串扔进了垃圾桶。

何子平刚要掰扯掰扯，凭什么你减肥我吃点肉就成了不道德，却见虎子也一个箭步冲了过来。虎子扑倒了垃圾桶，如获至宝地扒拉着掉出来的羊肉串。何子平怕签子扎到它的嘴，赶紧把羊肉串抢了下来。丁鑫鑫原地不动，鄙视地看着何子平和虎子忙活，一派食物链最顶端的威严姿态。

三个月过去，丁鑫鑫一直是瘦三斤胖两斤反复摇摆，肥肉像病魔一样附在她身上，不肯轻易离去。虎子的减肥却逐渐步入正轨，它不知道是认命还是记性差，好像慢慢接受了减肥狗粮。效果也是明显的，且不说体重上的变化，单是目测都觉得它变得轻盈、幼小了。只是它好像也越来越不喜欢运动了，白天趴在窝里不爱动，晚上遛狗时它也走得磨磨叽叽。

当然虎子取得今天的成绩也并不容易，吃减肥狗粮的两个月，它撒泼打滚拒绝进食，吃一口就拂袖离去的情节反复上演。不管丁鑫鑫与何子平如何无动于衷，开始的它都心存幻想，几番谄媚得到的也不过是减肥狗粮里增加了一点菜叶。这已经是丁鑫鑫原则的底线了，一点菜叶或许可以改善一下口感，又不会增加脂肪。在自己减肥上没什么原则，对别人倒是能做到丁是丁卯是卯。按照医生的指导，零食中的牛肉干、鸡肉条、狗饼干都退出了历史舞台，只剩下益生菌奶酪还继续供应，毕竟助消化、调节肠道还是需要的。虎子和丁鑫鑫好像也不那么亲了，他们的互动变得有些鸡同鸭讲。有时候虎子会莫名其妙来撕咬丁鑫鑫的裤腿，发出愤愤不平的嘶吼，有时候丁鑫鑫想和它玩一会儿，它又表现出非常不耐烦的漠然。从前那种一人一狗其乐融融依偎在一块儿的场景越来越少，丁鑫鑫甚至觉得她在虎子眼里读出了责备、怨怼和失望。狗的眼睛比人明亮，虎子的目光里开始有了思虑和心事，还有一种混着冷峻的哀婉。

"谁允许你给它吃牛肉的？"丁鑫鑫终于在何子平偷喂虎子时抓了现行。她大喝一声夺过何子平手里的肉干，推开了他。

"你是不是有病？"何子平蔑视地看着她。

"我他妈是有病，我是肥胖症。"

"你爱减减你自己，别拿狗逗闷子。你看虎子被你作践成什么样了？该叫的时候不叫，不该叫的时候叫个不停。我带它出去，扔球扔玩具它都懒得捡，一看就是受虐待的狗。你不觉得它毛都乌了吗？一点也不亮。"

"我只看到它瘦了，瘦了就是身体变好了。还受虐待的狗，给狗吃人饭才是虐待狗！你妈才是虐待狗！她以为她是对狗好，她那是愚昧！"丁鑫鑫调门越来越高，她甚至是用仅存的理智克制自己，才没有痛说革命家史地喊出这狗不是虎子，而是 Colin。

"我妈招你惹你了？没有任何人阻拦你瘦，逼你吃或者禁止你运动，你遇到的磨难只是因为你不够坚决。你自己减肥失败，拿我妈撒什么气！你自己一会儿要减一会儿偷吃，几个月没干一件正经事，每天一脑门子减肥官司还不见瘦。别人都是说减就减了，不见你这么张罗。你这张罗一圈，还没虐狗效果明显呢！我现在每天回的不是家，是一所减肥中心。

这个家没别的事，每天就是减肥减肥减肥，人也要减，狗也要减，谁进来谁就得减！全世界都有了，跟着丁老师一起减肥吧！"

"对，我减肥失败，瘦子伟大我渺小……我他妈要是真渺小就好了，我快成庞然大物了！我一个人就是人山人海！我每天饿得百爪挠心……"丁鑫鑫哭起来，越说越有些泣不成声，"你体谅过我吗？我减肥的辛苦，我怕狗死才让狗减肥的苦心，在你眼里都是逗闷子。全世界你最瘦，你他妈在我面前撸串，我有时候甚至恶毒地想你变胖、谢顶，变成油腻的大叔，然后我依然是少女，我居高临下不疼不痒地假装继续爱你，这样你才能体会我遭的罪。我正在变成另一个人，我前三十年面对这个世界的心理优势，我引以为傲的干吃不胖全部消失了。我从来没想过我会变成一个需要减肥的人。我知道你是怎么想的，就像我以前也从来没同情过胖子。我觉得不能控制自己体重的人，都是弱智。现在我终于明白了，减肥的人和这个世界是没有什么关系的，那是属于自己的孤独，不仅仅是饿，是孤独。我受够了，我想瘦下来，回到这个世界，敞开了吃，同时不再有任何人笑话我胖。"

虎子也配合地叫起来，那凄凉又悠长的叫声让人想起秦腔。狗叫和丁鑫鑫的人声叠加在一起，狂乱中有一种奇怪的默契。

"你跟着起什么哄啊，你个饭桶！"丁鑫鑫恶狠狠地看着虎子，抬起了胳膊。

何子平看着恼羞成怒的丁鑫鑫，觉得她狰狞的脸有点滑稽。他想拉住要对虎子拳脚相加的她，却被狠狠甩开了。他甚至觉得她有点嫉妒虎子，毕竟在一起减肥的路上，她还在焦灼，虎子已经领先了。

"别碰我。"丁鑫鑫抽泣着，没有看他。

他记得他们第一次吵架的情景，丁鑫鑫站在他出租房的楼道里哭，嘴撇得像一座拱桥。他忽然觉得挺可爱的，那种哭不像个女人，像孩子，有一种狡黠的稚气。现在再看她的脸，狡黠不再，稚气全无，甚至好像有了些笨重的戾气。几个月以来她阴晴不定，为了几斤去而复返的肥肉焦躁异常。结婚证这么有效吗？她变得和电视里歇斯底里的主妇一模一样。

两人，一狗，就那么僵持着。虎子已经不叫了，它像一个标本，黯然呆立在两人脚下。整个房间只有丁鑫鑫断断续续的抽泣声。有一个瞬间，他觉得丁鑫鑫才像一只发疯的狗，而虎子像一个失意的人。他的妻子、他的狗都变了模样，几个月猛烈地体现着时间的流逝。何子平觉得一切糟透了，他看见饭桌上剩下的半个肉松面包，觉得自己就是那个面包，廉价、平凡、油腻，被咬得乱七八糟。

"你想吃点什么吗？"他尝试着打破沉默，克制着喉咙里快要掉出来的嫌恶与感伤，很有些息事宁人地问。

"滚！"

丁鑫鑫的目光可以说是仇恨的，她用塞满泪水的眼瞪了何子平两秒，转身进屋换衣服去了。她要回家，她不想和那个男人那条狗在一起。

丁鑫鑫气势汹汹地走了，何子平没有追。他觉得她整个人变成了一眼失控的喷泉。

下了电梯，戴上墨镜，丁鑫鑫还是觉得阳光刺眼，好像就要虚脱了。她发现这是她几个月以来和何子平说话最多的一次，只是好像也不能算说，主要是哭号。

回了家不能和爸爸妈妈说她和何子平吵架了，她说他出差了，于是她回来住一晚。进门的时候，妈妈正坐在沙发上吃荔枝。丁鑫鑫没有洗手就跟着吃起来，清爽的甜在嘴里弥漫开来，她才感到生活对她的温柔。依照她掌握的减肥信息，荔枝和西瓜含糖量太高，是减肥期需要杜绝的水果。多年来，每到荔枝成熟的季节，丁鑫鑫每天都要吃一斤。都说吃荔枝上火，她却从来没感觉到过。如同苏东坡对荔枝的表白："日啖荔枝三百颗，不辞长作岭南人。"苏东坡还说过："人间有味是清欢。"

依照现在时髦又有些粗俗的说法，苏东坡应该也算一个吃货，一个天真敞亮的吃货。

想起今年大概是第一次吃荔枝，丁鑫鑫简直想哭。谁说她只是对虎子苛刻了，明明对自己也下了狠心。转而想起她离开家时虎子的样子。以前每每她和何子平要出门，虎子都依依不舍地抓着他们的腿，嘴里发出呜呜的叫声。这一次，它木然地看着她，目光空洞仿佛失明。

做狗太不痛快了，连想吃就吃也做不到，主人松懈了你会胖，主人较真了你就要减肥。这么想的时候，她的嘴也没有停，脚下的垃圾桶里全是她剥掉的荔枝皮。

半年过去了，虎子不仅成功减掉了多出的五斤，还用力过猛显现出让人担忧的消瘦。丁鑫鑫却好像和她的体重和解了，她以减肥的姿态完成了体重的稳步上升，终于变成了六十五公斤的胖子。不管董莎如何讽刺她越来越像一个爽朗的东北大哥，因为体重超标抱憾退出小白兔界，她依然淡定地咀嚼，体会着味蕾的快感，一副满不在乎的模样。但这是外边的她，私下里她依然密切关注自己的体重，看到居高不下的数字总要露出见鬼的表情，常常为了体重默默哭泣，喜怒无常。对她来说，时光就是在减肥、复胖中流逝的。减肥太艰难了，仿佛一句不恰当的比喻，让人迷惑，抓不住重点。何子平甚至更喜欢别人面前的她，虽然贪吃，但是开朗，满脸带着表演性质的阳光。而回到家里，只有他们两个人时，她会毫无预兆地爆发出突然的悲伤。静态的她，总是带着郁郁寡欢的神色。他不想回家，他记得他娶的是一个热闹的姑娘，家里那个人却越来越冷清。可他总是因为担忧准时回去，他觉得他的女人和狗都有抑郁症。虎子的病是已经确诊的——医生说他们在减肥过程中没有良好地疏导虎子的情绪，导致了它的抑郁和暴瘦。丁鑫鑫在宠物医院号啕大哭，她搂着虎子，一边心疼一边埋怨它不懂她的用心良苦。

"我特别羡慕虎子可以瘦下来，因为人可以控制狗，却无法控制自己。"有一天傍晚遛狗时，丁鑫鑫幽幽地说，"宁可抑郁一点，我也想瘦下来。"

"有一个办法，就是我看着你减，就像你看着虎子那么严酷。"

"我怕我会不喜欢你，你不觉得虎子现在不喜欢我吗？"

"你不需要瘦，你现在挺好的。"何子平字斟句酌地决定结束对话。他已经不太敢惹丁鑫鑫了，她随时会陷入暴怒、委屈、哀伤，要经过长久的哭泣才能缓解情绪。他当然不是一点不厌倦，只是他觉得她应该也是得了心理疾病。她臃肿而乖张，贪吃还焦虑，一身横肉却并没有好气色。说起来她并没有遭受什么令人同情的打击，她只是一个渴望变瘦未遂的女人。她原来一心等着天上掉馅饼，现在不仅不等了，还矫枉过正相信花钱也买不到馅饼。原来的她简直像一个健康的婴儿，身体和心都没有过伤痕。她的人生中没有深思熟虑过什么，唯一一次就是决定减肥，然而就目前的结果来看，失败了。这对她是致命的。压死骆驼的，也许根本不是最后一根稻草。对于脆弱的骆驼，一根稻草就够了。他喜欢健康活泼的女孩，于是娶了丁鑫鑫。他第一次见她就喜欢她，喜欢她认真吃饭、朝气蓬勃的样子。可是生活瞬息万变，他和她都措手不及，她就变成了和橘皮组织反复拉锯的抑郁者。他清楚地记得婚礼时她从红毯那头走来的情景，一束光打在她脸上，她又哭又笑的脸其实挺丑的，但是他觉得她太美了。

年底的时候何子平去香港出差，他问丁鑫鑫要什么，她起先说想要一个包，后来又说算了，还是瘦下来再买吧。何子平觉得有点好笑，又有点凄凉。他想起他们以前去香港，丁鑫鑫都会把要逛的商店和要吃的餐厅标注在地图上，根据餐厅的开门时间，规划一条最全面科学的逛吃路线，然后不知疲倦地拉着何子平暴走、猛吃。以至于他感觉每次去香港都是去完成任务的，吃不下也要吃，因为明天还有新的任务。

　　返程的飞机上，邻座的人在看《瘦身男女》，何子平觉得晃眼，睡不着。他瞟了几眼，也把面前的屏幕调到了那个频道。电影他是看过的，不觉得有什么特别之处。然而，他看到刘德华为了给郑秀文减肥每天靠挨打赚钱时，却突然感动了。刘德华头破血流掉了一颗牙齿的时候，他忽然有点后悔没有给丁鑫鑫买包。他不该冷静地站在她的抑郁之外，仅仅做一个旁观者。他记得他爱她。退一万步说，抛弃一个病人，是需要勇气的。他可以预料自己还会苦恼厌烦她的无理取闹，但他也明白，他应该也只能对着他的胖女人和瘦狗，安抚着他们共同的不高兴。他是一只被命运皮鞭抽打的陀螺，还将徒劳地旋转。

　　邻座的人用余光偷偷看了他两眼。他不明白这个男人发什么神经，看个喜剧，也要掩面而泣。

小礼物

圣诞前夜，冯一锐在家归置书柜，想着学期就要结束，轻松得昏昏欲睡。门铃忽然响了，他以为是快递，门禁显示屏上露出的却是尹涛的脸。

尹涛把一盒酒心糖摔在茶几上，一屁股砸在沙发里，疲惫的脸浮上得意的神色。

"哥也给你带了小礼物，同事去北海道旅游带回来的糖。"

"滚蛋。"冯一锐听出尹涛的戏谑。

两人是大学同学，毕业后冯一锐考到外地读了硕士，又回校当了老师。所谓老师，其实还有点名不副实，他不过是一个没资格讲课的辅导员。这年头学历不值钱，硕士毕业想进高校，只能做行政。要么卧薪尝胆读个博士以后转教学，要么就在行政岗位上韬光养晦熬年头瞎混。就这么个辅导员的编制，冯一锐还是过五关斩六将拿下的。

尹涛的前妻也是他们大学同班同学，两人是当年硕果仅存的一对。毕业就领了结婚证，半年前变成了离婚证，恋爱四年，结婚四年，兜兜转转，两证加起来负负得正，又回到了原点。

"我说，你和小礼物还有联系吗？这两天欧洲有点乱，你没关心一下人家？"尹涛熟门熟路打开冰箱，拿了一罐汤力水。

"你和你前妻联系了吗？"

冯一锐依然站在书柜附近，目光搜索着那两本禅语，犹豫要不要打开扉页给尹涛看。

小礼物是个姑娘。

去年初春，冯一锐的同事去美国做访问学者一年，走得匆匆忙忙，把没来得租出去的房子托付给了他。刚装修一年多的大开间，闲着也是闲着，一年时间配上北京的租金，其实也是一笔不小的收入。最好租给卫生习惯良好的女青年，同事如是说，而后就放心地前往美利坚了，筛选租客的任务落在了冯一锐肩上。

房子在西边，学校和冯一锐自己家都在东边。毕竟是别人的房子，不放心把钥匙交给中介，所以每次有租客上门，冯一锐都亲力亲为，受人之托，纵使心中全是怨言，也没法对着美国发泄。本以为挺简单一件事，具体操作起来才体会到与陌生人打交道的不易。先是来了一对新婚小夫妻，把房间的角角落落都看了一遍，提出要换双层的窗户，因为房子临街，太吵了。而后，来了一个做房地产销售的小伙子，说是自己的期房就要下来了，希望只租五个月。冯一锐既没工夫给同事家换窗户，也不想五个月后再来一轮面试租客，干脆把他们都拒了。几天之后，小礼物来了。

那时候她还不叫小礼物。

冯一锐第一眼看到她就不行了。惊为天人。

她穿一件白色的风衣，淡绿色平底鞋，眼神清亮婉转，阳光一晃，脸上一层均匀的绒毛，素净的脸上没有丝毫化妆品的痕迹，像清晨的一声哨响，脆亮地刺激着冯一锐的神经。对面的姑娘像一株静默的马蹄莲，纤细、清洁，劝人向善，美得高洁而纯真，不见一点虚荣与轻浮。一阵穿堂风吹过，冯一锐心头一紧，那个瞬间，他满心欢喜又悲从中来，情绪变得非常晦涩。他一直觉得，有一种美，不是让你放肆地笑，而是有一种催人泪下的力量，让你忽然就有点想哭。

他当然把房子租给了她，仿佛拿同事的房子送了人情。他果断地与她签了合同，并心怀鬼胎地假装成一个不放心的房东，交换了电话，看了她的身份证。一看不要紧，他发现他们竟然是校友。她来自他读研的高校，比他小六岁，是大四的学生。

姑娘叫陈爽，是来北京实习的，得知冯一锐也是他们学校的毕业生，立马礼貌地唤了一声师哥。

此后的一段时间，冯一锐经常对着陈爽的照片发呆——所谓照片也不过是人家的微信头像。以房东的名义加了微信，然而钱是直接打到同事卡里的，跟他也并没什么关系，找不到什么合适的理由和陈爽聊两句。他早已过了意气风发舍我其谁的年纪，也不曾经历过这种毫无了解的一见钟情，所以并不敢轻举妄动。武侠小说里，这般容貌的女子常常身怀绝技，或者干脆隐藏着惊天的秘密。她美得腾云驾雾，让年届三十的冯一锐竟有些莫名的自卑，觉得自己是个猥琐的大叔。依着以前，冯一锐备不住也就壮着胆联系了，但是陈爽让他瑟缩起来。他甚至曾经高调而勇敢地爱过一个外人看来粗壮而卑微的姑娘，并且被那个姑娘甩了，他也不介意袒露遭背弃的痛苦。在他看来，一段感情只要是真挚的，就没有什么可顾忌的。而这一回，他是那么怕唐突了陈爽，生怕自己的冒失吓到那个小姑娘。

还是在尹涛的怂恿下，冯一锐才发出第一条微信，虽是不咸不淡的问候，却好歹是迈出了一步。依着尹涛的意思，干脆就发一个："姑娘，请留步……姑娘，可否借胸脯一看？"万一是个活泼人，事情就一日千里地解决了。如果翻脸了，就说开玩笑呢，反正这是《东成西就》里的台词。心中泛起再多涟漪，不如耍流氓来得痛快。

出人意料地，陈爽快速而友善地回复了他，不知是不谙世事还是闲着没事，她竟然有几分兴致勃勃，好像冯一锐的微信正好驱散了她的寂寞。

一来二去，两人变得略有几分熟悉了。而冯一锐终于在某个看似漫不经心实则百转千回的时刻打出了一句："师妹，你有男朋友吗？"

"没有呀，师哥。"

"那么我厚脸皮地问一下，我是否有机会以成为男女朋友为前提和你交往？"

"师哥，你说话好严肃。"

陈爽没有正面回答，但似乎也没有大惊小怪，一副顾左右而言他的淡定。

两人水到渠成地吃了一顿饭。陈爽咨询了一些毕业时的注意事项，也透露了一些对未来的打算。实习只是为了交实习报告，她还不想工作，所以选择根本留不下的北京，只是锻炼锻炼，添一段经历。她想去欧洲读研究生，如果一切顺利的话，想去法国。因为法国是艺术的殿堂，还宽阔包容，接纳了很多流亡艺术家，昆德拉、基耶斯洛夫斯基、波兰斯基都有流亡法国的经历。冯一锐觉得有点好笑，一个大学都没毕业的小屁孩，想去法国读研，就因为那儿有流亡艺术家。就像面对学生一样，他可以轻易感觉到她的幼稚。但是他无法自如地对待她的幼稚，他不由自主地谨小慎微，他甚至想讨好她。幼稚也是难得的，年轻姑娘如今都太俗了，又俗又成熟。

"师哥，我去你们学校附近办事，记得你说过，你家离学校不远。我带了个可爱的小礼物给你，顺路给你送去吧。是为你精心准备的哦。"

去年夏天，准确地说是 2014 年 7 月 5 日，陈爽忽然给冯一锐发了这样一条短信。冯一锐清楚地记得这一天，不是因为短信日期有据可查，而是因为那天有世界杯的四分之一决赛，法国队被德国队给干掉了。

短信来的时候是晚上十一点多，他在尹涛家，和几个哥们儿以及当时还不是前妻的尹涛媳妇一起等着看德法大战。

冯一锐收到短信的瞬间简直怀疑是恶作剧，一个只见过两次面的姑娘，大晚上十一点，主动要登门送上小礼物。还是美女，还是自己一见钟情的美女。

不是惊喜，百分之百惊吓。这条短信让他目瞪口呆，摸不着头绪。好像费尽心机攒钱买了杯奶昔，喝着喝着却变成了炖牛尾，口味变得有点重，让人措手不及。

"这是怎么个意思？"他把短信拿给尹涛看。

"装什么纯情少男啊？这还需要翻译吗？这不是问你约不约吗？"

"我怎么觉得有点不对劲呢。"

"有什么不对劲的，人家嫌你磨叽，懒得跟你漫长前戏了，直接要上你家去。怎么这么不解风情啊，赶紧打车回去，把她搞定了再回来。那会儿差不多德国法国也分出胜负了。"尹涛笑得很色情。

"连手都没拉过，是你想太多吧？万一人家真就是送个小礼物呢？"

"大晚上十一点，穿过半个北京城，她来学校办什么事？可爱的小礼物，特意为你准备的，肯定就是她自己啊。脑袋上系个蝴蝶结，往你床上一躺，就是你的礼物。别装孙子了，人家姑娘主动，你还来劲了！也他妈不嫌丢人，这种话让人家先说出口了，你说你得多肉吧！拉什么手，谁告诉你先拉手后上床的，必须得一口菜配一口饭啊？现在姑娘都奔放，不按顺序出牌！"

冯一锐没有走，他留在尹涛家看完了整场比赛，他说世界杯四年一次，他得看，他不能走。德国队一比零干掉了法国队。那场比赛唯一的进球来得挺早，开场十几分钟德国就领先了，大家大呼小叫品评着比赛，竟有些意犹未尽。冯一锐也目不转睛地盯着屏幕，但陈爽的脸一直在他脑子里后台运行。尹涛说的话虽然糙，但和他的理解其实是一致的，这时间、地点和人物，难免不让人想歪了。除非这姑娘是脑子缺根弦，不然……他宁肯她是脑子缺根弦。

这一切来得太突然了，冯一锐只是故作镇定，他早已心不在焉。陈爽太跳戏了，与他幻想中的人物设定出入大到上天入地。他一直觉得她的清纯中透着一种冷，和她的年轻、幼稚混合在一起，是一种苦杏仁般的禁欲气质。清澈、明亮，带着一点任性，和欲望无关。他甚至揣测或者说希望，她乖张不好相处，对很多事情揣着不肯原谅的玻璃心。他想为她做的事情还有很多，比如偷窥她的背影，比如默默地想念她，比如重新变成一个腼腆忧伤鬼鬼祟祟的少年，比如带她认识这个世界。他像言情小说里的霸道总裁似的，只想上天入地为她排忧解难，不想滚床单，至少不是见了两次面就滚。

可是显然她不在他规划的轨道里，她可能是个急性子，才见了两次面就要见分晓。她不需要他带领，她一马当先，正回头望着掉队的他。她这么火急火燎，不会是有什么阴谋吧？不会是犯罪团伙的美人计，想色诱取肾吧？冯一锐哑然失笑。如果是美人计，还真是量身打造啊，完全符合他的口味。

"你得道歉。你需要为上次拒绝了她道歉。"尹涛非常肯定地指点。

"我确实不在家啊，我当时就解释了，我在你家看球。"

"对于女人来说看球不是理由。你需要非常强势的理由，足球显然算不上。"

"我上哪儿找强势的理由？总不能说我来大姨妈，不方便吧！"

"别废话。按照行规,你需要买一件差不多的礼物,如果你还想继续发展的话。要是想做得更周全,再来一束花,锦上添花嘛。"尹涛老谋深算地告诫冯一锐。

冯一锐按照他的指示买了一条香奈儿的项链,据说这属于差不多的礼物,而后又买了一束马蹄莲。他觉得有些尴尬,也意识到除了对外表的迷恋,他其实对陈爽一无所知,或者说他的很多判断可能都是错觉。

陈爽淡定得多,她微笑着接过项链,驾轻就熟地戴在了脖子上,欣喜中有克制,安之若素又绝不失礼。她戴上项链,她喝了一口水,她笑,全部的动作行云流水,看不到一丝冒失、草率、仓促,仿佛她知道他要掏出一条项链,甚至连牌子和款式都已经预见。同时,她也掏出了送给冯一锐的小礼物——一块手工皂。鸡蛋大小的手工皂塞在纸盒里,冯一锐他们系里开运动会时三等奖的奖品和这个非常相似,当时就是他负责采买的。

"这种香皂很好用,我买了两块,送给师哥您一块。"

冯一锐感觉对面坐着一只黄鼠狼,正在给他这只小鸡拜年。当然,这黄鼠狼皮毛光亮,眼睛明亮,从审美上总结,还是非常美的。他感觉自己的腿抖了一下,猝不及防地,一缕复杂的凉意窜进了身体。他好像感到一阵孤独,说是孤独似乎并不准确,但他一时间找不到更恰切的感受。她带给他的秘密和惊奇果然不少,只是好像跑偏了方向。

他做欣喜状笑纳了香皂,略有点皮笑肉不笑,表演的态度还是端正的,但戏确实不够好。不过他至少忍住了没有告诉他,这种手工皂他有一抽屉,上次运动会没发完,团委活动也没处理出去,剩下的都在抽屉里。

"谢谢,谢谢,非常感谢。师妹真是一颗玲珑心啊。"他不由自主提高了警惕,思维因高速运转而变得严密,言辞则显得小心谨慎,简直有几分敛声屏气的意思。

一顿饭在他的盘算和她的自如中度过,她好像还讲了两个笑话,有意缓解他的不自在。分手时，她挥舞着那束马蹄莲，笑容清新绝伦。

"不信死花胜活人，请郎今夜伴花眠。"

冯一锐还没有到家，便收到了陈爽的微信。他不知道这是谁的诗，却似乎懂了她的意思。而后她又发来一张自己捧着那束马蹄莲的自拍，照片中的她，依然像一个武功高强内力深厚的女子。

"我在吃西瓜，非常鲜艳的红色西瓜，以至于绝对有超过一刹那的时间，我怀疑那西瓜是母的，而且作风不太好。"

"与君同舟渡，达岸各自归。"

偶尔，陈爽会给冯一锐发来微信，除了个别时候可以愉快地胡扯，如上两条的风格也会经常出现。冯一锐开始会反复思索，感受字里行间微妙的气息，后来就有些习惯了，甚至不太仔细看。

"甘地说：'无数的例子让我深信，上帝终将拯救那些动机纯正的人。'"

有一次，他忽然来了捣乱的兴致，很有些较劲地这样回复。以故弄玄虚对云山雾罩，你有古典诗词，我有名人名言。虽然没有资格讲课，好歹也算大学老师，怎么会轻易甘拜下风。

这期间，陈爽回学校领了毕业证，开始逐项整理申请法国学校需要的材料。而冯一锐带的第一个研究生班也毕业了，所谓辅导员，就是保姆一般的存在，各种琐碎的细节，手忙脚乱过后又觉得自己似乎什么也没干。德国七比一狂扫了巴西，一路高歌猛进捧走了大力神杯。冯一锐作为朝九晚五的辅导员，日日面如菜色，晚上看球吃垃圾食品，白天还要做为人师表状，夏天就那样喧哗而充满内心戏地逝去。

陈爽和一家北京的公司签了短暂的合同，有一搭没一搭地工作，继续申请学校，经营着自己的法国梦。

两人竟然就跳过了整个秋天。可以说是停滞期，也可以理解成心照不宣的淡漠期。整个过程步调一致，没谁寻死觅活地想见谁，也不是一个火热一个冰冷。偶尔发发微信，竟然就有点退回到熟人的意思。

　　冯一锐有点不甘心，怎么见了两次就黄了呢？但是不甘是微量的，他已经对两人的不匹配有了直觉的判断，觉得终不会有结局，何苦过于勇敢。

　　他第一次这么无脑地喜欢上一个人。没有相处，不是性格魅力，没有崇高端庄的理由，也不是世俗实用的心思，甚至不能算是性吸引。他像喜欢一件艺术品那样被打动了，他自己都有点不解。当然也不是全然没有猥琐的小心思，退一步讲，女神不高冷而很开放，也不是不能将计就计，可是陈爽毕竟是他校友，万一他鲁莽了，她又假装受害者，坏的还不是他的名声？三两下事情传到学校，他乏善可陈的前半生可能就沾上了色狼的名声。

　　其间，还有人给冯一锐介绍了对象。冯一锐说不上兴致勃勃，也算是欣然前往，毕竟世界那么大，总会有些原本八竿子打不着的妙人，不通过这目标明确的方式，就会永远在无法偶遇的远方。结果如约而来的是个胖女人——他甚至无法称她为胖姑娘，那副臃肿而微不足道的皮囊难以和姑娘这个词联系在一起。胖，并且自信，说话时有种不三不四的表情。她点了一杯颜色轻浮的鸡尾酒，喝酒的姿势造作得有些可笑。聊了几句，冯一锐大抵感知到了她的自信来自优渥的家境。她自说自话讲起她的宠物狗，她的狗很可爱，她的狗超漂亮，她的狗有教养。是的，她用了"有教养"这个说法。如果她说的是实话，她的狗真是比她强。冯一锐被"有教养"三个字提醒了，他笔直地坐在她对面，微笑地点头，表现得特别有教养，可能比她的狗还有教养。一开始的厌恶散去了，他有点沉溺于教养表演，他坐在一个自己毫无兴趣的胖女人对面，斯文地倾听，很高级地包容着她的放纵。甚至他配合地看了她手机里大量的照片——她和她的狗。照片被修过，她目光炯炯，皮肤吹弹可破，对任何一个对容貌不自信的人，修图软件都有能力让她们长成一样；她的狗消瘦而挺拔，似乎是保留了自己的特色。如果狗没有过度修图的话，狗确实不错。

他想起陈爽，她固然和他的期许千差万别，他还是忍不住想起她。就好像你以为冬天会下雪，然后天天都是大晴天，你有点失望，却并不怀疑冬天的存在。

"不就是人家挺奔放，没满足你小白兔和大灰狼的幻想吗？丧失了心理优势，立马不敢了？"

快到12月的时候，尹涛给了冯一锐两张刘若英演唱会的票。他和媳妇因为鸡毛蒜皮的事冷战，没了看演唱会的兴致。送票时，他还很有些哀其不幸怒其不争地打击了冯一锐的畏首不前。

陈爽的来者不拒在冯一锐的意料中，没有雀跃，也不会冷淡，好像有谁早为她写好了剧本，她是个省心的演员。冯一锐很少去看演唱会，刘若英的歌他都是偶然在各种公共场所或者看电视时听到的，有的有点熟悉，但一首都不会唱。前后左右的人全都跟着唱，除了陈爽。她目不转睛地盯着舞台上的刘若英，却也不会像粉丝那般跟着扭动或者唱。她深奥地目视前方，你很难分辨那是无动于衷还是心驰神往。粉丝的歌声混着刘若英的歌声，冯一锐觉得自己陷入一片吵吵嚷嚷的海，陈爽却像暗夜里的礁石，有一种森然的笃定。冯一锐拉了一下她的手，她也没有挣脱，甚至没有一点异样，就好像他们多年来一直手拉手，早就习惯了。倒是冯一锐有些迟疑了，这到底是怎么个情况？为什么她的每一个反馈都让他迷惑？他立马觉得自己呆头呆脑的。

"师哥，我觉得你想问题的方式太严肃了。太严肃其实影响互动，太认真特别容易把人吓跑。"演唱会后两人东一句西一句地聊，陈爽轻描淡写地说。

"老年人嘛，受丁是丁卯是卯教育长大的。你是提醒我，你准备跑吗？"

"还不至于，我再考虑考虑……哈哈，其实咱们差不了几岁，但是差异还真是不小。"

两人的来往又增多了一点，整体上看，还是有点啰啰唆唆，没有值得一提的进展。其间，养狗的胖女人主动约了冯一锐一次，他怀着深深的厌恶委婉地拒绝了，他决心在陈爽那儿再勇敢一点。

但是所谓勇敢并没有战胜他的不安，他总是感到一种异样的气氛，即使他一直假装松弛、活泼，依然被一种莫名其妙的拘谨笼罩。冬天的城市干燥而坚硬，他觉得面对陈爽的时候，这种干燥越发明显，他每笑一下，都觉得脸上有紧绷的感觉，一种严酷的气息挥之不去。元旦他们一起过的，他带她看了电影，在满员的电影院里像任何一对平凡的情侣，吃着爆米花。她说她打算早点回老家过年，反正她迟早是要去留学的，不打算为公司鞠躬尽瘁。

陈爽走的前一天，又上演了上次的戏码。

"师哥，我在你们学校附近，方便出来见我吗？"

收到微信的时候虽然已经是晚上八点，冯一锐却正端坐在会议室的角落，听院长慷慨激昂的学期总结。临近寒假，想到又有一个多月开不了会，院长要集中精力把瘾过了。他读本科时，院长还是个没头衔的副教授，整日里散仙般飘荡在系里，感觉心思既不在教学，也无意做官，张口闭口都是我们家女儿。三年外校研究生归来，学院里竟然已改朝换代。据可靠谣传，现院长连窝端了前院长、副院长的班子，一个箭步取而代之。如今的她张扬泼辣，和原来早已判若两人，大会小会上，都是舍我其谁的风采。

冯一锐偷瞄着屏幕，断不敢请假。

"在开会。院长大人正在兴头上……"

"这么晚还在开会……我要是想多了,简直觉得你在躲我啊!"

冯一锐缓了缓,虽说是千真万确地开会呢,却也并不期待以这种不请自来的方式见到她。又是晚上,又是来了直接抓人,这作风简直像警察。

"那我不等你了。我明天的飞机回老家,给你带了一个小礼物,我把它放在我们上次吃饭的餐厅前台吧,你散了会去服务员那儿要一下。那么,我先告辞了。"

冯一锐愕然地检索出"小礼物"三个字,他先是撇撇嘴笑了一下,而后又有点脊背发凉。妈的,这是什么毛病,对小礼物还真是执着啊!

"那个,我还真是好奇,是什么小礼物呢?"

"去了你就知道了。我走了。"

小礼物。突然袭击主动上门送礼物,又整出什么幺蛾子了?又一块手工皂?沐浴乳、毛巾或者搓脚石?许是那块手工皂带给他的冲击太大了,也可能是冯一锐真没什么想象力,思维被禁锢在香皂的兄弟姐妹里。

散会后,他急匆匆赶到餐厅,向前台索要他的小礼物。

"小礼物?"前台的服务员迷惑地看着他,"什么小礼物?"

"一个姑娘一小时前留在这儿的,具体是什么我也不太清楚。"冯一锐有些尴尬,他揉了一下太阳穴,大脑飞速运转,心想会不会记错了餐厅,但他们只在学校附近吃过一次饭,应该不会错吧。

"哦,你说那个信封啊……"服务员短暂地断片儿,而后好像忽然想起来什么。他从柜台下边拿出一个牛皮纸的信封,递给了冯一锐。

信封上写着"冯先生收"四个字。应该是陈爽的字吧,冯一锐并不确定,他与她见了大概六七次面,却并不具备感知细节的能力。

连年有余——一个粉面含春的胖娃娃一手抱着大鲤鱼,一手举着莲花；万事如意——两个白白胖胖的小孩，一个举着鞭炮，一个扛着如意；四季平安——还是两个白白胖胖的小孩，一人提着一盏大灯笼……信封里是一本台历，台历的每一页都是一幅年画。生意兴隆、福寿延年、风调雨顺，每页上一个或几个肉嘟嘟的胖娃娃传递着各种美好祝愿。冯一锐像动画片里目瞪口呆的人物，下巴掉到了脖子上。他双手攥着台历，有思路在脑中盘旋，但是无法理顺。一本台历十二页，将近二十个娃娃折腾着喜庆的主题。冯一锐却感到冰冷，他觉得自己像窗外的树，叶子已经掉光，枝干苦涩，在漫长的冬天狼狈地存在。

先是半夜要来送香皂，而后大晚上穿城而过赠台历，这都是什么路子？先让我洗洗干净，再告诉我今夕何夕？真是我想太多，还是她太没耐心了？

讽刺、霸道、匪夷所思，两件小礼物都透着彬彬有礼的可怕，他好像隐约感到一种粗暴，一种哪儿说哪儿了的任性。或者说，她让他产生了一种毛骨悚然的敬意。她那样轻易地就让他一个大男人生出了扭捏、忐忑和畏惧。

冯一锐有点乱了方寸，一瞬间丧失了所谓爱的感觉，虽然他想起她的脸依然觉得无懈可击，但是却不再对两人的关系有进一步的期待。或者更准确地说，他意识到两人对进一步的认识有着本质的不同，察觉到了沟通的难度。当然，逮着便宜先占上，半推半就也是可以的，但他难免要思前想后——陈爽要出国，他又是老师，既然不能有结果，还是别闹出什么事端吧，既不想给人造成什么伤害，也不想惹火烧身。一如尹涛的评价："头发白了也改不了瞻前顾后的毛病，全耽误在自己手里了。"当然也不完全是胆小怕事，他也曾经不假思索地调戏过不来电的姑娘。可是这一次不同，他是被审美指引的，未及发生什么就已经把自己打动。他把它定义成无与伦比的相遇，要的是一份小心翼翼的缱绻，所以绝不是拎着一块手工皂深夜敲门，也不是在饭店前台交接年画台历，更不想午夜时分看见她在画皮。他觉得她应该散发出梨子的香味，她却似乎并非幻想中那样清甜。她不按常理出牌的两样小礼物让他乱了方寸，这一切让他觉得自己很落魄，一个成年人，被拉进小姑娘的节奏，不仅无法掌握主动，还晕头转向云里雾里。幻灭的感觉让他对遇到她的瞬间产生了一种怀念，他知道他的失望来自误读。

春节过后，好像突如其来，春天急三火四地来了。冯一锐还未脱下羽绒服，就感觉到春天强势地蔓延了整个城市。

和春天一起回来的，还有他访学归来的同事，陈爽的租约也到期了。房子到期，录取通知书也来了，一切严丝合缝，仿佛精准推演的结局。她申请了四所学校，只收到了里尔一所大学的通知。学校的名字她告诉了他，但是他不记得了。她有一点失望，说这不是她最好的选择。最好的选择是直奔终点，但是多数时候我们都会迷路。她对冯一锐说。

冯一锐嗯嗯啊啊地附和。他不知道她的话到底是意味深长，还是年轻人即兴的不靠谱。反正他已经心如止水了，他盘算送她一个小礼物，纪念两人短暂的相遇，也纪念离别。他已经做好了诀别的心理建设，几乎就是相忘于江湖吧，用那个文绉绉的词挺合适的——阔别。

送她点什么好呢？沿着手工皂和年画台历的思路，送点什么匪夷所思的东西恶心恶心她吧。比如，送一盒电蚊香。然后假装关切，你是夏天去法国，蚊子应该很多吧？或者，送一打袜子。万水千山，祝你大步向前。还可以送一罐咸菜。他记得一部纯爱电影里，男女主角被迫分开，女主角在最后时刻匆匆赶来，送给即将远走海外的男主角一罐咸菜。异国他乡，要记得家乡的酸爽啊！这些以牙还牙的点子先是让冯一锐有几分得意，而后又有些愧疚。怎么如此虚情假意又恶毒，越来越像个小人。

送女孩东西实在太难了，他曾经自鸣得意地买了一套限量版的乐高积木送给大学时的女友，对方佯做欢喜状的样子，他至今记忆犹新。后来他有些上道了，项链、丝巾、香水、口红，那些不那么容易出错的牌子，只要钱花到了，总会换来一张笑脸的。可是这些东西法国不是都有吗？而且面对陈爽那个送礼物小能手，这样乏善可陈的礼物未免太不走心了。最后，他冥思苦想的结果是送她一部相机。单反什么的太严肃了，他要送的是一份小礼物。他买了一个立拍得相机和十盒相纸，估摸着这小礼物依照陈爽的脑回路虽不算多有创意，总不至于被取笑吧。

当冯一锐意气风发地掏出相机时，他没想到陈爽也是有备而来。

"师哥，感谢你这一年对我的关照。离愁别绪就不多讲了，送你一份小礼物。"说着她从包里掏出一个牛皮纸信封，比上次装年画台历的要厚一些。

"小礼物"三个字真是大杀器，冯一锐立马觉得自己弱爆了。他知道他赢不了了，无论如何那个牛皮纸信封肯定又是新思路，一定会轻松完爆他的相机。

不知道什么时候开始，他对陈爽的情感已经从倾慕、怜爱变成了较劲和好奇。她两次夜晚来访，他又两次避而不见之后，他们已经形成了诡异的互动套路，谁攻谁守显而易见。

他掏出了相机，没有拆开她送给他的信封。他知道这样不太礼貌，他从小被教育收到礼物要立刻拆开，迅速而得体地表示自己的欢喜。这一次他没有，他想保留悬念，也想在拆开的瞬间真诚地表达自己的错愕，不想对着她表演受用。

于是，陈爽后来说了什么他都非常模糊，他怀着隐隐的兴奋，着急回家拆开临别的礼物。牛皮纸信封的厚度好像一本大书。会是一本字典吗？一本法文字典？她鼓励他学好法语，和她在法国相遇。或者是她的日记？一本厚厚的日记，写满了对他的依恋和不舍。他真是自作多情得连自己都受不了了。

这真是太刺激了。陈爽真是一个谜。

回家后，他先给自己倒了一盅白酒，平时极少喝白酒的冯一锐需要给自己压压惊。仿佛某种仪式，洗过手，喝罢酒，冯一锐轻轻撕开了大信封。

——是两本书，书的思路是对的。是两本禅语。扉页上写了几行字，仔细看看，陈爽的字算不上娟秀，勉强可以归类为工整。

师哥：

前日去往书店，偶遇此书，智慧与脱俗让我想起师哥。君子不党，愿世俗的羁绊不会牵制师哥超脱的脚步。感念一年来对我的照拂，有些语无伦次，就这样戛然而止吧，如果余韵袅袅也是好的。

陈爽

冯一锐看了两遍，读出一种也许是过度解读的揶揄。看懂看不懂的就那么回事吧。这是《甄嬛传》看多了吗？写得也太不通俗了。

"你跟小礼物真的没有来往了吗？"重回单身队伍的尹涛四仰八叉躺在沙发上。

"也不能算彻底没来往吧，就是无事不闲聊。前阵子比利时爆炸，我给她发了微信，表达了一下关心。她也回复了，说她挺好的。"冯一锐心想，如果不是欧洲的恐怖袭击，大概真的不会想起她了。

"真够不是人的。人家姑娘三番两次投怀送抱的，你说得就跟没事人似的。"

"你说是不是咱们想歪了？"

"来，我就受累给你捋捋。第一次半夜要来就算是缺心眼，第二次送你年画多明显啊。你这个人做事的风格太涣散，心理活动太多，明明不主动，人家主动你还不肯配合。这姑娘太有气魄了，看样子根本不用负责，你的犹豫太没必要了。"尹涛咂着嘴一脸艳羡。

"老子就是想负责。"

"负责可以啊，人家不是说了吗，第一次想到你家洗洗，第二次送你一打大胖儿子，你非把人家惹怒了吧，送你两本佛经，你还是出家吧你！"

"不是佛经，是禅语好吗！"

"反正就那个意思。人家是真不高兴了，不和你扯了。你呀，就是预设太多，玛丽苏人设崩坏，丧失了反应能力！"

"如果你的思路是对的，那就更不遗憾了。她比我想象的粗糙太多了。"冯一锐抬眼看了看书柜。

"人家那是破我执,不跟你这儿执着暗示了,直接给你指条明路——最好出家。"

尹涛不依不饶地嘲弄着冯一锐，两个人都知道这一切过去了，谈论它就像谈论一部老电影。然而对尹涛来说，这部电影或许是个喜剧，冯一锐却暗地里悲从中来。他如今只能戏谑地谈论这一切，不然太像是恼羞成怒了，事已至此，一点达观总是要的。他其实被一种恍然大悟的悲剧感笼罩，先是心疼自己近乎愚拙的真诚和严肃，而后又隐隐想要反省，把女人当成艺术品，可能原本就是他错了。他的幽怨是活该，他活该为居高临下的一厢情愿埋单。

两次别离

1

　　是春天，傍晚下了一点雨。把这一天放在北京春天天气排行榜里，毫无疑问是个靠前的好天。比起毫无章法的大风，这规矩妥帖的微雨，简直沁人心脾。对谢点点来说，这一天无论如何算不得平凡，严格意义上说，是十足地诡异。下班之前，她没有任何异样的感受，无非"时间永是流逝，街市依旧太平"。她浑浑噩噩走出单位大门，脸上全部肌肉都是松弛的，因为坚持晚睡的缘故，每到傍晚她都是困的。不聚焦的目光骤然定睛，仿佛被袭击，谢点点双目圆睁愣在了原地。如果她是一只猫，这一时刻的形象会更直观，她的毛一定会根根分明地耸起来，一根不差全部乍着。

　　一个人打着那把黄雨伞站在那儿，伞柄是那只小鸭子。人和伞谢点点都认识。是朱洋。

　　他怎么就突然回来了？

　　她站在那儿，感觉像站在一场语焉不详看不出好坏的梦里。那感觉飘忽、诡秘，不敢肯定鞋底是否还贴着人行道的轨迹。

"点点。"一年没听，朱洋的声音竟然还挺熟悉。他没胖也没瘦，仅仅一年，虽然恍若隔世，却看不出什么时光的痕迹。

"啊？"谢点点顿时语痴。发出了一声表示震惊、错愕，甚至夹杂着恐惧的惊叹，她丧失了发出主谓宾的能力。有些时刻词语是贫乏的，虽然这样的时刻不多，多半稍纵即逝。

"我……"

"你……"谢点点以单音节打断了朱洋，仿佛已经丢失了以长句子传情达意的能力。

2

谢点点和朱洋是在金燕婚礼上认识的。谢点点是伴娘，陪着金燕和新郎手持兑了不少果汁的红酒穿梭在酒席间。其实她对朱洋没什么印象，他坐在新郎同学的那一桌，其貌不扬。所以，准确地说，朱洋是在金燕婚礼上认识谢点点的，而谢点点是在后来有些冷场的相亲约会中认识朱洋的。

朱洋和金燕的老公是大学同学，同学而已，并非朋友，收到婚礼请帖碍于情面去捧个场，却未料到婚礼上有个光彩照人的伴娘。说光彩照人是含着些夸张成分的，男人到了那个年纪，碰到个看着顺眼的姑娘，后来又成功上位成为其男朋友，都喜欢把相遇时自己的一见钟情说得添油加醋，女朋友听着高兴，也能强化恋情的传奇色彩。

朱洋把心思告诉了金燕老公，金燕老公据实汇报了对朱洋的印象和分析，金燕觉得靠谱，就向谢点点转达了有人想约她吃饭的消息。谢点点开始有些犹豫，翻过来倒过去也没想起金燕老公同学那桌有什么仪表堂堂的家伙，那一水的男生仿佛都一个模样，谁也没给她留下任何记忆。不过自己确实在感情空窗期，跟排山倒海的 90 后相比也算得上一把年纪了，外加金燕怂恿够不着月亮，弄颗星星抓在手里也是好的，出去吃个饭顶多耽误点时间，算不上什么大损失。

　　第一次正式见面，金燕和老公点到为止地出现了一下下，像电视剧里一样，闪人的理由非常没有创造力："我们还有点事，就先不陪你们了。"两人表情鬼祟而兴奋地告辞，丢下一对各怀鬼胎的男女。谢点点看着朱洋中规中矩的面容和装扮，朱洋则一次次端起面前的茶杯，喝一小口，放下，再端起。显然，茶杯成了他缓解紧张的出口——我不是什么都没有做，我在喝茶。他大胆地发出了邀约，却未料想女方竟然同意，来之前，他简直生出了临阵脱逃的念头。他的胆量在主动约请之后又恢复到了正常值，不知如何驾驭这种目的明确的约会。

　　事后回想起来，两人对第一次见面的印象都是笼统的，他们都记得对方说了很少的话，气氛算不上不融洽，但确实是紧张的。谁也想不起仅有的几句交谈是什么内容了，他们被那种捉襟见肘笼罩，记忆力减退了。谢点点并没通过单独吃饭增进对朱洋的了解，她捕捉到的无非木讷、规矩、不苟言笑。她没拒绝与他继续来往，虽然那天的朱洋着实没给她带来任何惊喜，但没惊吓也算可以了，就像一张七十分的考卷，就算你脾气暴，也不至于羞愤交加把它撕掉吧。

　　一来二去，两人的关系就步入正轨了。一来二去这个词真是足够可怕，它所引导的常常不是一次两次能说得清的事，简单的数字背后跟着的往往是水滴石穿的事情。谢点点和朱洋大概吃了五六次饭，喝了四五次茶，看了三四次电影后，才基本稳定了关系。稳定之后就是按套路出牌了，男的接女的下班，女的对男的嘘寒问暖，逢生日纪念日赠送礼物，睡前短信互道晚安，两人兴致勃勃地进行着并无新意的互动。谢点点偶尔有些不甘，心想自己千挑万选怎么就选了个毫无特点的面瓜。他不吸烟，不喝酒，日出而起日落而息，对女朋友如春天般温暖……不需太多接触，你便可以断定他从不作弊，有些教条，总是以最稳妥憨厚的方式完成任务。可是这未免太索然了吧，一副人到中年的温暾景象，一点年轻的毛躁和慌乱都没有。不对，说他没特点太忽视细节了。他还是有怪癖的——随身携带花生酱。他的花生酱瘾非常大，一天三餐，至少要吃一次花生酱才感觉这一天没有白活，不然就浑身不自在，觉得日子荒废了。谢点点刚开始看他往面包上抹花生酱还不觉得奇怪，后来看他花生酱蘸西兰花、花生酱浸带鱼、花生酱抹牛肉，就有些崩溃了。所有食物的味道都被花生酱篡改、取缔了，朱洋日复一日只爱一种味道。吃什么对他并不重要，只要有花生酱，那么什么食物都是好的。她戏谑地叫他花生男，说他早晚要变成一颗花生，浑身冒着浓烈的花生味道。

谢点点是做好了准备要嫁给花生男的。并不是爱情炽热非他不可，而是既然都到了这把年纪，总不好挑三拣四无止境地拖下去。白马王子太高端，暂且不提，就是牵着白狗的帅哥也连个影儿都没有。周围的人前赴后继进了围城，绝大多数都是速战速决，从认识到热恋进而结婚，一年半载而已。谢点点在朝着三十岁疾驰而去的人生里，早已明白了得过且过的道理。小时候的理想已经被踩扁了，上学、上班、初恋，一切都是不好不坏不香不臭，差不多就得了。爱情也没什么了不起，太较真换来的无非一身疲惫。何况活着总是疲于奔命，纵使没什么野心，无意飞黄腾达，每天还是要起早贪黑讨生活，哪有心思琢磨什么山无陵天地合的大手笔。那都是有闲阶级干的，伤筋动骨上天入地，劳心劳力破坏免疫力。

朱洋也蛮有些默契地暗示过谢点点，两人按照这样可持续发展的方式走下去，大概其就是白纱西装，一场没有悬念的婚礼。他不直接说，总是三步并作两步抛出一些板上钉钉的句子。比如，以后咱们的房子如何如何；比如，以后咱儿子上学该怎样怎样。好像他们之间早没了缝隙，压根就是老夫老妻。

3

"你的意思是咱们算是已经分手了？"朱洋慢条斯理，他好像从不会气急败坏，即使在追问也是一脸好脾气。

"难不成你觉得分手是我搞出来的？"谢点点火冒三丈。意念里，她早已抓起台布上的小花瓶朝朱洋脑门砸去，一下下不停息，直到鲜血汩汩流出，直到确定他流的也是人血，他的血也是热的，才扔下脏兮兮被染红的花瓶扬长而去。

两人坐在谢点点单位附近的小西餐厅，以前他们恋爱的时候经常来这里。谢点点对这种假模假式装神弄鬼的小作坊并不感冒，一墙拿腔拿调的涂鸦，另附一层穷极无聊的留言，无论白天黑夜一律以不变应万变地点着蜡，菜单上土洋结合既有意大利面又有炒饭，还动不动新增个波兰沙拉或者巴伐利亚猪扒。他们来这里无非是图方便，抬腿两步就走到，而且价格也还可以。与一场经济适用型恋爱相匹配，这是一个经济适用型餐厅。

桌子上放了一条鱼。这大概是店主别出心裁的新创意，每张小桌子上放一个小鱼缸，里边一条孤零零的小鱼。

"原来没有这条鱼。"朱洋不知是没话找话还是不知从何说起。

"别扯这些没用的，别跟我整什么昨是今非物是人非的陈词滥调。你知道我这一年是怎么过来的？我想掐死你也没用，你已经消失了。所以我一次次在心里掐死你，你不是自己跑掉的，你是被我掐死的！我从来就平凡，根本不想经历什么跟别人不一样的事情。我没体会过在风口浪尖的滋味，我也没兴趣体会。从小学我上课就不举手发言，虽然老师点我我也能答上来。我没当过班干部，老师觉得我成绩还行，让我当我也不当。谈恋爱也是这样，我是想过要嫁给王子，但那只是一闪而过的念头。我从没预备跟谁殉情，不化蝶，不喝药，我要的就是家长里短的日子，一地鸡毛。再说我要是想谈一次惊天地泣鬼神的也没必要找你，你开始伪装得多好，一副老实巴交居家男的模样。我是为了脚踏实地才跟你好的，谁知道你还真是个过山车，我都没反应过来就被甩到天上转晕了，下边还全是看客。"谢点点越说越快，如同照稿朗诵，中间没打一个磕巴，"你知道我过的什么日子吗？我这辈子第一次成了焦点，都因为你，还是在你消失以后。你已经跟我没有关系了，我还借着你红了一把。我都快得焦虑症了，大街上别人看我一眼，我就怀疑他知道咱俩的事，立马不自在，眼睛不知道该往哪儿看好。"

"你就不问问我这一年是怎么过的吗？"

"我现在是有冤报冤有仇报仇。你怎么样跟我有什么关系呢，又不是我造成的。我最希望的是你已经死了，很不幸你没死，我真没兴趣知道你是怎么活的。"谢点点恶狠狠地盯着朱洋。

4

谢点点是北京"土著"，虽说是待字闺中却已搬出了父母家，自己住一套两居室，是家里拆迁后得的新房，房产证上父母写了她的名字。她不愿与父母住在父亲单位分的老房子里，官方理由是离单位远，实际是烦透了那种鸡犬相闻。每天出门回来都能遭遇"点点出去啊？""点点回来了？"之类明知故问的寒暄，那都是父亲单位的老同事，她要笑靥如花才叫不给爹丢人。赔笑脸也就算了，更烦的是她总要面对隔壁张伯伯比她小两岁的闺女嫁了个外交官，四楼吴阿姨家比她大一岁的女儿结束爱情长跑领证等等的消息，外加各种"男朋友做什么的呀？""什么时候喝点点喜酒啊？"之类的问询。她知道他们都是好意，没谁是想敲打她，但她听着就是不舒服。你管我男朋友干吗呢？你怎么知道我婚礼会请你呢？她面上哼哈应答，心里涌起各种拧巴的嘀咕。

确立恋爱关系半年之后，朱洋偶尔会留宿。谢点点只去过一次他的住处便再也不去了，不是朱洋不邀请，而是那地方除了简陋找不到其他形容词，她觉得没必要去。他老家在东北，攒首付的赤诚一直赶不上房价增长的加速度，于是他一直租着房持币观望，观望来观望去，他那点微薄的积蓄越来越杯水车薪，就是攒成冥币，大概也解决不了问题。虽说租的房不是大学刚毕业时的合租了，是宽敞的大开间，但是家具电器都是房东提供的，一切以实用为主，谈不上什么品位不品位的。外加租房总是摆脱不了客居的心态，也没心思发挥主观能动性，无非就是依照生活习惯保持整洁而已。反正有太阳的时间大部分奉献给工作了，回家也不过是洗个澡睡个觉而已。

谢点点家完全是另一种路子，鞋子摆了一地，袜子一只和另一只遥遥相望隔着莫名其妙的距离，饭桌上堆满报纸杂志，沙发上扔着各色衣服……但是，有一种扑面而来的生活气息，能感受到谢点点强大的气场——我的地盘听我的。自己的房子，有胡乱折腾的底气。

朱洋第一次还帮着收拾收拾，后来发觉谢点点不仅不领情，还抱怨找不到东西，好像她多么井井有条而被搅乱了秩序。于是干脆视而不见，在她邋邋凌乱的房子里，洁身自好保持自己的规规矩矩。只是偶尔想到自己住在女朋友的房子里，有一种微妙的心理。

办日本签证的时候，朱洋更体会到了有一套房子的好处。

话说和谢点点认识之前，朱洋就计划好了要利用年假去日本旅行。他做事总是如此，按部就班，依规划行事。甚至在他预备请年假定行程的时候，也没意识到生活里已经多了一个伴侣，对于刚刚告别单身的人，这种出游有点匪夷所思。谢点点听说他要去日本，压根没以为他计划自己去，直接认定了那是男朋友送出的惊喜。

当时的场景是这样的——

"我们为什么一定要去日本呢？为什么不是其他国家？之前你怎

没跟我提起过？"谢点点脸蛋红扑扑的，沉浸在对旅行的憧憬里。

"那个，点点，你真的也要去？"朱洋有些震惊谢点点的反客为主。在他的人生里，旅行如同搬家，不可能兴之所至就定了主意，它像很多看似简单的事一样，需要烦琐的准备工作。

"什么话，我不去你想带谁去？"

"没谁！"

"那你神经病啊？自己去啊？"

"嗯。"

"那你的意思是不带我去？"

"带。"朱洋有种被逼到死角的窒息感，他扯了扯衣角，以尽量确凿的口气给出了答复。这个时候他能有别的答案吗？

"那我们什么时候去？"

"二十天之后吧。要在四月初赶到，不然樱花都谢了，只能等明年了。"

"够浪漫的，只为看樱花。"

"没樱花的季节去太亏了，而樱花开的时间太短了，过了四月初就谢。对了，你能请下假来吗？"朱洋看到谢点点对日本之行的热情其实挺高兴的，但是他还是惯性地保持了对变化的不适应，一时间反应不过来怎么就变成了两人共同的旅行，仿佛期待着什么阻力将谢点点耽搁在北京。

"几天而已，我又不是日理万机。"

咨询了几家代办自由行的旅行社和日本大使馆，朱洋很有些愠怒地放弃了自己签证自己玩的想法。赴日个人旅游刚开放不久，竟然比去欧洲还麻烦，抛却各国签证差不多的申请表、担保函、单位营业执照副本、还要房产证复印件、私有汽车行驶证、存款证明、存折复印件，最好还要适当提交股票、理财产品证明、纳税证明，总之不管动产不动产，你必须证明你有稳定的工作，并且这份工作给你不错的收入。还有，挣的钱你没挥霍，攒下了。谢点点倒是没问题，她那房就是她还算富裕的铁证，外加护照上欧洲旅游的签证记录，通过应该是十拿九稳。朱洋就不一样了，他没房没车没股票，加起来有二十万存款，却被这指向四面八方的财产证明搞得兴致索然。而时间不等人，要是再不下手，连四月初去日本的旅行团都报不上了。

"旅行团得了。反正都是第一次去，走马观花也没什么不好的。不用操心吃饭操心车，拉到哪儿看哪儿呗。以后有机会再深度游。"谢点点倒是随遇而安，对是不是自由行没那么较真。

于是两人在朱洋充分的准备和谢点点欢愉的雀跃后开始了日本之旅。

5

时光不能倒流，记忆却无法自由删除，可以回溯却无力篡改，这事，残酷。

谢点点盯着对面的朱洋，她无法相信这个人还会再出现，还敢正视她的眼睛。一年以来，她无数次被迫回想着他离去时的情景，仿佛被某种神秘力量驱使，那种想枯燥而寡淡，她却又不自主地千万次陷入——

那时她正在洗澡，朱洋冲着卫生间喊了一声："我去买×××。"

事后谢点点反复还原推敲，觉得他喊的似乎是"我去买花生酱"。是三个字，并且最后一个字的声调是去声。她开始觉得，前两个字都是阴平，后来通过反复试验，推翻了自己之前有些武断的揣测。他说的也许是擀面杖，也许是验孕棒，只有最后一个字的去声确凿无疑。汉字无尽的排列组合指出层出不穷的可能性，谢点点依据逻辑和越想越模糊的记忆把最后的三个字判定为花生酱。那是个和花生酱最亲的男人，如果不是花生酱，又会是什么呢？难道他半夜三更出去买狼牙棒？

淋浴喷头哗哗的水声和她的漫不经心淹没了那三个字。她丝毫没有意识到，那轻描淡写的三个字引出的是怎样一个夜晚。

她洗完澡，擦着发梢的水滴，坐在床上胡乱按电视遥控器。语言一窍不通，偶尔屏幕上出现几个汉字，她也完全摸不着头绪，虽然长得一样，可那是日语。大抵是富士电视台，屏幕里是上户彩的脸，应该是春季档的《绝对零度》。谢点点百无聊赖地看了几分钟，开始用朱洋的笔记本电脑上网。一个小时过去，屏幕上九点档的上户彩已被广告代替。朱洋怎么还不回来？这家伙买什么买了一个小时？

十一点，谢点点拨通了领队房间的电话。领队是个北京小妞，新婚，假公济私带了老公和两个朋友，任何一个景点四个人都玩得比谁都尽兴。竟然还迟到过一次，到了集合时间依然在远处搔首弄姿地对着相机做陶醉状。最意料之外的是她竟然不会一句日语，是学英语出身，欧美东南亚通吃，到了日本韩国之类的地方，一律依靠地陪导游。

显然是搅了她的蜜月，领队在电话那端不耐烦地应付着谢点点。

"走了多长时间了？"

"一个多小时快俩小时吧。"

"不是这边有朋友，出去见朋友了吧？"领队的想象力倒是够丰富。

"不知道。应该没有吧，我隐约听他说是买东西去了。"谢点点底气不足，仿佛自己多事，搅和了领队休息。

"再等等吧，再过一小时，他不回来你给我打电话。"

那是他们赴日行程的第四天。他们最后报了旅行团，常规的阪东线，就是一路大阪东京沿线，京都箱根等地都是蜻蜓点水式的短暂停留。依照不同的发团日期，他们赶上了阪进东出，即在大阪落地，从东京返程。

头一晚他们在旅行社的安排下泡了简陋的温泉，一个好觉过后又是赶路、游览。早餐后他们被拉到横滨，急三火四看了所谓亚洲最大的唐人街。谢点点一路翻着白眼，不明白祖国条条大路都是唐人街，跑这儿来看中国餐馆有什么意思。而后又是一路大巴赶到了东京，第一个项目是参观丰田会馆。下午一团二十几人都去参加迪士尼的自费项目了，只有谢点点、朱洋和另外一对男女决定脱团自由活动。其实谢点点原本挺想到迪士尼装嫩的，戴着米妮耳朵拍拍照片，在各种幼稚项目中吵闹欢叫，这样的时光一定是越往后越少，当然以后带着孩子去玩是另一回事了，到那时候还不够操心的。只是金燕告诉她千万别去，她说日本的迪士尼园子无比大，人无比多，要好好玩最基本也要一两天，提前一年半年订好园里的酒店，心情放松做好排队的准备。跟团游迪士尼根本不是玩项目，是练腿力，区区一下午时间，精明合理地排队，玩上四个项目顶了天。而且，天还下着雨，打伞排队，又拍不出好照片，谢点点干脆断了念想。

两人在表参道、新宿转了一下午，行程里对购物的安排除了那些可疑的免税店只有银座的两小时时间，正好自由地逛逛，省得绷着紧迫的弦，琢磨集合时间。

表参道其实不过一公里，却囊括了几乎全部世界一流品牌。那些旗舰店与北京的不同，张扬而扎眼，争奇斗艳风格独具，打扮入时的年轻人川流不息。谢点点和六本木品牌店橱窗里的大熊猫合了影，她知道这其实挺傻，却还是兴致勃勃地拍了。大熊猫是村上隆设计的。

来到这里，大概总是会被物质的丰盛吸引，生出好好奋斗的念头吧。谢点点记得当时朱洋发了感慨，说其实自己挺喜欢这种骄奢淫逸。

谢点点清楚地记得这些细节，他们走过的路，他们吃的拉面，他们发的感慨。可是面对眼前的朱洋，她却觉得一切都很虚。这个人是穿越了吗？他怎么就毫发无损地回来了？

这太可怕了，一瞬间她觉得自己面对的是这一生最不共戴天的仇人。

6

那是截至目前谢点点生命中最恐怖荒诞的夜晚。已经到了十二点,朱洋消失了三小时。她再次拨通了领队的电话,有些胆怯。

"啊?真的没有回来吗?"领队一反上一轮电话的轻松,语调凝重,语速紧凑。

仿佛飞毛腿,只过了几秒钟她便出现在谢点点的房间。睡衣、拖鞋,显然紧张使她忘记了仪容之类的顾忌。

"打他电话了吗?"

"这是日本,制式不一样。他手机在箱子里呢,在这边没信号。"

"就是说,联系不上?"

"嗯。"

"他走的时候说什么了吗?"

"我在洗澡,他好像说出去买东西。"

"他的东西都在?"

"似乎都在,衣服、电脑、钱包……"谢点点一边说一边环顾着房间,与朱洋有关的一切秩序井然。"等等,"她忽然想到花生酱,她翻开箱子,没有章法地搜罗,找寻着那个塑料瓶的踪迹,"好像,他把花生酱带走了。"

"什么?"领队的脸上混合着各种表情元素:厌恶、震惊、不耐烦……

"他拿走了花生酱。"

"说点有用的吧。护照他带走了吗?你检查一下。"

"护照不是在你手里吗?今天回宾馆的大巴上你收上去的。"

"哦,对。"

两人快速的谈话没有揪出朱洋下落的线头。领队果断地找来了日本地陪导游许先生。

许导四十岁左右，是生在日本的台湾人，普通话讲得斯文软糯没有任何沟通障碍。他听闻团友失踪的消息，露出了一个黏黏糊糊的吃惊表情，接着便问了一堆和领队大同小异的问题。黏糊糊的表情继续，他说他带团几年，还真没遇到过这么特殊的事情。

报警。警察严肃地做了笔录，许导叽里咕噜介绍着情况。警察说调查了附近区域的接警记录，这一晚没有车祸报案，没有身份不明者的记录。并且他们认为朱洋在日本的居留目前是合法的，虽然他的护照没带在身上，但是他还在有效签证期，有权在日本活动，只要没犯法，没有理由通缉他。最后，警察记下了许导的电话，说一有消息会及时通知他，然后便礼貌地告辞了。

而后，领队说第二天要报大使馆备案，恨恨地看了谢点点一眼。

谢点点都要哭出来了，她知道那俩人的急和她是不一样的，他们的急主要是嫌恶，而她的急如同滚在钉板上，没有一秒钟是舒服的。

两个小时，她心乱如麻，设想了朱洋暴死街头的场景，也隐隐怀疑他是不是发疯出走誓将一切抛弃。

等待让她抓狂。她想起小时候的一个雨天，妈妈没有按时到学校接她。小朋友渐渐散去，她踩着下过雨泥泞的路，边哭边往家走，怀疑自己已经被遗弃。迎面碰到妈妈，先是想委屈地扑进她怀里，却哭叫着推了妈妈一把。朱洋要是突然回来，她大抵也是要推他的吧。

"要不，我们到楼下附近再找找吧。"许导提议。

领队耷拉着眼皮没有说话，谢点点头点得跟捣蒜一般。

"那，我也去吧。"领队露出被陷害的表情，回去换了外衣。

出门的时候谢点点发现，花生酱之外，朱洋还拿走了雨伞。外边下雨，他俩只有一把伞，那把小鸭子的可爱黄伞。

谢点点挤在领队伞下，三人在品川区的街道上转了半个小时。据说，在东京二十三个区里，品川区是大公司的聚集地，属于白领区。这里离市中心不远不近，宾馆的价格也适中，所以很多日本地接旅行社会安排旅行团住在这里。

谢点点注意到宾馆的楼下就是一家二十四小时的便利店，而不远处有个加油站，加油站也附带着便利店。如果朱洋真的是要买什么，三个小时可以跑十几个来回了。她心中涌起不祥的预感，但是她不容自己深想。也许他真是迷路了，也许他正站在房间门口琢磨着她的去向呢！

"他可能是跑了。"领队在三人默默走了二十分钟后忽然开口。

"怎么可能呢？他什么都没拿。护照、钱包、衣服、电脑，我俩的大箱子也是他的呀！"谢点点半信半疑，或者说她不想听到有经验有发言权的人给出这种判断。

"谢小姐，一般来说跑了的都不在乎这些。护照反正很快就没用了，但凡是打算黑下的，也不指着这本真护照。我当导游五年了，前三年一个没跑过。第四年，二十个人去北欧。第一站赫尔辛基，抵达当天晚上跑了五个。第二天一早，集合时间到了，这五个没动静。我找服务员把门打开，茶叶在茶杯里，行李都在，床铺没动过。不用想了，昨晚就跑了。这五个人是一个商会的，护照上英签美签都有，你想怨旅行社受理材料的都怨不着。"

"为什么不拿行李？"

"早都谋划好了，有人接应的。这点东西算什么，还不如制造个失踪的假象。"领队不屑谢点点对行李的纠缠，声音冷冷的，"当时芬兰的警察也是这么解决的，人家说他们的签证在一个月之内是合法的，没理由对他们怎么样。报了大使馆，不过他们一心想跑的话，谁也看不住。"

"朱先生的情况确实比较特殊。一般来说，要跑都是落地就会跑掉，一出机场你就找不到他的情况比较多见。大多数肯定有周密的安排的。而且，要跑掉也通常是全跑掉啊，把同行的人扔在半路，这……"许导的用词都比较规范，在这个有点不寻常的时刻，他略作停顿，选择合适的词语继续。

"这很诡异。"谢点点既是填补了许导的话语空缺，又是自言自语。

"先玩了四天，行程快结束的时候才突然走掉，去了哪里连女朋友也不知道，这确实蛮有些——诡异。"许导沉吟片刻，"也许，他真的是迷路了也说不定呢。"

"别逗了。日本警察也不是吃素的，人家都说了今晚这边没这类情况。虽说他这情况挺特别，但依我看已经跑没影了，大概是有人到宾馆接应，现在早睡下了。也就咱们三个还在这儿找呢！"领队愤愤地表达着自己的不满，"这朱洋也够损的！都定了要跑了，还心思挺细，先玩几天再走。"

"损？"许导琢磨着这个字的意思。

他怎么不再损点，玩到结束再跑啊。剩下的路扔下我一人，别人要怎么看我啊……谢点点顺着领队的思路想。

"不过也许他的目的地是东京，前几天在大阪，他跑还要多搭上新干线的钱。"领队倒是会替朱洋算计。

回到房间，朱洋当然不在门口，谢点点的潜意识里也接受了此人已潜逃的事实。屋子里留着他的痕迹，他打印的日本游攻略，他准备的袋装茶叶，他的换洗衣服整齐地叠在一起，少了花生酱而已。是的，他带着花生酱溜掉了，所谓女朋友被果断抛弃，那瓶酱和他共着命运同着呼吸。你想跑掉为什么还要谈恋爱呢？你想跑掉干吗还带我来？

床上放着那条昂贵的腰链，是下午在表参道的旗舰店里朱洋执意买下的。谢点点只是拿起来看了看，她对奢侈品并无多大的欲望，只是觉得试试又不用买单，反正这是国外，没人认识，比在国内自在。朱洋却一定要买下来，他说那腰链很适合她，可以配毛衣、配裙子等等，会有很高的使用率。谢点点说日本的东西并不比国内便宜，没必要花这种华而不实的钱。朱洋还是刷了信用卡，在日本店员各种精细的包装后把那个购物袋塞到了谢点点手里。女人嘛，纵使再不虚荣，这个时刻还是满心欢喜。

据说腰链的意思是拴住，却没料到朱洋剑走偏锋径直取了反义，我无意拴住你，今晚就将你抛弃。

作为最后的礼物，这也算不得阔气。反正刷的是国内的信用卡，反正你在日本黑下也不会还款了，还不如把卡刷爆，看见什么买什么呢。谢点点瞪着那腰链负气地想。她越想越觉得有不少对应的先兆，比如这几天他对她体贴而温存，超出了平均水准；比如下午他坚持要与她合影，用磕磕巴巴的英语拦下了一个路人，镜头前紧紧搂她在怀里；比如来时的飞机上，他说要是永远在别处不用回去上班，日子就清爽多了；比如腰链，比如很多。从结局分析原因总让人寒毛直竖，什么都仿佛含着深意。

前半夜已经被找朱洋耗尽，后半夜作为主角亲历匪夷所思的事，当然是睡意全无。她甚至有一种恐惧感。她怕朱洋忽然回来，她怕他拎着狼牙棒突然出现，直接把她"结果"了。这个人可以带她出来旅行自己吊诡地消失，为什么不能把她杀害在异国他乡？反正已经确定，他是个冷血的带着花生酱行走江湖的怪胎，保不齐还会干出什么变态的勾当。

谢点点越想越想不开，眼泪就涌出来了。原本有些欲哭无泪，第一滴一出来，后边的就都挡不住了。她委屈。

要走你就一个人走得了，把我扯出来陪绑算怎么回事？她想起当初自己热切地响应着他原本不包含她的出行计划，为自己的草率把肠子都悔青了。要是多么多么爱他，跟他经历这仿若历险的一切也就算了。问题是，她压根没多爱他，只不过是保险起见，安全第一，奔着细水长流来的，怎么一下子就被推下瀑布了呢！

知人知面不知心，怎么就没看出有诈呢！再回想朱洋的脸，果真读出好些狡诈。那张脸堆叠了太多可靠元素，反而有种物极必反的可疑。原本的一切踏实、稳重都可以用城府、诡秘来替换。他哪里是个普通人，说不定他压根就是个鬼也是可能的。

7

"人与人总是见光死，不是今天就是明天，就算是后天，多过两天好日子又能怎么样呢？"谢点点捏着发白的手指，"从你这儿我领教了很多。比如人间的关系实在太脆弱。你的房子是租的，我找你房东没意义；你是外地的，我和你父母素无瓜葛，我没法端你老窝；你的手机在我手里，我打通了顶多是自己接起来演双簧。我能找到你的方式是什么呢？漂流瓶吗？MSN、QQ、微博、电话、短信、微信，这一切听起来这么方便，可是只要你单方面不想搭理我，我没辙。我发了信息你没回，我MSN、QQ都留了言，你也没回。你的博客一直没有更新。一切停顿在你消失的时刻。难道要我报警去查你父母的住址吗？你跑路他们能不知道吗？我找他们干吗？我还不至于去要青春损失费吧。而且你明明已经杳无音信，我干吗还死皮赖脸纠缠着你！"说得气势汹汹，却其实是对狼狈的总结。谢点点回国后曾苦苦探寻着与朱洋有关的讯息，彼时她才发现，所谓谈婚论嫁的亲密关系，竟然是手机一关电脑一闭就人海茫茫的远。这个快马加鞭的时代，可以那么容易掌握一个人的各路条件，甚至可以那么轻易得到一个人的身体，他们甚至打算一辈子睡在一起，却谁也没打算走进谁心里。

"你觉得我有必要逃到日本吗？我又没犯罪，那边物价那么高，生存压力一点不比北京小。你怎么不想想我可能遇到什么意外了！"朱洋的理由总是非常实际，像任何一个大妈的逻辑。在这个时候谈物价和生存压力，还真是颇具喜感。

"我哪知道你怎么想的呀！怎么着，一年之后不堪生活压力又悄然回国了？来无影去无踪啊！"谢点点竟然笑着抬起杠。每当她感到和对方的隔阂，都条件反射地抬杠，以防冷场。

"你怎么变得这么咄咄逼人！"

"你不知道吗？我不是原来的我了。拜你所赐，你把我的人生搞得如此悲凉而别致，我已不好意思再装天真耍鲜嫩，我历经沧桑，必须凶猛。有我这种遭遇的人，多半都有乖戾的性格。你把我卖了，我不得不装淡定地帮你数完钱了，你还指望我吃一百个豆不嫌腥，很傻很天真吗？"

"我被抢劫了。"

"一年后才回来？五脏六腑都抢没了，现在一肚子假的吧？"

"失忆了。"

"等等，外星人呢？时光隧道呢？换心？你没换心吗？怎么不顺道整容？"

"你知道我不撒谎的。"

"我不知道。我知道没有人是不撒谎的。而且你这么完完整整能说会道地回来了，非说自己曾经失忆，你要是缺胳膊少腿倒也算有铁证，这脑子的问题，来去无痕，还不是你随意讲。"

朱洋在谢点点高声调的反驳中坚持讲了事情的来龙去脉——因为语言不通，他拿着花生酱样品去便利店，附近的店没有，越走越远。而后有人抢劫，他身上只有几张纸币，对方愤怒地将他打昏。醒来时他在医院，而对过去的记忆却一片模糊。由于身上没有任何证件，前几天没有人以为他不是日本人……他历尽艰辛地被父亲接回东北老家时，脑子依然像一块被反复擦洗过的黑板。好在老天有眼，他竟然在整理书柜看到高中课本时逐渐找到了过去的蛛丝马迹，好不容易唤醒了沉睡的过去……

作为一家之言，朱洋的讲述虽然过于坎坷离奇却算得上滴水不漏，奇峰突起的故事里埋着清晰的逻辑。比如昏迷，所以没人知道他是中国人，所以没人报告使馆；比如失忆，当终于通过翻译确认他是中国人，他的脑海里已经清空了有关谢点点的回忆。

"好吧，我信了。还有什么要说吗？"

"你就只发发邮件、上上 MSN 就确定我叛逃了？"

"你这是在倒打一耙吗？我能怎么样？大晚上的你拎着一瓶酱变子虚乌有了，所有人都说你跑了。我该干吗？也黑在日本，刷盘子，打黑工，起五更爬半夜散发寻人启事，上演千里寻夫的戏码？我问了金燕她老公,人家说跟你也不是多么熟悉,你们单位说你就是请了年假没回来,也在找你。而且咱俩也不是多么公开的未婚夫妻,你周围谁知道我的存在啊?我打电话,你们单位对我都爱搭不理的。再说我一回国,发现你在富士山给我寄的那张空白卡片。当时看你兴冲冲去盖邮戳,哪知道那诀别的卡片压根就是寄给我的呀!再明显不过了,前因加上后果,这不明摆着吗?"

"我寄给你空白卡片,是为了我们一起回来时,一起看一切尽在不言中的表白。"

"你现在也可以一切尽在不言中。我说不过你,也不想听了。你可以说日语,我不介意。"

"你不信我吗?"

"信不信能怎样?这跟我没关系。"

"你有男朋友了?"

"没,一朝被蛇咬。"

"那我们……"

"停!"谢点点打断了朱洋,"没有我们了,我已经十年怕井绳了,何况你压根还是那条蛇,我哪还敢被你再咬一次。"

其实谢点点的心没她自己说得那么硬。她一边牙尖嘴利,一边高速消化着朱洋的言语,以最快的速度进行着分析。

此刻其实无所谓信与不信,不管他是黑到日本待不下去回来了,还是真像他所说被抢劫失忆而后费尽周章捡拾记忆,他都已然是个太奇怪的人了。谢点点已经被这种奇怪所累,无力再蹚浑水了。如果他是从日本回来的,我谢点点岂不是召之即来挥之即去,当初就那么被弃之如敝履,如今又这么容易被捡起。如果他确实是失忆,谁能保证没留下什么后遗症,以后说不定哪天脑子再短路,对我提出来者何人的怪问题。

总之,朱洋绝不是凡人,人生里有过那种三流肥皂剧的狗血桥段,怎么可能平静地又见炊烟升起。最最关键的是，谢点点原本就没激烈地爱过他，还眼见着他一手把爱情剧变成悬疑剧，被动当了女主角，并且是带着苦情成分的，太考验演技。

本来就不是天造地设非他不可，何必刀山也上火海也下，赴汤蹈火踩进他的命运里。为他吃的苦还不够多吗？还是惹不起躲得起吧，省得不管是他还是他多舛的命运哪天再露出獠牙，再被撕咬个措手不及。

8

第二天，当谢点点肿着眼泡出现在大巴上时，大家的眼神像一束束追光向她扑去。显然，他们都已经知道了，领队不说，她的老公和两位亲密战友也必定扮演了爆料急先锋的角色。

爱谁谁。谢点点一屁股坐在原本两个人的位置上，自己给自己彪悍的暗示。但是，她做不到。

那是最准确不过的如坐针毡，她头皮发麻地感应着大家的揣测。有人的男朋友跑了，这消息太劲爆，如果她是旁观者，也会觉得花几千团费能看到这么怪力乱神的故事算是赚到了。那两个人的座位现在一个人坐了，姑娘的眼睛肿了，她不是整晚没睡就是哭了一夜。她会怎么样呢？拎着两个人的行李回国，还是也会在接下去的两天中消失？或许他们压根就是一对特务。她甚至假设自己也是旁观者，生发出既没同情心也没想象力的八卦好奇。

上野公园似乎完整的名字叫作上野恩宠公园。大巴到达的时候，不过上午九点，小雨若有若无，樱花散落一地。许导絮絮叨叨地讲解了一番，顺带还介绍了旁边的上野动物园。终于解散，谢点点在门口的便利店买了一把伞。该死，跑就跑，还顺手牵羊偷了我的伞。

她撑起绿色的新伞，独自走进水粉色的花海。人很多，有游客，也有本地人，湿漉漉的地面没有脚印，粉嫩嫩的树枝下是攒动的人头。团友们速度不一地向前走去，谢点点能感觉到他们的余光扫着她。他们赏樱的同时还要分出点精力看一看，这个被抛弃的姑娘如何是好。她只是慢慢走着，内心止不住颤抖，装作旁若无人。

这便是樱花呀，静悄悄繁盛无比，清雅的颜色透着桀骜的脾气。一些正在开，一些已死去。枝头一簇簇超脱出凡尘烟火，一派浅淡的少女气息。湿润的地面上一些细小的花瓣，仿佛硕大的雨滴。树下整粒的花朵如同开错了地方，透着一股不管不顾的勇气。

"要照相吗？"许导的声音从背后传来。

谢点点一个激灵，还是下意识地回以笑容。

"来一张。虽然在大阪已经拍了。"

她整理了一下围巾，收起伞，把相机递给许导，并自动站在树下，准备了一个看起来有几分快乐的笑容。

许导照了两张，两张的效果都出奇之好。红肿的眼睛被墨镜遮挡，照片中的谢点点笑容温煦，看不出正被喧哗与骚动侵袭。那笑容仿佛有的放矢，可以对应进欢愉的日子里。

有些事用语言形容并不佶屈聱牙，但是经历起来难以言说。后两天的行程，谢点点都是在煎熬中度过的。她已经成了这个团的一个符号，她的旅伴提前退场，她的一举一动都得到格外的注意。有个带着女儿的大姐给了她一块巧克力，从她悲悯的眼神里，谢点点读出自己的可怜兮兮。有两个结伴出游的女大学生总是鬼鬼祟祟向她望去，从她们唯恐天下不乱的表情里，她知道自己正演着一场被抛弃的大戏。她讨厌以这种方式被关注，默默无闻的人生里，被聚焦竟然是在这么狼狈的境地。被怜悯，被讽刺，被注意，她像一个笑话里最提气的几句，一次行为艺术的尾声，在余下的旅程中被反复想起。

她难过，不是丧失爱情的悲伤，而是被欺骗被愚弄的震怒。与爱无关，她恨的是自己的尴尬。她甚至更希望朱洋死了，死在众目睽睽之下，鲜血脑浆洒一地。那种死多磊落，她的配合虽然需要爆发力，却没有如此这般的内心戏，扑过去抱着尸体哭一通就得了。没有人敢于嘲弄那种惨烈，她会被同情，却绝不会被议论被笑话。

坐车从一个景点转战另一个时，谢点点总是把头朝向窗外。山德士上校、麦当劳叔叔、吉野家橙底黑字的招牌，她忽然喜欢上这些招牌，相敬如宾的旅伴朱洋活不见人死不见尸，异国他乡，一切那么陌生，唯有这些伴她成长的洋快餐尚且温暖，提供着一些熟悉的气息。她忽然觉得，她和任何人都不熟悉，那些微信、微博、邮件里热络的各种关系，其实都浮皮潦草，是先隔阂掉内心再假装热情的社交把戏。

谢点点有些进退维谷，陷入下一步如何扮演自己的困境。她不知此时该以泪洗面，还是两手一摊无所畏惧。哭泣显得自己太可怜，不在乎又仿佛自己玩世不恭。她找不到合适的姿势、合适的眼神，有些恍惚。她甚至搞不清自己真正的感受，仿佛程序出了问题，她不过是误入了一场错乱的游戏，其实一切与她没什么关系。

9

"如果之前不算，那么今天我们正式分手吧。"谢点点微笑。

"没有回旋的余地了吗？"

"必须坦诚地告诉你，我没那么爱你，被你的消失折磨得死去活来，跟爱也没多大关系，更多的是面子问题。"

"这都是天意弄人，我已经够倒霉的了。"

"所以，别把我拉进你倒霉的人生吧！不管怎么样，让一切过去吧。朱先生，忘了大明湖畔的谢雨荷吧，没人在等你。"

谢点点哭了。那一刻像传说中回光返照的瞬间，大脑会在极短的时间里汇聚极大的信息量。她想起他消失的那晚,她一个人哭了一整晚,她想起她独自耐住剩余旅程的焦躁,她想起她独自回国的仓皇。一切显得那么不真实,这段她曾经以为渐入佳境的感情,细想来竟是这么无事生非,仿如父母死去在遗嘱里忽然抖落出她其实并非亲生的事实,太晴天霹雳。她不管他到日本到底干什么去了,是整容,是倒卖军火,是精神分裂发作,还是真如他所言是倒霉催的车祸失忆,她不愿再和朱洋有任何瓜葛。她的好奇曾经蓬勃了一年,如今终于黯然平息,他的惊涛骇浪,她无意再分享。没必要细嚼慢咽把一切都打听个底朝天了,她需要一个正常的人生,他是不是负了她,已不重要。这一切必须为她正常的人生让路,必须囫囵吞枣地过去。对于擦肩而过的人和事,知不知道真相其实没关系。

两人沉默了一阵子,谢点点起身离去。

她像一个艰苦抗癌成功的病人,小心翼翼怕再沾染了什么致病的坏东西。朱洋,这个她曾以为牢牢掌握,后来发现遥不可及的家伙,她想就此忘记。她边走边擦着泪,心头涌起一股古怪的欣喜。她终于得到了一个解释,有了一个归于平静的彻底的告别。

不是我说你

1 旧的去

"亲爱的大学生朋友们，节目到这里，翩翩又要和大家告别了。这一次和以往不同，下周的这一时段，我的声音不会再出现在电波里。在这个惜别的时刻，我心中涌动着复杂的情感。很高兴这个夏天和你们一起走过，在告别校园多年后，又一次和大家分享了青涩的秘密。节目的最后，为大家送上老狼的《蓝色理想》，祝愿收音机前的同学们愉快健康地生活，早日实现自己的理想。"林翩翩用幽幽的声音说罢这些，对着导播挤了挤左眼，挥了挥右手，长舒了一口气。这是她在《青春进行时》的最后一次播音，这一次结束，这个节目就进坟墓了。她像个刚发送了孩子的继母，短暂的悲痛过后，轻易地接受了无言的结局。

一个月前台里通知《青春进行时》要下，理由是收听率太低。编导们都跟挨了一闷棍似的，个个拉着个疼痛的长脸。林翩翩刚听到消息时，心里也咯噔了一下，但没几分钟后，她笑了。差不多了，这种无聊的小节目也该到寿了，再耗下去不过是回光返照。节目被台里叫停，倒是及时提醒她另谋出路，别混吃等死，荒废了专业。林翩翩总是这样，不受外部刺激就不改变生活，比如她不爱她男朋友却从来没盘算过分手，比如她不喜欢台里的盒饭却从来没抱怨过。她觉得这都是应该的，就好像不打下课铃，老师讲得再无聊也不能走一样。《青春进行时》开播还不到一年，传说策划时大家都雄心勃勃，誓要靠它吸引年轻听众，进而吸引更多目标消费者是年轻人的企业来做广告，好像这个节目一上，大家就都有好日子过了。可谁承想编导的想象力都用到做美梦上了，节目的安排没有一丝新意，从开播到现在要被毙，就没引起过什么反响，如同一个终生独自活在荒岛的人却怀着飞黄腾达的愿望，只有滑稽没有悲壮。据说收听率研究室的人对这节目的名字都没什么印象，它真好似飘零在荒岛，偷偷存在着。

之前的主持人是个温暾的中年妇女，和林翩翩同校同专业，大她十几届。那人毕业就进台却始终做着鸡肋节目，因为业务不拔尖没有鲜明风格，十几年也没熬进黄金时段，一直不咸不淡地播着。林翩翩进台时她正要随老公移民瑞士，顺理成章地，林翩翩这颗新萝卜恰巧填上了她刚腾出来的小坑。进台一个月就撞上这么个机会，林翩翩还真雀跃了几天，老主播走时她还深情款款地前去送行。没有她的离开，林翩翩上手哪能这么快啊。

可新鲜感像眨眼，总是很短暂。做了四个月，才新鲜了俩礼拜。后三个半月，林翩翩都不好意思把这当成一份工作了，读点青春伤感小故事，放两首歌，再念两条短信，二十分钟的节目就搞定了，像给通过检疫的猪肉盖戳一样，总是机械的老一套，毫无创造性，让人提不起劲。这所谓的直播节目，比录播都简单。说是面向在校大学生，其实听众里大学生少之又少。一看那些参与的短信，林翩翩就知道子弹脱靶了——目标听众群全不在，在的都是闲杂人等，想钓鱼鱼不来，上钩了一堆小虾米。短信平台活跃的全是高中生什么的，偶尔有那么一两个大学生，还都是她听都没听过的学校。她虽然在节目里扮着知心大姐姐，其实毕业还不到一年，她太了解大学生了，大学生没那么大惊小怪，对这类节目没兴趣。每次看到那些对大学生活满怀憧憬的短信，她就忍不住觉得无趣，还装出心疼的口吻，强挺着饱含热情地与他们沟通。刚开始让她以过来人的身份说话，她还多少有几分心虚，两三期节目后，她就一点不觉得不合适了。那些发短信的人确实比她傻多了，虽然年龄也许很接近。小小自得后，是悲伤，这就是她一直想干的事吗？和这样一群人一起讨论伪校园生活？

林翩翩是广播学院的高才生，虽然全国一百多个大学都在办播音与主持艺术专业，但林翩翩念的可是首屈一指的广播学院。电视里有头有脸的主持人，十个有九个半是她的师哥师姐。在这种制造名人的学校读书，林翩翩自然是做过明星梦的。眼见着一个大她一届的师姐因为长得漂亮去拍了电视剧，虽没大红特红，但至少夏天穿靴子冬天穿纱裙，一身明星装扮了；还有一个小她一届的师妹参加主持人大赛脱颖而出，刚上大二就天天在电视里教人做菜了。林翩翩外表平静地依然天天在图书馆看书，心里却总是翻腾，盼着自己也能一抖翅膀飞上青天，缄口不提当麻雀的岁月。但是机会都从她身边跑掉了，偶尔有跑得慢的，也因为林翩翩的胆怯而没有追上。她羞于在人前自夸，又缺乏瞬间的爆发力，所以参加比赛最多进入复赛。几年悄然的折腾过后，她明白了，自己压根不是比赛型的，还是兢兢业业比较有前途。

毕业实习的时候，林翩翩拿着学校的介绍信进了电视台。她以为像自己这种声形俱佳的科班出身，到哪里都会很抢手，没想到，整整五个月，压根没一个人正眼看过他。所有人都抬着下巴问："实习的？""广院的啊？"只用眼角的光扫几下，好像她是被贩进台里用来做午饭的猪肉。她跟着新闻组跑前跑后端茶倒水，搬过机器，校对过稿子，订过盒饭，联系过嘉宾，就是没出过声没出过图像，哪怕一次都没有。配音、主持、外景记者，所有跟她专业有关的事都有人干着，饱和了，她是多余的。没有工资，还要每月交五十块的实习费，早出晚归，管每个人叫老师，这就是她为期五个月的电视台工作经历。她回学校跟老师诉苦，老师说开始都是这样的，慢慢熬，十年后，兴许话语权就是她的。十年，还是兴许！也就是说她熬个十年，还未必能出头，到时候她这根老黄瓜连绿漆都刷不上了。还不如买彩票呢，坚持买十年彩票，中奖的概率都比这个大。

林翩翩精疲力尽地离开了电视台，心有不甘地进了电台。整个本科四年，她想都没想过要去电台，认为那不是美女的选择。她觉得电台是为声音好长相难看的人准备的，动听的声音被话筒放大，抱歉的长相隐匿在背后，像她这样的美女，不去电视台真是浪费了那张脸。可谁也没想到，他们毕业那届，几乎所有的电视台都不缺女播，任凭你业务再好，人家不想进人，也是白搭。再加上林翩翩对实习的心有余悸，只能认了命。而且，电台并不像林翩翩想的那样是电视台的候补，多少人为了进去挤破了头，每一个正式的编制背后都有几十双虎视眈眈的眼睛。林翩翩能把关系落下，除了自身条件好，还是靠了老爸的关系，甚至应该说主要是靠老爸的关系。

2 叶庚

林翩翩眼睛紧盯着散落的珠子，生怕丢了哪颗，一边捡一边数着。那是她生日时男朋友欧阳雷送的绿幽灵手链，收到时有点失望，但戴了几个月，渐渐就适应了。对于她，适应就是喜欢。刚才进走廊的时候，手链不小心挂到了门把手上，林翩翩下意识地轻轻一扬，手链哗啦啦断成一粒粒小珠子。开始是紧张，怕珠子跑丢了再也找不见，捡了几颗后便是恼火，先是怨自己不小心，后来干脆恨起欧阳雷来，干吗送一串珠子，送个镯子不就好了吗，掉地上捡一下就捡起来了！捡到最后几颗，她已经鼻子不是鼻子脸不是脸，觉得被欧阳雷的礼物给算计了。她嘴里咕哝着，手里捡着，忽然眼见着一只黑色的鞋即将踩在一粒珠子上。

"别踩！我的绿幽灵啊！"说时迟那时快，林翩翩对着黑鞋喊。

那鞋刚一触地又陡然抬起，显然是被林翩翩的喊叫刺激到了。她沿着鞋向上看，一个被吓了一跳的男人身体后仰地看着她。

天！是叶庚！

虽然他胖了，不再消瘦，甚至又向庸常迈进了几步，林翩翩还是不经大脑就识别出了那张脸。

林翩翩半张着嘴僵在那儿，反应了几秒才很夸张地把嘴闭上，换上淑女的表情。她为自己大妈一样蹲在地上的姿势尴尬，想装作不在意，却感到自己脸很热。

"叶老师！"林翩翩咽了口唾沫说。

"你是？"黑鞋的主人平静下来，似乎在努力回想眼前人的名字。

"我是新来的播音员。上大学的时候你回咱们学校讲过课。"

"哦，广院的？叫什么名字啊？"

"林翩翩。广院播音本科的。"林翩翩终于恢复了常态，以一贯的骄傲口吻说。

"那我们还是校友呢。呵呵，你先忙。"黑鞋说完笑了笑，礼貌地通过了走廊。

林翩翩又半张开刚闭上的嘴巴，望着黑鞋的背影，非常恼火。她无心再去捡那颗险些被踩的珠子，回味着短暂的刚才。她简直不能允许自己第一次和叶庚的对话这样上演，她蹲在那儿，先喊叫再迟钝，寥寥数语就让他从身边走掉。可是又能怎么样呢？他已经过去了，并且对她愚蠢的捡珠子行为留下了"你先忙"的敷衍。

叶庚，1967年冬天生于北京，1985年进入广院播音系……林翩翩几乎可以背出叶庚的档案。她搜集过他所有的节目资料，在本科毕业论文里把他当作楷模论证，没事就在百度上搜他的名字。这个拿过金话筒奖的著名播音员是林翩翩生活里最熟悉的陌生人。

林翩翩上大学之前没有听说过叶庚的名字，系主任在新生入学典礼上一脸陶醉地说播音系人才济济时提到了叶庚，她也并没有注意。直到她大二时叶庚作为业界精英来讲课，她才知道有这样一位名人。林翩翩一心想做电视，又没有听广播的习惯，以至于在叶庚的名字很是如雷贯耳的时候，她还由于对这名字的陌生很匪夷所思地想到了叶圣陶和华罗庚。讲课前她问坐在旁边的同学叶庚是干什么的，同学一脸惊诧，然后如数家珍地罗列了叶庚主持过的节目得过的奖项。林翩翩附和了两句，也并没觉得有什么了不起。可是叶庚进来的那一刻，她忽然有种无路可逃的慌张。她坐在教室的后排，叶庚在跟组织课堂的老师打招呼，他一定不会注意到她，但她却觉得他会注意到，应该注意到，最好注意到，其实她明白，事实是不会注意到。

记忆中，叶庚讲课的内容当天就一片模糊了，林翩翩只记了几行笔记，还偷看了几页杂志。其实她不知道笔记写的是什么，也反应不过来杂志在讲什么，她是为了摆出寻常的态度才那么做的。她沉浸在莫名其妙的悲伤中，悲伤，因为叶庚不会注意到她，所以她必须偷看几页杂志以寻找一种心理的平衡。你不注意我，那我也不专心听。至于为什么有这样较劲的想法，林翩翩自己也不清楚。

"他很高，很挺拔，声音超级好听，浓密的黑发中掺杂着早生的白发。"林翩翩下课后给异乡的朋友发了条短信。朋友回信问："何方神圣？"她草草回答："周润发。"朋友以为她在无厘头，回了个笑脸以示容忍和配合，她也舒服了很多地该什么干什么。她需要发那条短信，不然好像有什么堵在心口。唯有这样小小的泄露大大的隐藏，才让她安稳。

他很特别。林翩翩需要为自己的心理波动找到理由，于是她想，他很特别。哪里特别？高，挺拔，声音好，有白头发？她能告诉自己的只有这些，于是觉得有几分失落。难道因为他优秀吗？这个词是多么恶俗，几乎被所有暴发户用来形容自己。那一晚，林翩翩是想着这些睡着的，她在梦里消化了心里的骚动，醒来又是平静的一天。

那以后，她偶尔会听听叶庚的节目，好像去关注一个熟人。期末的时候，她为提前写完专业论文整天泡在图书馆。东拼西凑又要毁尸灭迹并不是件容易的事，她总是把各种观点都看一遍，整理出最中庸的，再疯狂举例疯狂论证，为了装深刻而故作偏执。偶然间，她在书架最底层的左侧看到了叶庚的名字。"叶庚著"三个字和眼睛接触的瞬间，她心里涌起一丝嘲讽：好好播音得了，写什么论文，为了评职称吧。但她还是迅速地抽出书，那动作的慌张和迫切让人想起偷窃。她用食指和中指把书向外抻，在拥挤紧密的书群中把它分离出来。没有打开，而是直接借了出去。林翩翩很少这么草率，她总是翻了又翻才决定带走还是放回去，生怕什么不够格的册子占了五本的借书指标。

书写得果然糟糕，理论不扎实观点很庸俗例子很老套，作为名人的书，甚至连点自恋都看不到。如果把封面上叶庚的名字去掉，换成随便哪一个播音系的学生，林翩翩都不会觉得有什么不妥。她到底没有看完，即使怀着好奇、不甘却还是没有那份耐心。但她舍不得把书还回图书馆，因为扉页有叶庚的照片。叶庚的头像，黑白，正视着镜头，浅色衬衫，目光明朗，那时他大概不到三十岁吧。林翩翩无数次打开，合上，还是忍不住想偷看那张年轻的脸。照片里的他只比她现在大几岁，如果有人拿着这张照片给林翩翩介绍对象，她会毫不犹豫地同意见面，并在约会时悉心打扮一番以配合男方的斯文俊美。可惜照片已然是过去时了，她遇到他时，他已奔四。而他真正三十岁的时候，她才十五岁，读初三。

犹豫再三，林翩翩还是撕下了那张照片。那书定价十八块，网上一定卖得更便宜，林翩翩可以买本新的，不用续借不用撕下来，可以合理合法地每天看，每一页都属于她自己，当然包括那张照片。可她不想买，买是太正常的手段。她想为他做点坏事，比如撕图书馆的书。她要超越一下道德来证明内心的激动。那照片跟图书馆里所有的书页一样，脏而旧，还有些软，定是被无数人看过，林翩翩决心不让别人再看下去，她控制不住占有它的冲动。她刻意撕得很糙，以保留这种行为的粗野特性，暗示自己的不管不顾。看着那撕下的照片，她笑了，心里满足地想，她与叶庚终于有了某种甜蜜的不可告人，即使是单向的。她把书还了，把照片藏在抽屉的底层，从不拿出来看。

3 晕

林翩翩不能原谅自己在叶庚面前的痴傻。四个月了，她终于在台里碰到了叶庚，却在张着嘴捡豆子，她一个人扮演了祥林嫂和阿毛。如果说她来电台工作还有那么一点点喜悦的话，那全是因为叶庚。他在这里干了十几年，从初出茅庐的播音员到年轻有为的副台长，他的声音已成为这里的标志和荣光。林翩翩也要在这里开始，在叶庚的福地，从一个疲软时段的校园节目主持人做起。

她攥着珠子进办公室的时候表情像苏三似的，很不服。一个上午，她眼睛在稿子上，嘴在配音，心里想的却都是如何篡改叶庚的记忆。他看不到她的美丽才华也就算了，总不能看到她的缺心眼啊。下午，当她绝对超过第一百次回想起两人相遇的情景时，事件已经在反复的推敲重组后模糊了。甚至人——叶庚穿了什么颜色的衣服、裤子，她完全想不起来，只记得那双鞋。黑色宽沿的皮鞋，质地精良，光亮柔软，带着适度的褶皱，缝隙处也没有灰尘，让人想起干净的路和端方的脚。连他的鞋也是那么恰到好处，精心侍弄却不张扬。这样的人真是不能仔细看，越仔细看越被吸引。当林翩翩下班后在家乐福再次碰到那双鞋时，一秒钟她就出了汗。邪门了，四个月没碰到，今天一天竟碰到了两次——叶庚正推着购物车挑选牛奶。林翩翩有点迟疑，要不要上去打招呼？万一他不记得自己怎么办？万一他对她印象很糟怎么办？她正抓心挠肝地想着，叶庚竟走过来了。

"小林，林翩翩！"他好听的声音叫着她的名字。

"哎呀，叶老师，您也在这儿买东西呀？"林翩翩惊诧又欣喜地发现他不仅认得她，还记住了她的名字。她急中生智装作刚看到他，说了句废话。

"呵呵，下班顺便带点吃的回去。你家也在这附近？"叶庚眼睛还扫视着牛奶说。

"远着呢，在城南。家旁边的超市没这边东西全。"林翩翩从叶庚的"也"字里得知他家就在这附近。

"帮我看看生产日期。"叶庚说着递过来一盒奶。那样子和语调让林翩翩相当感动，仿佛他俩已经很熟悉。

他拣了几盒奶扔到车里，问："你播什么？"

"播了四个月《青春进行时》，那节目前阵子下了。现在中心还没安排，配配音，散兵一个。"林翩翩正盘算着该说点什么，听到问话，顿觉从鬼祟又急迫的苦思中被解救了出来。

"哦，你就是张未说的那姑娘啊。"叶庚看了看她。

"啊？他说我什么坏话了？"张未是节目中心主任，掌握着主持人的生杀大权。林翩翩猜到张未不会说她不好，表演性地装好奇。

"他说你素质不错，干《青春进行时》瞎了。新节目想让你上。"

"哎哟，主任真仗义！"林翩翩觉得自己脱口而出的句子有点江湖气，后悔却也来不及了。

叶庚挑了几个西红柿两袋速冻饺子就结束了购物，林翩翩跟着转悠却什么也没有再买，她浑身冒汗，基本丧失了挑选商品的能力。出门时，叶庚要打车，林翩翩礼貌地要开车送他回去。

"打车不过是起步价，让小女孩送不好意思。"

"叶老师怕我是马路杀手啊？我不是新手，技术过硬着呢！"林翩翩倒不是夸口，从二十岁生日爸爸送她车，她就一直开着，已经三年多了。

叶庚坐在副驾驶位置上，前后左右地摇动着脖子，姿态随意而放松。

"叶老师今天没开车啊？"林翩翩初入社会，找话题的技巧还比较拙劣。

"我不会开车。心理障碍，对速度太快的机器有恐惧。"

"领导都有司机，不用自己开。"

"我倒真该考虑买个车强迫自己学学，不然什么都被你们这帮小孩甩后边了。"

几句话工夫，到了。叶庚指着四幢塔楼中西北方的那幢说："那栋，15楼。"又扔下句"路上小心"就微笑着告别了。他没有邀请林翩翩上去坐坐，这对于刚刚认识的人的确没必要，尤其当他们的关系是领导与下属时。

林翩翩开车回去的路上屡次用右手安抚心脏，她需要从飘飘然中平静下来。一种异样的感觉笼罩着她。牛奶、西红柿、速冻饺子，显然他们家不正经开火，这么少量简易方便的食品又不像是买给全家吃的。难道他一个人生活？他的身材气质的确没有传递拖家带口的讯号，但以他的年龄怕是早结婚了吧！林翩翩后悔从未注意搜集过叶庚的信息，她掌握的是他的专业简历，而对生活简历一无所知。其实，叶庚的大致情况，台里人应该都是知道的，赫赫有名的主管业务的副台长，婚姻状况一定在台面上。但是林翩翩不知道。一是她到台里时间不长，还没有人亲密地跟她议论八卦；二是她一贯回避在生活里触碰叶庚这个名字。从她偷撕掉那张照片开始，就命令自己回避这个名字。他成了她层层包裹的秘密，从不提起，甚至别人提到他，她也刻意冷淡地静默着，好像她一旦说了什么就会立马被洞穿。看起来没心没肺快人快语的林翩翩竟然这样谨小慎微,并且是为一个并不认识她、没有说过话的人,这实在有些匪夷所思。连她自己也想不通有没有必要这么神神秘秘。此时她忽然明白了,她喜欢他,这样的不能不忍言说没有其他的理由。她猛地意识到这点,并且把自己吓了一跳。她一直把他当偶像崇拜,她认定他是最高大全的形象,没有缺点,浑身上下不容置疑。当然她也隐隐觉得这样非常愚蠢幼稚,但一想到也许永远也不可能真正接触这个人,就觉得把他摆得再高也无妨。为了把对叶庚的迷恋神圣化,她把自己想象成更小的少女,把他归类为更权威的泰斗,年龄上的差异被放大,可以算作孺慕之思了。她还设想过有一天他病入膏肓,躺在床上不能动了,她带着鲜花跑去喂他喝汤。他吃力地睁开眼迷惑地看着她,她微笑地说,是他多年的崇拜者,拒绝透露姓名。她以为,她默默的注视是完全的仰视,绝没有任何女人看男人的目光。可是当他拎着家乐福塑料袋从她车上离开剩下虚空的座位时,她恨不得自己也在那袋里,是牛奶、饺子、西红柿,被他喝掉吃掉,进到他温暖的肠胃里。她不明白自己是在这一刻忽然喜欢上他,还是之前就一直如此。难道全无性别意识的盲目崇拜干脆就是假的,自己一直在掩耳盗铃?她这么多年来只是在暗恋一个老男人?这简直太庸俗了!

4 新的来

一周后,张未兴冲冲地来找林翩翩,表情神经兮兮但一看就知道是好事。"天上掉馅饼!新节目,你主持!翩翩,我告诉你,准火!"他撇着嘴说话,以示夸张和亢奋。

"不是老年节目吧?"林翩翩无精打采地答应着,她的热情被《青春进行时》腐蚀得差不多了。

"小小年纪这么懈怠。" 张未依旧撇着嘴沉浸在一种摸不着头绪的喜悦里，"我告诉你，是一档骂人的节目，肯定火。研发中心今年发狠搞出来的大动作。沿海那边有个男的，火得一塌糊涂。咱们依葫芦画瓢，设计的是一嘴硬心软的女的，就你了！"

"嘿，听起来有点意思，比动不动青春寄语强多了。"

"那哪是一个层次啊！我告诉你，现在最流行的就是大众传播向人际传播靠拢，越特点鲜明的主持人越受追捧。这可是不一般的好机会，抓住了，不用一年你就是大牌！"张未目光炯炯，"先别张扬啊，我这也是嘴欠。反正也就这么回事了，下班我请吃饭，到时候具体说。"说完，他连跑带颠地走了，也不知道是因为狂喜还是因为忙。

林翩翩看着那一蹿一蹿的背影，有点嘲弄地笑了。按说她应该非常畏惧张未，节目中心主任可不是一般的人物，他要是想"修理"林翩翩简直像扔掉一张废纸那么容易，用谁他可能没权一下拍板，不用谁可是他一句话的事。台里主持人见了他都毕恭毕敬，有的甚至有点谄媚，可林翩翩却用不着，有时懒得说话，走对脸就随便地摆摆手。原因很简单，张未喜欢她。

林翩翩第一天来报到时，就知道张未至少是不烦她了。她局促地走进张未办公室，叫了声张老师。张未心不在焉地抬起头，看了她几秒，猛地直了直身子，来了精神。林翩翩立马放松了，她太熟悉那情景了，在图书馆、食堂，类似的情况发生过无数次——不认识的男生忽然看到她，由眼睛带动全身兴奋，不自觉地振奋。这是男人们自己无法察觉的动作，这动作透露出他们的好感。张未接过报到材料，竟然递给她一张名片，那样子好似生怕只是一面之交，断了今后的往来。林翩翩谦恭地接过名片，心里却忍不住偷笑，都在一个台工作，还是垂直的上下级关系，递什么名片啊！

那时林翩翩虽不敢确定张未对她的喜爱，却怎么也无法尊敬这个人了，太轻浮。她觉得张未笑起来有点赖，带着多余的平易近人，显得不尊贵。后来张未时常给她发些搞笑的短信，还总夸她节目做得有声有色，她就完全明白了。好歹张未智商达到了正常水准，在主任位置上也干了几年，对节目基本的判断还是有的，说《青春进行时》有声有色，除了感情代替政策找不到其他的解释。林翩翩也并不讨厌张未，她觉得这人没什么心眼，对她的喜欢也算得上健康。在他那个位置，投怀送抱的女人不太多也少不了，他却掩饰不住对林翩翩的偏爱并且没有占便宜的举动，应该是个不险恶的性情中人。他以各种正当理由邀林翩翩吃饭，话说得轻描淡写，林翩翩也拒绝得轻描淡写，他倒不生气，一脸包容。林翩翩跟他说话态度随便，完全没有开始时对领导的文明礼貌，他不仅不生气，还受宠若惊地享受着这种不见外。

可能是当领导的关系，张未的句子里总夹杂着"我告诉你"。不知是别人没发现，还是发现了不敢说，林翩翩一脸不耐烦地抢白他这口头禅时，他先是震惊，后是惊呼林翩翩太伶俐太聪明。被讽刺了还夸对方聪明，真是难得的好脾气。偶尔看到他严肃苛刻地对待其他人，林翩翩都会有小小的得意和不安。

"我告诉你，节目名字还没权衡好，因为台里非常重视，所以还在推敲。形式其实也很简单，就是接热线，跟人聊感情婚恋，但不是以前那种深情路线，哄着劝着的。这回来个反其道而行之，跟听众对着干，数落、唱反调。"张未右手刀左手叉，边切肉边说。

林翩翩正思忖着张未的俗，约女孩就得来西餐厅，红酒甜点装得挺优雅，真是没创意不活泼。好在他说的那数落人、唱反调的活还算新鲜。

"怎么个意思，公然'修理'听众啊？"

"恭喜你，答对了。广告、收听率都快把我们逼疯了，不玩点野的不行！现在受众又俗又刁，卖相不花哨他们看都不看一眼。"

"我就是那个哭着喊着招呼大家瞧一瞧看一看的，还骂骂咧咧的，引起公愤可不好收场啊！"

"你当我们心血来潮啊？之前做了多少工作，统计调查多少轮了！我告诉你，也不是人家说什么你都抬杠，而是塑造一个刀子嘴豆腐心、言辞犀利的形象。一般打这种电话的不都是没主意做错事的吗，婚外恋啦，未婚先孕啦，家庭暴力啦，没一个省油的灯！我告诉你，你就痛心疾首地批评他们就是了！"

"人家心里正堵着呢，我又上去把人一顿猛批，这有点落井下石吧？"

"谁让他们自己做错了的！你是一活泼的智者，看透了他们的错，先批评教育，再提出点合理化建议。他们需要的就是这个，正良心不安自我谴责呢，到你这儿就是自动伏法，你直接上刑准没错。我告诉你，你就是道德！"

"你老告诉告诉的，告诉什么呀！合着我就是一封建卫道士！"

"太对了，就是这意思！我告……你就偷着乐去吧，听众现在腻歪了知心大姐了，来个你这样伶牙俐齿的，准把他们都撺掇起来。短信平台、论坛都开通，还要让其他听众参与进来，发表意见。你就挑唆他们针锋相对，跟你打起来也没关系，那更热闹。一堆家庭妇女吵架，你就是那居委会，明里劝架暗里挑火。现在不就是要秀、要个性吗，咱就给他们来一个得理不饶人，顺道还满足他们的窥私欲！"张未眉飞色舞。

"我哪有那么坏啊，太毁我形象了！我跑去家长里短咸吃萝卜淡操心去，我一宇宙超级美少女，温柔可人的，我还曾经是大学生朋友最知心的翮翮呢！"林翮翮也来精神了。

"别得便宜卖乖了，你可不知道我为了推你费了多大劲。中心讨论的时候，多少知名主持人要上啊，我一提你，他们都觉得是开玩笑。论资历，你才哪儿到哪儿；论业务，你做的那青春版块也显不出来什么。别的就更不用说了，后台，你没有吧？广告，你拉不来吧？我……"张未一套一套的。

"得得，我就是一窝囊废行了吧！是您苦心孤诣把我这块烂泥扶上了墙，我谢谢您！"

"我告诉你，你还真别客气，你是真没优势！"

"别又告诉我，整出一副苦口婆心的腔调糟蹋人。好歹我年轻啊，可塑性比他们都强！"林翩翩来了年轻气盛的脾气。

"你平时也不傻呀，怎么反应不过来呢！这是档跟人探讨情感的节目，虽然形式大于内容，主持人也不能太年轻。我们要的是了解人世沧桑的知识女性，见识多，眼睛毒，还有种拔高的俗。一小年轻，刚风花雪月结束初恋没几天，跑这儿来给二奶指手画脚来了，谁咽得下这口气啊！是要锋利，但要的是把宝刀，不是小匕首！"张未伸着俩手指头比比画画地说。

"你是想说你力排众议敲定了我，对我有知遇之恩吗？"林翩翩以为张未在夸张。

"狭隘！我告诉你，这不是一般的节目，这可是咱们台节目改革的第一步，只许成功不许失败，我定不了。策划了几个月了，一直观察着，的确也没有非常合适的主持人，外请的话一是花费大，二是不稳定。好在你声音条件好，咱们台现成的女主播里，女中音还真没几个。正好你也不用像做青春版块那么捏着说了，你这声音还真挺成熟挺有文化，好在听众看不到你这张未成年的脸。"

"是我这金嗓子帮了我呀！"林翩翩又开始美了，上学时她这厚实的女中音就经常受到专业老师的赞扬，如今终于显出魅力了。

"打岔！现在的广播饭哪还是凭一副好嗓子就吃得上的！也不知道是你还是我走了狗屎运，正僵持不下的时候，叶台发话了。叶台说老人的形象不好转变，新人倒是更方便塑造。他相信我的眼力，给新人锻炼的机会，也显出我们台的活力和魄力。"

"叶庚？"林翩翩的心倏地划过一道火光。

"叶台播音员出身，一贯谨慎，从没对新人这么放心过。你想啊，他都不认识你，竟然这么果断！今儿我可是太有面子了，到底是老同学。"张未自顾自地说着，没注意到林翩翩的失神。

林翩翩挺瞧不上他这点：沸点太低，几十度就开了。一点小事就特美特沉浸，一副承受力极差的样子。

"你跟叶庚是同学？"林翩翩有点吃惊，心想这同学间的差距也太大了，但又一想自己班里也是良莠不齐，马和骡子亦可在同一屋檐下。

"你不知道啊？我俩一届的，咱们都是校友啊。我告诉你，那时候全校才两个半学生，不同专业的大部分互相也认识，我和叶台上学时就都在学生会。"

"那你们一起分到咱们台的？"

"没。我去的电视台，六年前折腾来的。"

"你还真是一闲不住的人。"

"别说我了，还是说你那新节目。我告诉你，千万别不往心里去，这节目台里相当重视。叶台让你先试几期，你可得全力以赴，占住位置就不走了，干出彩儿来。你要是砸了，我也废了。"

"放心吧，张主任，定不辱使命！"林翩翩说着还敬了个礼。

"不是说了吗，私下里不叫主任，叫张未。"

"好的，张未未。"林翩翩总爱这么叫，因为他头一回给林翩翩发短信，落款处就是这么写的。据他自己解释是给美女发信息时心动过速，不知怎么的就多打了个字。林翩翩揪住不放，动不动就"张未未，张未未"地叫着，一副无赖派头。林翩翩、张未未，听着真是一个比一个不靠谱。

5 托儿

之后的两周，欧阳雷总是抱怨林翩翩魂不守舍。以前都是林翩翩这样抱怨他，要么就是他抱着某本大书眉头紧锁，林翩翩一会儿探头探脑一会儿乱翻书页，再怎么捣乱，他也不过是敷衍地亲亲她继续看；要么就是他目光呆滞地陪她逛街，林翩翩拿起什么他都照样迟钝地皮笑肉不笑。毕业后他越来越像个上进又疲沓的老头。

林翩翩抱歉地笑笑，说自己被新节目一轮轮的策划会折腾得焦头烂额。她每天被灌入大量信息，又时常在第二天被推翻，她快崩溃了。但其实真正耗费她脑细胞的是叶庚，林翩翩摸不着他的路数。有几次策划会他也参加了，可他脸上敛起了在走廊、超市的随和，一副冷峻模样，几乎没有正眼看过林翩翩，目光偶然相遇，也是不聚焦地飘走。好像之前两次接触全然不存在，他的谦和温煦消失得无影无踪，如同幻觉让人好生怀念。林翩翩听张未说是叶庚亲自拍板定了她，幸福得辗转难眠，想着两人是多么地气味相投：她默默迷恋他些许年，而短暂的相识又使她得到他的赏识。可叶庚疏离的眼神粉碎了这种为时尚早的幻想，林翩翩迷惑了，难道他真的已将自己淡忘？难道他真的只是卖张未个面子？他不会误会了吧，以为自己和张未有什么不寻常的关系。唉，搞不懂他到底会怎么想，或者他想都没想。

欧阳雷象征性地搂了林翩翩一下，又捏了捏她鼻子。两人每周两次的公式化约会显得格外乏味寡淡，平时都是林翩翩热火朝天地说，欧阳雷不耐烦地听，林翩翩一不出声，就像路灯忽然熄灭，陡然摊开夜的黑与寂。

"吃核桃吧，补补你被过度开发的大脑。"欧阳雷递过来一把刚剥出来的核桃仁。

"要不你也帮个忙打个电话吧。"林翮翮歪在欧阳雷家的大沙发上,少气无力地说。

"不可能,我丢不起那个人。"欧阳雷继续敲核桃,头都没有抬一下。

"谁知道你是谁啊!再说往电台打个电话有什么丢人的!我同学都用得差不多了,剩下的不是在外地的就是节目时间冲突的。我真没谁可动用了,过了这几天就好了。这次要是冲不出去,我可能就失业了。"林翮翮可怜兮兮地说。

"你那节目要是真没人听,整多少托儿也没用,虚假繁荣有意思吗?失业就失业,我养你!"欧阳雷依然看着核桃,没看林翮翮。

"你是谁呀,你养我?我用不着!"林翮翮最恨欧阳雷说这句话。别人眼里她多优秀出众啊,偏偏她男朋友把这些都屏蔽掉了,只觉得她是个美女。事业刚起步就得到这么个机会多不容易,可欧阳雷却巴不得她把工作辞了,每天擦擦地浇浇花,没心没肺一脸甜蜜。她其实并不是找不着人,只是想让欧阳雷参与进来,密切他们越来越生分的关系。他一直对她的职业缺乏价值认同,这让她很不爽。

"你有能耐就干吧,甭跟我这儿絮叨。"欧阳雷把核桃一扔,进里屋玩电脑了。他最烦林翮翮的忙叨劲儿,尤其是刚开始干什么事时,总是热情高涨准备过于充分,暴躁而慌乱。

林翮翮想抓起衣服离开,还没站起来就打消了念头。算了,新节目马上要播了,没时间和他生气,一冷战一和好又牵扯精力。反正早就不是热恋期了,谁让着谁都一样,都是怕事情大了懒得收场。谈恋爱真是费时间费口舌,除了打发点寂寞,没什么别的实惠。

她看了看欧阳雷的背影,讪讪地翻着手机,琢磨着还有谁能帮她。两周后节目就要开播了,广告已经天天在滚动了,周一到周五下午,五到六点,一小时,下班的黄金时段。策划会上,大家觉得刚开始打热线的恐怕不多,得先设计几个爆点吸引观众,省得冷了场。林翮翮懂事地揽下了纠集人马的活儿，一是觉得自己做的确实比大家少，有坐享其成的嫌疑，要主动为大家分担；二是想着自己同学多，划拉点人扮演听众应该是不难的；三是怕别人联系的人不稳妥，说得不对路子，自己在节目里出丑。林翩翩倒是清醒，知道越是幸运的时候越要夹起尾巴做人，确保万无一失才能延长幸运。

同学们都很配合，毕业小半年了，一个个都忙得脚打后脑勺，要没点实际的事还真想不起联系，一联系上也不用客套，到底是同学，还是亲。上学时互相掩护着逃课骗老师，上班后相互帮忙弄节目骗观众，真是靠得住的同盟。都是业内人士，不用多解释，大家都明白是怎么回事，稍有沟通，准能超额完成任务。林翩翩也帮过这种忙。那次她正在广州出差，接到薇子的紧急电话，让她扮演旅美多年刚刚回国的全职太太。她说正在广州的地铁站，怕电话里背景声太嘈杂。薇子说正好正好，反正咱这儿也有地铁站，具体的声音听不清，还显得挺自然。林翩翩记下要点，并按照薇子的要求练了练带港台腔的普通话。几分钟后，俩人一唱一和珠联璧合，活脱脱一个忧心文化差异的海归母亲，一个见地卓尔不群的气质主播。当年上学时想得那么神圣的广播电视事业，其实也不过是重复索然的熟练工种，反而是这些投机取巧的小把戏，才带来点新鲜的刺激。

开播前一晚，欧阳雷来电话问下周是否有兴趣一起去香港。他要去谈业务，可以带她一起去，买买东西，散散心。林翩翩一听就气不打一处来，跟他说了多少次了，明天开始要上新节目。日播节目，怎么可能离得了呢？

"欧阳总，你又忘了吧，我明天开始要忙了。"林翩翩阴阳怪气地说。

"啊哈，对不住了。我怎么没想起来，林主播明天要干大事呢！我又撞枪口上了。"

"我得早点睡,不然状态不好。"林翩翩不想闲聊。

"这么快就想跑?那你睡吧,祝明天成功啊!"欧阳雷前半句是不乐意,后半句是应景。

放下电话,林翩翩想着他俩以前一通话至少得半小时,唉,顺其自然吧,什么事都有个过程。本来就担心节目,接了电话又添烦躁,林翩翩双手交叉握在一起,仿佛困境被夹碎在掌心。

不适应早睡,躺下也是徒劳。手机忽然铃响,是短信——"好好休息,明天好好表现。叶庚。"陌生的号码,简单的关怀,因为那个特殊的落款而非同小可。林翩翩盯着手机屏幕,这是唱的哪出啊?一会儿谦和热情,一会儿视而不见,这会儿又把我想起来了?来不及多想,赶快回了个"谢谢叶老师,您也好好休息"。然后小心翼翼地保存了号码,生怕只是一片虚缈。

叶庚的短信无疑是雪中送炭,给郁闷的林翩翩带来一阵惊喜。可是她太敏感了,一小块炭就把她温暖得够呛,越发睡不着了。他到底是怎么想的?多少有一点点欣赏她,把她当成了张未的人?还是完全为了工作,怕她把节目搞砸?对叶庚的揣测杂草一样,在林翩翩脑中胡乱生长,拔也拔不净。她翻来覆去地想啊想,终于把自己想困了,就那么心乱如麻地睡着了。

"您好,这位朋友。"接起第二个电话时,林翩翩已缓解了紧绷渐入佳境,因为刚才唐然的表演实在太精彩了,那种吃一百个豆不嫌腥的傻帽气质竟然用声音就塑造得出来。事前只商量好让他演一个妻子出轨屡受侮辱的弱势男,没想到他设计得有板有眼,还带情节。林翩翩顺势把他损了一顿,叫嚣得相当酣畅淋漓,最后哀其不幸怒其不争地安慰了几句。

"小林啊，我觉得你说得太对了。你说一男的怎么能那么没志气呢，要是我老婆出轨我就抽她！"这回是郑辛，也是按计划行事。

"这位朋友，您不要情绪太激动，打女人还是不对的。"林翩翩开始装好人了，态度可以激烈，但导向还是不能有偏差。

"我那个意思吧，就是必须得有态度。你说你媳妇出轨，你就忍气吞声的，那不就是纵容吗！"

"就是啊，哪有人对自己在意的东西能睁一眼闭一眼啊！做妻子的恬不知耻一次次出轨不对，做丈夫的也该反省一下，你受了欺负也没个态度，人家不欺负你欺负谁呀？这不是宽容，这是软弱！愚蠢！"林翩翩的表演欲也上来了。

"对，对，得有态度。不行就离婚。"郑辛整个一捧臭脚的。电视台早新闻的主播，现在正扯着嗓子装热心人。

"我看这位朋友说得非常有道理。都说劝和不劝离，但也要看这婚姻是不是有意义的，一个心思不在丈夫身上的不正经女人，你留着她干什么呢？不是所有事情都能原谅、所有裂痕都能弥补的。第一个打进电话的刘先生，我劝你好好看清楚，看清楚你的婚姻正在渐渐死掉。好，我们接下一个电话。"林翩翩又发了一顿感慨，反正是同学，不在乎赶尽杀绝。

一个小时迅速过去，各路同学前来助阵，几个老熟人装不认识聊得热火朝天，整个一角色扮演版同学聚会。林翩翩跟打了鸡血似的，数落完这个劝慰那个，俨然一部家庭生活指南，什么都明白。节目结束她还有点意犹未尽，出了直播间，见组里人个个士气昂扬的，估计大家的感觉也不错。林翩翩掏出手机给刚才卖力表演的各位同学发感谢短信，关键时刻还多亏了他们里应外合鼎力相助。

"太强悍了！把平时损人的本事全用上了吧？"等在外边的张未捏

着拳头，做向下挥舞状。

"这才哪儿到哪儿啊，你等着吧，后边还有狠的呢！"林翩翩正在兴头上。

"一直捏着一把汗，这下我可放心了。孺子可教啊！"

"张未未，敢情你一直都不相信我的能力啊！你以为我是朽木不可雕呢吧？"见近处无人，林翩翩小声嗔怪。

"那哪能啊！我们翩翩是谁呀！你得允许我多虑一次嘛，岁数大了，心理素质不好。"张未在她面前还真是没脾气。

同学们回复的短信相继到来，大都是"别客气""好好干"之类的，郑辛回的最逗："一将功成万骨枯。"林翩翩心想这活宝脑袋真快，忽见手机屏幕又亮了。

"晚上庆祝你初战告捷，一起吃饭吧。"张未等她看完短信，依然激动地说。

"恐怕不行。晚上有安排了，我男朋友。"林翩翩为了拒绝得合理加上了后四个字。其实张未如果早一分钟说，她会答应的，因为她男朋友欧阳雷根本没约她，约她的是一分钟前那条短信。不对，即使张未早说还是没用，她收到那短信必会出尔反尔推掉张未，去见发短信的人。甚至，即使真的和欧阳雷有约她也会想办法脱身。那短信来自叶庚。

6 此一时

那晚林翩翩心情忐忑地去见叶庚，首播成功的爆炸情绪一下子蒸发了，她又变成那个胆怯羞涩的小女孩，不知所措。叶庚身上有种强大的场，每当靠近，她想高高地扬起头，却总是被那场威慑，缩得很低很低。他夸了她，说她聪明、悟性好。她谦逊地笑笑。他说猜到节目会成功，叫她做好成名的准备。她又谦逊地笑笑。

这顿以庆祝播出为名的晚餐吃得很简陋，叶庚没有提前准备，林翩翩也局促得拿不出主意，于是二人开车在街上瞎转，半小时过去，还在饥饿中对话。最后还是叶庚发话，沿着街开，数三家，不管是什么饭馆都进去。两家貌似不错的中等饭馆过后，竟然是一个低眉顺眼的小饭馆。暮色中它贼头贼脑地存在着，像一个隐约的逗号。叶庚挑衅地看了眼林翩翩，林翩翩俏皮地笑笑，已经在停车了。俩人钻进去，开始了初次相约的晚餐。沿着街开，数三家，这是多么有趣的决定。如若是欧阳雷的主意，又碰巧撞上这么抱歉的小店，林翩翩定会一脸嘲讽地拒绝前往，可事情放到叶庚身上，林翩翩却感到一种好玩的奇异。

　　林翩翩鼓起勇气仔细打量着叶庚的脸。那脸大大逊色于那张她撕下的照片，不光亮，有皱纹，透着岁月的凄凉倦意。但是她一点也不失望，与照片的出入反而显出一种可亲近的真实。那年她撕下他的照片，现在她坐在他对面。林翩翩一贯把比她大五岁以上的人当成另外一个世界的，该叫老师的叫老师，该叫叔叔的叫叔叔。虽然呼吸着一样的空气，却觉得年龄把他们隔得遥远，那些人做什么、怎么做都与她无关。可是这回，面对这个比她大了十五岁的男人，她突然想忽视年龄的界限，暗示自己别划分得那么森严。她盯着叶庚格子衬衣的纽扣，想着自己的年轻就有些哀婉。然后又很看不起自己的按捺不住，或许人家只是从工作出发，想培养她成为那匹驾辕的马而已。

　　"设计得好！性格鲜明，简单粗暴，作风硬朗。"叶庚已肯定了她一路，坐定后又盖棺论定地说。

　　林翩翩分析不出这是在夸自己还是在夸策划，就报以一脸认同的笑容。

　　"张未很有些迷恋你。"叶庚点完菜忽然没头没脑地冒出这么一句。

　　"没有吧。张老师人挺好的。"林翩翩没想到叶庚的嘴里也会有蜚短流长，也会谈男女。她早已按照自己的意志把他划到世俗之外，想当然地让他脱离了一切低级趣味。她窘迫的回答中竟然把张未叫作张老师，其实她只在报到时那么叫过他一次，这之后人前说话没有称呼，人后唤做张未未。她紧张地扯出张老师，是心虚的掩饰，唯恐暴露出哪怕一点暧昧。

"什么话！谁说他人不好了？人挺好就不能喜欢你？喜欢你的都是坏蛋？"叶庚笑了。

"哎呀，我不是那个意思。我是说张老师有家有口的，怎么会迷恋一个小孩呢！"林翩翩有点乱了。

"还小孩？你都二十好几了吧？不过比起我们来，倒也算得上小孩。你长得也的确稚嫩，怎么看也不像过二十了。再说有家有口又怎么了？"

"叶老师，你是不是听到什么流言了？说张未对我怎么着了？"林翩翩还是憋不住，叫张老师是一时情急，稍一放松又露了马脚。

"怎么那么害怕，还真是个小孩！台里哪会有人跟我说流言。"

"那就好，那就好。"放松的词汇，忐忑的语调。

"我和张未是老相识了，这么多年，我还真没见他对谁这么上心。这么大岁数的人了，这种迷恋很难得啊！"

"他人挺单纯的，是真心帮我，这我知道。"林翩翩的兴致暗淡下去。她对叶庚两次使用迷恋这个词很反感。迷恋，这是她暗自送给叶庚的词啊。从素不相识到悄然关注，她在他注意不到的地方，兀自迷恋。之前对这顿饭的期待正在落空，林翩翩不清楚自己在期待什么，但绝不是与叶庚讨论旁的男人对她的所谓迷恋。这样的话题，于她简直是一种伤害。她以为，他与她多少有几分默契，却原来不过是没话找话，闲扯东西。没有弥漫着形而上的特殊气氛，却劈面被询问琐碎的暧昧话题。一瞬间她甚至怀疑，叶庚为什么找她吃饭，是不是张未授意他来捅破那层窗户纸？一种羞辱感淹没了她。

"有人喜欢是好事啊，美女嘛！"叶庚看出林翩翩的失落，故作轻松地说。

"我是新人，不愿意刚一进台就被牵扯进桃色事件里。何况我跟张未真的没什么，人家是领导，这对他影响也不好。"林翩翩声凉心也凉。

"没有那么严重。大家也是无事生非，爱议论点纠葛润色生活，谁也不会太当真的。年轻人该有点游戏精神啊，何必上纲上线。你被节目里的角色给同化了吧！"

"反正我不习惯。"林翩翩心里有火。

"你看不上张未。"叶庚边吃菜边说，口气貌似随意，却带着洞穿的平静。

"是。他不坏，但太欢实，一天天虚张声势的。"林翩翩恨这别扭的话题，恨张未这个名字搅了她在意的晚餐，干脆不管不顾。

"小丫头看人还挺毒。"

喝了几杯，林翩翩怀着股被挤压的怨气抬起头来，她不再唯唯诺诺，变得健谈起来。这是一反常态，以往要是话不投机，林翩翩定会找个理由尽快闪人，这回却物极必反地来了情绪。她愤恨叶庚的毫不在意，却终究舍不下那隐隐的惦记。

小饭馆打烊，留下清醒的叶庚和跟跄的林翩翩。她要去取车，他说喝了酒不能开车。她说那就打个车回家，他说醉酒的女孩独自打车太不安全，可打车送她他嫌路途太远会很贵。出于某种隐匿的或许自己也意识不到的留恋，俩人都装作舍不得那一百多块钱，齐齐断了打车的念头。

清晨醒来，林翩翩躺在白色的床上。"去我家。我好歹比出租车司机安全。"林翩翩喃喃地重复着叶庚在饭馆门口最后的话。他说完探询地看她，她犹豫地回望，不想答应也不忍拒绝。"有客房。"他补充道。"好吧。"她小声应允，怕一旦拒绝会刺伤他的骄傲。

他为她找出新的牙刷浴巾就先关门睡了，那仓促的关门像在松弛她的紧张，又像慌乱地逃跑。她一个人躺在客房陌生的床上说不清是喜是忧。

"醒了？"叶庚好听的声音打断了林翩翩对前一晚的回想。

"是啊，几点了？"

"十点。你可以再睡会儿。"叶庚说着坐在她床边。

他穿着淡蓝色睡衣，目光温和，在白色的房间里，像个护士。

"睡得好吗？"他掖了掖被子问。

"有点不适应，过了很久才睡着，不过睡着后就一觉到天亮了。"林翩翩很陶醉于这气氛，不想起来。

她微微抬起身体，靠着床头，看着坐在床边的叶庚。两人都故作坦荡，却都不知说什么好，于是相互微笑。

"你不上班吗？"林翩翩终究没有叶庚沉得住气。

"我是台长，现在在外边开会。"叶庚诡异地笑笑，带着好孩子偶尔做坏事的调皮。

中午两人一起吃了面包，叶庚喝牛奶，林翩翩喝清水。他的冰箱像未入住的新房，里面只有少量奶、面包、西红柿。林翩翩想为他做点什么，叶庚说根本没开通煤气。饭后，林翩翩尽可能整理了自己留下的痕迹，起身告辞，理由是要为傍晚的直播做准备。叶庚赞许地笑笑，不知是肯定她对工作的态度端正，还是满意她尽早离开的聪明。

他送她出门，将要按动门锁时忽然缩回手触了触她的肩。她毫无防备地抖了一下，回身望着他。那一秒过得太快，不记得是谁先吻了谁。林翩翩踮起脚迎合叶庚的嘴唇，有些战栗地感受着那种陌生的温软湿润。叶庚略显粗重的喘息，像凉风由嘴吹入心底，带来痒痒的惬意。

竟然嘴对着嘴了。一夜相安无事，却在最后关头鬼使神差。叶庚，这个她高山仰止了多年的男人，绵长地吸吮她的嘴唇。她从没有过如此的贪心，也未痴念过他的心仪，遭遇这突如其来的心动，竟有些心惊胆战起来。并且还有小小的失落，是不是太快了，迅速总是联系着漫不经心和不精致。

去取车，回台里。林翩翩回想着叶庚的家，白、灰、浅淡的绿，简洁素净的北欧风格，没有多余的装饰，却彰显着周全完善。淡雅清寂，一点不邋遢，窗明几净一尘不染，仿佛灰尘被他健朗的元气驱散，再不敢露面。只有一把牙刷一条毛巾，没有煤气，没有垃圾桶，食物稀少，可以确定没有女人，过于凛冽凌厉的气息宣告着雌性荷尔蒙的缺失，闪烁着单枪匹马的信号。林翩翩摸了摸已然干燥的嘴唇，克制地笑了。转而她又嘲弄起自己的煞有介事，只是亲了一下而已，何苦有过多的盘算。他能喜欢自己什么呢？那几乎没有使用痕迹的房子，是不是也昭示着叶庚的心，不因时间磨损，不被细节揭穿，看不出忘却和纪念。

7 火

如同含着金汤匙出生的孩子终于博士后毕业衣锦还乡，没辜负家族期待，对得起列祖列宗，光耀了门楣，《不是我说你》收听率持续走高，广告收入丰厚，一切数据都稳定在相当放肆的数字上。重磅推出，换回巨大影响，事实证明，《不是我说你》是一次高瞻远瞩的成功。起初还弄虚作假找同学当了几天托儿，没几天李鬼就招来了李逵，电话一个接一个全是真枪实弹的真听众，导播忙得跟陀螺似的。林翩翩一跃成为台里知名度最高的麻辣新锐主持，率真、正直、纯粹、真诚、眼里揉不得沙子是听众给她的评语。几个月下来，她已能自如地分裂出一个泼辣的自己，每天傍晚时分，占领道德高地，慷慨激昂地跟坏人坏事做斗争，唯恐天下不乱。当然，这已经不完全是开始时为了吸引耳朵制造噱头的夸张表演。林翩翩不再觉得听众无知、愚昧，她每天都关注着短信平台、论坛，时常查阅心理学社会学书籍，以期真正帮他们看清情感的泥沼。她在这里见识了太多爱恨情仇，她同情那些倾诉的人，他们自揭伤口推心置腹，纵使该受道德谴责，却那么迷茫无助。虽然通常是以嬉笑怒骂为主，甚至不由分说地划清界限，林翩翩还是稀释了几分锋芒添加了一些体恤。她感激这个节目，在小小的直播间里领略了缤纷俗世的悲欢，也在自己的遭遇中懂得了情感的复杂。她与叶庚，有了最庸俗的进展。

那次之后，她摇摆在喜悦忧伤之间。她发现他们不过是普通的男女，对情欲有难以超脱的渴望。同时她畏惧，畏惧亲密的抚摩会毁灭远眺的美好。叶庚是她少女时代最透明的梦，她不忍污染梦的颜色，亦无法承受梦的破碎。他必须继续高大，他不能变矮。她挣扎过后决心擦去那个吻，当作一个岔路上的奇迹，沉入记忆的湖底。她为了使自己坚定决绝，迫使自己叨咕出声音："叶老师永远是叶老师，必须是。"

徒劳。当收到叶庚邀约的短信，她的心像被什么抓挠一样，发出跃跃欲试的呢喃。"翩，下了节目来我家，等你。"短信如是说。她心猿意马地熬完了节目，争分夺秒地前往叶庚家。她心里燃着一团火，唯有见到叶庚才能摆脱被灼烧。那些理智清醒的自我警告通通被火烧掉，甚至成了不错的燃料，引发出更大的火苗。她眼神惊恐地敲门，他正等在门口。他低下头亲吻她的鼻尖，她顺势搂住他的脖子。他抱她上床，凶猛疯狂地亲吻揉捏，任她病猫一样在身下求饶。他累了，睡了。她疼了，哭了。她似乎明白了他喜欢她的理由，多么鲜嫩秀美的肉体，仅此而已吧。他忽然醒来，见她黑暗中闪亮的眼，靠过来与她聊天。

"你让我重新体会到了思念的滋味。"叶庚的声音说这样湿润的句子，杀伤力太大了。

"真的吗？"林翩翩从哀伤中抽离出来，情不自禁想感动。

"当然是真的，我从不说假话。"

林翩翩没有说话，温顺地枕着叶庚的肩。她告诉自己无论真假，先享受这片刻的温暖。

"有男朋友吧?"叶庚关切的声音真像个慈祥的长辈。

"有。"

"打算结婚吗?"

"不。"

"干吗,玩潇洒啊?"

"他人很好,我父母也满意。可是和我有点不搭调,总觉得没话说。"

"那就先不急,慢慢找。"

"我本来就不急啊,无所谓的事。"林翩翩说的是实话,她从未考虑过结婚之类的事,认为那既遥远又乏味。

"可别无所谓,婚姻对人非常重要。今后我可得替你好好打算,碰到合适的给你留着。"叶庚慢条斯理。

"放心,我不会赖上你,也不会嫁不出去。"林翩翩悲从中来,却尽量用调侃的语气说。她没想过要嫁叶庚,但那是因为不敢,因为觉得可望而不可即。没料到他第一次肌肤之亲后就抛出这样的提醒。

"还挺自信。"叶庚没察觉出林翩翩的心思,还处在欢爱后的散漫中。

"那是因为我条件好。"林翩翩说得不假。她从小就长相和成绩都出众,一路顺风顺水倍受宠爱,还是小女孩时就学会了漠视男孩的爱慕。

"不许骄傲!"叶庚捏着她的脸,边说边笑。

"婚姻重要,你怎么还不结婚?"林翩翩其实一直好奇,叶庚为何独自生活。

"我结过,离了。"

"对不起。"

"没什么,极平常的故事。太太要出国,我放不下事业,她走了,我留下。"

"爱情敌不过现实吗?"林翩翩一直认为爱情有最强大的小宇宙。

"理想主义的结果就是受伤极深，没有什么能敌过现实。我曾经就是因为坚信的东西太多，所以才有这么多苦楚和寂寞。"叶庚有些神伤。

"真绝望。"林翩翩掉下眼泪，她心疼着叶庚的苦楚和寂寞，认为他最有理由得到幸福。

"掉泪了，宝贝，你真孩子气。"叶庚擦去她的泪。

"喊！那你刚才还欺负孩子！"林翩翩怕自己泪水太多被叶庚反感，忙换成轻快的语调。

"我就喜欢欺负你。"林翩翩撒娇，叶庚也顺势撒娇地抚摸着她的身体。

"你什么时候开始盘算欺负我的？"林翩翩想知道。

"说不准，突然的感觉很奇妙。但我那次在走廊见你，就觉得这丫头挺可爱的。"

"啊？我多狼狈啊，满走廊捡东西。"林翩翩不愿意叶庚还记得他们的初相逢。

"特憨特可爱！毛毛躁躁冲我喊，太好玩了。关键是所有人都叫我叶台，只有你叫我叶老师，学生气！"

"你是我师哥嘛，业务又那么好，当然叫老师。台长谁不能当，可像你那么出色的播音员能有几个啊！"

那一晚他们就这样闲话家常，渐渐睡去。林翩翩赤裸着贴着叶庚，觉得生活的扇面在展开，一切都变得滋味更重、更复杂。那之后，事情就上了轨道，林翩翩偶尔去叶庚家，缠绵悱恻。

"翩翩，出大事了！你现在在哪儿？"张未沉不住气的声音从手机里蹦出。

"怎么了，未未？天上下刀子了，还是地上长饺子了？"林翩翩乐于和他抬杠。彼时她正睡眼惺忪地躺在叶庚家的大床上，叶庚已经上班走了。

"有人要跳楼！"张未急了。

"谁呀？"林翩翩以为是危言耸听，但还是忍不住问。

"一个年轻男孩。在一座居民楼顶上晃悠俩小时了，怎么劝也不下来。"

"那就别劝了，让他跳吧！"

"人家指名要见你！"

"什么？见我干吗？可不是我让他跳的！"林翩翩也急了。

"笨蛋！听众呗。肯定是听了你节目，觉得你说得在理，信任你呗。"

"还真有中毒的。"林翩翩有点惊了。

"你快来！这对咱们台非常有利，提升节目品牌影响力呀。"

"都快出人命了，你还跟这儿这利那力呢。我马上到。"

林翩翩挂了电话就飞速穿衣，临出门接到叶庚电话，说的也是这事。叶庚嘱咐她，为与节目契合别穿得太时髦，尽量低调，还说了些注意事项。林翩翩真佩服叶庚和张未，那边都有人要跳楼了，这俩人还琢磨着与节目契合、品牌影响力，真是组织利益高于一切，牺牲别人个人利益甚至生命保护自己组织利益啊！再说林翩翩只能穿着前一天的衣服啊，她昨晚住在叶庚这儿，而她怕他觉得有负担，从不把任何东西留在他家。紧急时刻，她怎么可能回家换衣服？还好昨天的衣服是黑色的，虽然昂贵但并不花哨。

飞车赶到时张未已经在现场了，林翩翩认真地听完警察介绍情况，在围观群众的瞩目中上楼了。

男孩茫然地站在楼顶的边缘，风把他干燥的头发吹得狂乱而乖张。他眯着眼看了看林翩翩，大吼着叫她滚开。

"我是小林。是你叫我来的呀，我工作可挺忙的，为你特意来的，怎么刚见面就撵我走啊！"林翩翩故作镇定，其实心里兵荒马乱的。

"你？你是小林？"

"是啊，听声音你还识别不出来？"

"你也太年轻了吧？"

"我保养得好行不行？我永远年轻可以吧？"林翩翩尽量轻松。

"跟想象出入还真大。"男孩一副百思不得其解的样子。

"说吧，干吗这么难受？怎么就非要走这个极端？"其实林翩翩在楼下时已初步了解了他的情况——女朋友和别人好了，为情所困。

"我对象跟老张有一腿，我亲眼见他们搂着在大街上溜达。我被诳了，不想活了。"男孩颓然坐下，双手抓着领口，不断搓着。

"她要跟你分手？"

"没。她不知道我知道，她还跟我演戏呢。我俩从小一起长大，又一起来城里打工，原本说好了挣几年钱回家办事。可这才一年，她就变了，整天涂脂抹粉，你说她一个饭店端盘子的，谁看她！我心想这也算现代化吧，也没觉得有啥，哪知道她这原来是为老张美呢！"男孩使劲揪自己领子，好像那领子背叛了他。

"老张是？"

"老张是他们饭店老板的弟弟，老大不小的，天天在那儿蹭吃喝。整半天，不光是吃喝，人他也要啊！"怒气冲上男孩的脸，寒冷中发白的脸一下子红起来。

"你不饿吗？"林翩翩必须遏止他的愤怒，再说下去，就成劝他跳楼了。她按警察设计的路子，扬了扬手中的袋子。

"我早都气饱了，没心思吃。"男孩愤然道。

"我可饿了。正打算吃早饭，被你给揪来了。你也仗义点，陪我吃点！"她边说边从袋子里掏出面包和饮料，"你爱吃果脯的还是黄油的？"

"果脯的。"男孩大概是不好拒绝这种亲近，嗫嚅着说。

"咱姐儿俩一样，我也爱吃果脯的。不能都给你，咱们一人一半吧。"林翩翩把果脯面包掰开，自然地递给男孩一半，接着把另一半往自己嘴里塞。

男孩接过面包，面无表情地咬了一口。

"我妈也爱吃果脯的，小时候都可着我，她不舍得吃。"林翩翩貌似无意其实很狡猾地说。

"我妈没吃过。"男孩神色黯然，声音颤抖起来。

"给你妈买呀！你说你来城里打工时间也不短了吧，怎么连个面包也不往家里带啊？这也太不懂事了吧！你妈白养你啊！"林翩翩知道不能失了自己快人快语的作风。

"我……"

"你什么你，别废话了，白眼狼啊！快收拾收拾给你妈打个电话，告诉她下次回家给她带好吃的回去。"林翩翩拍着男孩的肩，一脸的恨铁不成钢。

男孩犹豫了一下，好像下了极大决心的跳楼就这么未遂，多少还是有点遗憾。林翩翩知道不能给他哪怕一秒胡思乱想的时间，就小嘴不停地教育他做人要孝顺。半小时后，两人姐弟般下了楼梯，林翩翩才发现手心里全是汗。男孩被警察带走，没忘感谢地向林翩翩笑了笑。林翩翩鼓励地点点头，整个人松懈下来。张未又疯疯癫癫得意忘形地迎上来，林翩翩一脸不耐烦，她就想不清楚那么大岁数的人了，怎么总是用井喷的方式表现高兴，轻佻！她要张嘴说话，却低下头吐了，刚才塞进去的几口果脯面包，黏糊糊涌出来。她后怕地想，如若那男孩油盐不进，在她眼前纵身一跃……她不敢再想。张未关切地扶住她，嘴里念叨着棒啊，惊险啊，成功之类的词。报社电台的记者围上来，张未代林翩翩接受了采访。不是他抢功，而是从节目的利益出发。媒体间素来关系都不错，记者们也很配合，极力宣传了电台主播小林说服轻生青年的事迹，又省略了现场清晰的图像照片。林翩翩暴露的时机还不成熟，她必须神秘地符合每个人的设想。节目虽火，却开播才半年，如若她的形象履历被曝光，无异于向听众扔了颗炸弹。财富、美貌、学历，林翩翩什么都有。她太幸福，这不合适。听众喜欢的是电波里的她，音色厚实，阅历丰富，视角独特，立场鲜明，古道热肠。他们或许会以为，那是个历尽沧桑的过来人，和他们一样品尝过愁苦失落遭受过命运的不公。一旦发现对他们品头论足指手画脚的所谓知心人，竟然是个初入社会乳臭未干的漂亮宝贝，必会觉得被纸上谈兵愚弄，感到极大的不平衡。再等两年就好，等听众群更加稳定，林翩翩也老一老，那时他们只会略微惊异于她的年轻，并很可能对这种年轻肃然起敬。

8 彼一时

跳楼事件中林翩翩表现出的智慧和低调越发把她塑造成了一个传奇，简直成了四两拨千斤一语惊醒梦中人的女侠。张未沉浸在难以自持的喜悦中，真诚地为林翩翩高兴，也为自己当时的力荐涂上先见之明的光彩。叶庚在台里大会上对林翩翩进行了适度的表扬，并将其定义为节目改革的初步成果。私下里他叮嘱林翩翩注意自我保护，谨防小人。就连一贯认为林翩翩在东家长西家短的欧阳雷也开始叫好，后知后觉地发现自己的女朋友已然成了坊间流传的婚恋达人。你好我好大家好，节目的欣欣向荣给每个人脸上粘上了笑容。唯有林翩翩有点凄惶，那跳楼男孩因背叛而绝望的眼神总在她脑子里自动播放。有一晚她梦到那男孩变成欧阳雷，就那么惨地看着她。她与欧阳雷还是那样，平静地吃饭逛街看电影游泳打游戏，鲜有争吵。因为两人都忙，每周两次的例行约会也与时俱进地减少为每周一次。见面时浅浅的微笑，分别时淡淡的亲吻，他们像一对安详的夫妻，耗尽了炽热只剩温和。早就已经这样了，像条直线，没有曲折。林翩翩心里不满却不知如何改善，这个看起来出色的男孩其实压根不懂她。她曾经有隐隐的怨恨，现在却只觉抱歉。暗地里从身体到心灵的不忠，让她不敢再有任何要求。她从未爱过欧阳雷，恋上叶庚后这种感觉更加明了。纵使初相识时最愉快的时光，也只能算是喜欢吧。

四年了。林翩翩和欧阳雷好了四年。门当户对，郎才女貌，从大二到参加工作，这对恋人一直是朋友圈子里人人艳羡的模范情侣。虽然没想过结婚，但也没想过分手。他们相识在一次辩论会上，林翩翩是观众，欧阳雷是选手。唐然他们一路过关斩将杀入决赛，却被欧阳雷代表的那所名校挫得屁滚尿流，最终广院队痛失冠军屈居第二。林翩翩是去给唐然他们打气的，却被欧阳雷的口才、知识结构吸引，他机敏犀利旁征博引势如破竹，毫无争议地当选最佳辩手。观众席上，一贯挑剔的林翩翩也频频颇有收获地点头。颁奖后冠亚军队的交流活动中，欧阳雷友善地向林翩翩笑了笑。三周后她接到他的电话，说就在她学校门口。问他如何弄到的电话号码，他自信地说除非国家机密，别的他什么都打听得到。并不出乎意料，他对她展开了攻势，鲜花、玩具、手写信件、昂贵的首饰，他灵活运用了小说电影里最浪漫最俗套的一切手段和道具，换来她动容的点头。那时他大四，她大二。

恋爱接近一年时，欧阳雷本科毕业直接读研，因成绩优异被推荐免试，既光荣又省力。松散自由的学生时代，俩人和谐相伴共同度过，思念、陶醉、誓言都曾经新鲜地存在过。欧阳雷对林翩翩呵护细致，事无巨细地关照指点。林翩翩亦习惯了他的参与，感念他对自己的上心，却偶尔想逆反那种大哥式的关怀。她发现他像根紧绷的弦，总保持着辩论场上的状态，反应灵敏咄咄逼人自以为是，有种无所不在刻意为之的优秀。他自以为幽默，但说话时总因发力过于明显准备过于充分而显得不流畅。他一调侃她就想发呆。他常年若有所思，好像全世界就他最深奥。

他周到的关怀，带着居高临下的救世主味道，而对于林翩翩真正的渴求他是粗心和忽略的。你说疼，他会给你买药给你爱抚，你说心里难受，他却只会提醒你女孩想太多容易老。外人羡慕着他的好，欧阳雷也得意于自己的表现，只有林翩翩触摸着冰凉的隔阂。在欧阳雷眼里，林翩翩漂亮、娇憨、识大体、懂情调，其他的都不重要。至于她是不是也有梦想和思索，他执意置若罔闻。他不喜欢她不切实际的胡思乱想，宁可她再浅薄世俗点，每天琢磨着买名牌包。他被她的出色自信吸引，又总怕她盖过他的风头，宁愿她再平凡点，衬托他的出类拔萃。甚至他希望她再内向深沉点，别总是引人注目地聒噪。

　　林翩翩知道欧阳雷不是她的百分百男孩，他外露的优秀稳重很容易让人一见倾心，但在后续的相处中除了起初的吸引再无新鲜。他太精明，太实惠，太单调。他不虚伪，却总让人觉得不真诚，那种有点做作的好，像闪耀的晚礼服，华美炫目，却不够舒服随和。他无论与谁相恋都会貌合神离，因为他无心真正体谅别人，总惦记留下足够的情绪欣赏自己。她也曾想过与他分开，但似乎没有值得一提的理由，也没有合适的诱因。她甚至想，人大概都是这样自我的，因为一个人太冷才需要找个伴取暖，或许跟了谁都填不满内心的一片荒凉吧。这中间还有个林翩翩自己都觉得荒唐可笑的理由——他的姓氏。欧阳，虽然不如慕容、独孤、南宫那么飘逸，但这复姓里的俗套，在泱泱姓氏里依然还可算是凤毛麟角。她喜欢复姓，小时候就莫名地喜欢上官婉儿、上官云珠，不为她们特殊的遭际，只因她们独到的名字。欧阳雷是她遇到的第一个复姓的人，或许她当初高估了他的可开采度，也受了这姓的干扰。

　　他们是一同毕业的，她本科，他硕士。她经过艰苦的实习进了电台，他却轻而易举地带着名校国际财会专业的毕业证进了跨国公司。他读书时一直打工的公司高薪挽留，他却毫不动摇地婉拒了。用他的话说，相比视野和平台，钱算不了什么。在林翩翩工作尚无着落的时候，欧阳雷许诺她大房子好车子，林翩翩配合地笑笑。许是家境富足的缘故吧，她对物质冷淡麻木并无期许。她讨厌这么肥厚笃定的未来，这破坏了她与心上人浪迹天涯的童年梦想。

他们进入各自的社会角色，应付着工作和人际的短兵相接。欧阳雷一派朝气和体面，像玉米粒变成爆米花，摇身一变，既成熟又膨胀。从粮食变零食，是必需品向奢侈品的升级。然而林翩翩觉得他们更远了，约会仿佛故作姿态，告诫对方和自己这是份正式的感情。偶尔还是有鲜花和小礼物，她也会定期还欧阳雷小小的惊喜，两人相敬如宾礼尚往来。这是份不麻烦的感情，只是他太荤，她太素。

9 如果爱

"您好，这位听众。"

"小林，听得到我说话吗？"

"您好，徐小姐，我听得到。"

"我吧，正在痛苦地挣扎。我和我男朋友在一起两年多了，我母亲不同意我和他在一起，并且态度非常坚决。一头是我妈妈，一头是我爱的人，你说我该怎么办？"

"徐小姐，你刚才跟我们导播讲，你男朋友身体不太好，是不是有这个情况？"

"对，我男朋友身体比较弱，经常得病。我妈觉得他不能照顾我，怕我和他长久不了，怕我当寡妇。"

"你妈这么想是为你好。可怜天下父母心，都希望儿女找个健康的伴侣。但是，你母亲也未免太绝对了，两年多的感情哪能说放弃就放弃呢。你说你男朋友身体本来就不好，你再把他抛弃了，你们家也太不仁义了吧！"

"我……"女孩带着哭腔。

"你是不是自己也犹豫了？你也别吞吞吐吐的。"林翩翩从导播给的信息里看到女孩自己的动摇。

"说实话，我也有那么点……"

"那就分手吧。你不要再标榜爱情至上，说什么一边母亲，一边爱人，明明是自己受不住还拿家里人当幌子。趁早找个身体好的，找个绝对能走你后头的。"林翩翩心烦意乱，有点拿听众出气的意思。她现在一上节目就条件反射地刻薄，动不动就恶从胆边生。

女孩无声地挂了电话，林翩翩又有些后悔。女孩够倒霉的了，摊上个病秧子男朋友，任谁也得琢磨琢磨，生活到底是现实的呀。可她非但没安慰几句，还来了一堆风凉话。

"姓林的，你个变态！人家女孩……"电话被切断，林翩翩倒好奇后边还会说什么。这不是第一次了，毕竟她的主持风格不算中规中矩，有人喜欢就有人痛恨，上次还有人来电话说要杀她全家。张未安慰说只有明星才会受到各种威胁，有人讨厌证明她影响力大。林翩翩学会了不在意，她得到那么多拥趸和赞誉，就该安然接受讨伐和厌恶。这些听众也不容易，想公然骂她几句还要先骗过导播，不然电话是接不进来的。

"小林，你别难过啊！有些人就是素质差。我们都喜欢你。"是个男听众。

"谢谢，谢谢，知音啊。我心理素质好着呢，反正在节目里说别人也经常有口无心说重话，来个人告诫我几句也挺好！"

"别太谦虚，太谦虚也是骄傲！我觉得你说那女孩说得太对了。现在的女孩啊，口口声声爱情爱情，其实捏着一打条件让你对号入座。有房，有车，有学历，有好工作，还得健康，你说她们要求这个多！这哪是结婚啊，这不市场选东西呢吗！"男听众安慰了她两句就打开了话匣子，显然是生活里被女人挑剔烦了，上这儿寻找心理平衡来了。

"呵呵,这位听众真是心直口快……"林翩翩刚一开口就又被打断。

"我就说现在的人只考虑自己。你说你跟人家好两年了,一发现人家身体不好,马上这个那个的,这叫什么人啊!"男听众也不知哪来那么大火气。

"我们也要设身处地想想。谁也不容易,女孩也没说要跟男朋友分手,只是说很痛苦。谁遇到这事心里也不好受,我们不能不由分说就谴责人家。时间有限,我们来跟进论坛上讨论很热烈的袁女士的故事。"林翩翩要挽回对女孩的伤害,同时对这愤怒男有点来气,草草把他打发了,"在前天的节目里袁女士打来电话,讲述了自己的遭遇。两天以来听众们在论坛上各抒己见,绝大部分观众认为袁女士是在掩耳盗铃,伤害别人也伤害自己。昨天,袁女士发来了很长的短信,我给大家念一念:'小林你好。我看到了论坛上大家对我的劝告和挖苦,知道这些朋友是出于善意和正直。但是我还是忍不住委屈,我想为自己辩解,即使我们素不相识,我也不想让别人说我是狐狸精。我跟他认识时并不知道他有老婆孩子,后来知道的时候,已经在一起一年多了。你也知道,感情不是说断就断得了的。我们现在从不一起出入公开场合,经常在我家、在车里约会。我并不想让他离婚,也不想跟他妻子抢夺什么。希望大家也可以想想我的痛苦。'"念到结尾林翩翩简直有些感同身受,她与叶庚也从不一起出入公开场合,她也从不向他要求什么。

"小林,我想说两句。"一个男人声音浑厚。

"这位听众,您说。"

"我觉得袁女士也挺可怜的。她其实是个受害者,那男的肯定是存心的,故意隐瞒自己结婚的事。我觉得她必须快刀斩乱麻,切断与那男人的联系。我送她一首歌:'啊多么痛的领悟,你曾是我的全部。只是我回首来时路的每一步,都走得好孤独……'"男人说着说着唱起来。

"这位听众,时间关系,你唱几句就行了,相信袁女士能感受到你的真诚，谢谢你。我们接下一个电话。"猝不及防碰到一个爱秀的，林翩翩还真是哭笑不得。

"喂，小林啊，刚才那男的有毛病吧？怎么什么机会都不放过，跑这儿唱什么歌！再说这袁女士有什么可同情的，她就是咎由自取。动不动拿爱情说事，明明就是为自私辩护。婚外恋就是不道德，说什么它也是不道德。"一个清脆女声，说话像剥豆子。

"严重同意。只有婚姻里的爱情才有理由被保护，即使情况再特殊，你觉得自己再无辜，破坏别人家庭还是不道德。谁想为自己辩护都找得到理由，但有的事再让人同情也还是错的。"林翩翩喜欢那女声，情不自禁赞同她的观点。其实这样的节目做多了，难免对谁都同情，对谁都麻木，内心早就没了旗帜鲜明的立场。

"小林，您好。"一个中年妇女的声音传来。

"您好。也是要就袁女士的经历谈谈自己的想法吗？"

"什么东西！还不出入公开场合，在车里、家里。那玩意儿见不得光，可不不能公开吗！还好意思说在家里车里的，是觉得车里很刺激吗！我最恨这种人，勾引别人老公，还装不是故意的，还委屈。这样的人就应该判刑，我看谁还敢！"女听众声音都劈了，相当投入。

"这位听众真是义愤填膺啊。判刑的事咱就别在节目里谈了，这个您得跟司法部门反映。"林翩翩怕那边炸了，赶紧东拉西扯，"袁女士的事就先说这么多，大家觉得不过瘾，还可以在论坛上继续聊，我们会跟进的。下边还有听众的电话，我来接一下。"

"小林，我和我男朋友感情很好，但是他始终不把我介绍给他父母，我很痛苦！"一个挺风骚的女声软软传来。

"你们在一起多长时间了？"林翩翩不喜欢那种声音。

"都快三个月了。"

"你可真是只争朝夕啊！三个月恐怕还真用不着见父母，我看你也太心急了。"

"但我觉得我们彼此都认定对方了呀！"竟然是走琼瑶路线的。

"你今年多大？怀春少女啊？"林翩翩一看资料，这女的都快四十了。

"我们都是二婚。"那边当然不会说年龄。

"那还是慎重点好。我麻烦你再多忍忍，认定了也再忍忍。"林翩翩切断了电话。

"小林姐姐，下午好！我是初次倾听你的节目。"

"那要欢迎新朋友啊。你是小月，对吗？导播已经把资料传过来了。"

"我刚才听了袁女士的事，感触挺多的，也想讲述一下我的际遇。"

"好的，你讲述吧。"林翩翩觉得女孩挺幼稚，说话文绉绉的。

"我也爱上了一个有家庭的男人，他长我十五岁。但是我只是纯粹地爱他，并无意愿破坏他另一方面的生活。"女孩说话像朗诵。

"小月，麻烦你打住！你多大啊？你懂什么叫爱情吗？还纯粹地爱他？"林翩翩一听就知道这是个没文化的纯情少女，跟她当年主持《青春进行时》那些听众说话一个味儿。

"我二十有一。"女孩继续朗诵。

"这么点岁数就觉得自己成熟了？你这年龄谈恋爱也就刚刚够，还玩上鹰了，上来就找一已婚的！你没找默多克还真是手下留情了！"林翩翩生气地数落着，手指直点，好像女孩就站在她对面。

"我不是执意寻觅已婚的，而是缘分让我遇到他的。我被他偷了很贵重的东西——我的心。"女孩自说自话。

"住口！还缘分，还我的心，别文艺了！跟二十一岁女孩搞婚外恋，不用说，对方绝对是个没有良知的人，简直就是禽兽不如。你的问题没什么可多说的，你要是头脑健全就跟那老流氓分手，不然吃苦的日子在后头呢。"

"你不了解他……"

"住口吧。我不需要了解,也不能跟你再浪费时间了。顺便提醒你,别这么文艺。我们再见。"

林翩翩烦乱地下了节目,搞不清楚怎么那么多人的感情一片混沌,都把爱呀情呀挂在嘴上,其实情节都现实而简单,那些投入纠缠不过是当事者的臆想。她驱车去饭店,心里想着她与叶庚之间的诱惑与吸引。他们已经一个月没见,他去欧洲考察,一回来就发了召唤的短信。林翩翩几乎是雀跃的。她从不主动联系他,怕他忙怕他烦怕他不喜欢。上节目前叶庚又来信息说晚上有重要的饭局,他和她都要参加,约会被推迟到饭后。她有点怏怏,却明白这是不得已,至少见面的时间还是没变的。

饭桌上端坐的是他们台最重要的广告客户,那人白面无须,一副营养好心眼坏的狡诈相。林翩翩赶到时,叶庚、张未,还有另外几个领导都已经到了。她抱歉地笑笑,解释下班高峰期堵车。客户做理解万岁状,热情地招呼她坐在身旁。她望着客户身边空着的位子,飞速扫了眼叶庚,不情愿地坐了过去。叶庚安之若素,根本没有看她。

"哎呀,小林呀,我可是你的粉丝啊。听你在节目里损别人真是种享受啊!"客户声音猥琐,笑容比声音还猥琐。

"太感动了。您百忙中抽空听我的小破节目,感人至深啊!"林翩翩已不是刚出校门的黄毛丫头,应酬的话多少还能说几句,但表情上还欠修炼,有点皮笑肉不笑。

"我跟你们叶台说,今天小林要是不来,我也不来了。一堆大男人吃饭,有什么意思!"客户得寸进尺,一脸贱笑。

"那今天就让小林陪您多喝两杯。"叶庚热情地说着,略显抱歉地瞄了一眼林翩翩。

"来,我敬您!"林翩翩端起酒杯一饮而尽。她这杯是喝给叶庚看的,他知道她不能喝酒,还叫她多陪几杯。她恨他的不动声色,恨他政客般的公私分明。

倒是张未有些沉不住气,他的眼睛像两粒快要掉下来的扣子,滴溜溜乱转地心疼着林翩翩,屁股在椅子上扭了几下,如坐针毡。想出面,却觉几个领导都在,自己越界解围有些不妥。

"小林果然豪爽,没有一般女孩的忸怩,我喜欢!"客户来了情绪,顺势摸了摸林翩翩的手。

林翩翩想一个巴掌抽过去,大不了得罪了客户丢了饭碗。但她没有,她顾及叶庚的面子,他在意的事情,她死也会帮他把戏唱完。

"好酒量!我敬您一杯,为我们多年的合作干杯!"张未还是站起来了,他的脸上混着谄媚和紧张,忍不住瞥了林翩翩一眼。

觥筹交错,林翩翩艳若桃花地坐在客户旁边。整顿饭,叶庚只对她说了一句话。他说:"小林今天表现不错,不愧是业务骨干。"语气生硬,那么公事公办。她惨然地笑笑,继续推杯换盏。为了那个她钟爱的男人,苦中作乐心甘情愿。她想起节目里那个叫小月的二十一岁女孩,满嘴文艺腔,什么也不懂,草率地爱上一个结了婚的男人。男人比她大十五岁。叶庚和林翩翩,也相差十五岁。

10 接近爱情

林翩翩微醺着独自上了出租车,张未坚持要送,她坚持拒绝。当着那么多人,张未也不好再拉扯。林翩翩让司机兜了两条街,才向叶庚家驶去。她靠在后排的座位上,觉得五脏已经脱离了身体,整个人失重地飘起来。

她跌跌撞撞地敲门,鬼一样闪进屋里。叶庚已换了居家的衣裤,拿着手机。

"惦记死我了!正要给你打电话。还行,没醉得连我都忘了。"他搂着她的肩膀，语调云朵般绵软。

"不用打，我会自己白送上门，别浪费那几毛话费。"林翩翩目光迷离。

"不高兴了？说话这么残酷。"

"没有，随便一说。"

"没让谁看见吧？"谨慎是叶庚的灵魂。

"花非花，雾非雾，夜半来，天明去。来如春梦不多时，去似朝云无觅处。放心，放心！安全第一！我挖地道来的。"林翩翩捶着叶庚的胸恨恨地吵嚷着。

"还是不高兴了。"

"不高兴？我也得敢啊！我上厕所。"林翩翩收起怨怒，直奔卫生间。

其实她不想上厕所，她是流泪了。她压抑着声音哭了一会儿，冲了下马桶，平静地出来。她也搞不清为什么，她不愿带给叶庚一点不愉快。她恬淡地靠向叶庚，任由他牵着走进卧室。她松软地躺着，跟着叶庚的节奏任由他摆布，感受他对她身体的掠夺。他总是不遗余力地要她，好像掏空她穿越她方可到达人生的极乐。

"今晚我特担心，都不敢看你，怕看了会心疼。"叶庚疼惜地说。

"薄情啊！明知道我不会喝酒，还……真是舍得孩子去套狼！"林翩翩推了他一把。

"不得已啊！那王八蛋非叫你去，你不喝他是不会轻易罢休的。我倒想冲冠一怒为红颜，那不是没事找事吗！不过张未够仁义，对你是真体恤！"

"他一天到晚咋咋呼呼的，看着挺浅薄，还真是一好人。"林翩翩不无感慨地说。

"看来你还是不适应，以后尽量帮你推掉吧。本来我也是为你好，觉得多接触点人，以后发展会省力。"

"多谢叶老师提携！"林翩翩板起脸来，作了个揖。她知道叶庚一直规划着她的前途，在他的思维里，事业上的关照才最显诚意。

"光口头感谢是不行的！"叶庚猛地拉起她。

"你把我最崇拜的叶老师变成了毛茸茸的灰皮大色狼！"林翩翩挣扎着说。

"错的是你不是我。我本来就是专吃你的色狼！"叶庚故意咬牙切齿地扑上来，传神地扮演着色狼。

已经快半年了，她不时在傍晚到来，翌日离去。她躺在他身边，暂时做那大床的女主人。林翩翩甚至觉得，她所有其余的时间都是一种留白，唯有陪伴叶庚的片段才有可期待的内容。她的山林里流淌着他一个人的泉水。

他们不像一般的情人，他们没有吵闹、猜忌、折磨、约束，一种默契的美好被提纯出来，接近爱情。但这其实不是默契，是迎合和牺牲。在松散自由不留痕迹的关系里，叶庚尝到了甜头，林翩翩却埋藏了酸涩。她臣服于他，难以克制地仰慕讨好，自动营造着不平等。从不自卑一贯桀骜的林翩翩，纵使与叶庚亲密了半年还是甩不掉拘谨，走不出自虐般的善解人意。她知道他需要直奔主题，没有拐弯抹角的时间，于是她过滤掉多余的纠缠，只给他抚慰和温存，甚至收敛起丰沛的依恋。她知足地充当着夜色情人。她的爱如昙花，在暗黑的角落悄然繁盛，又在清晨的冷光中寂寥死去，无人知晓。在台里偶然相见，他们心照不宣地点头，守着香艳的秘密，好似毫无瓜葛的上下级。其实林翩翩不介意，她不怕背上勾引台长的恶名，亦不怕被归类成权色交易的女主角，她甚至渴望身处这样的困境，她要声嘶力竭地为他辩护，为他身败名裂，为他毁灭自我。她将成为《红字》里的女人，捍卫自己圣洁的爱情，交付身心以及一切。但她不需要也没有机会做那么多，她知道对他最好的保护就是隐蔽。

她明白这多少有些自作多情的意思，叶庚从没给他们的关系下过定义，他谨慎小心甚至可能后悔过自己的鲁莽。他偶尔会说喜欢，但避免与爱有关的字眼出现。他成熟而疲劳，没精力再侍弄娇气的爱情。不需要太狂热，心动一下就好。他也会好心地暗示林翩翩，怕小姑娘投入得太多。他说，我们永远不要伤害对方，永远彼此珍惜，永远量力而行地互相扶持，永远不许反目成仇。林翩翩会意地笑笑，用眼神回答，知道了。她全然明了他的意思，知道他与她的人生不在同一阶段，他热恋时她还小，他结婚时她还小，他受伤时她也还小，如今她终于长大涌动出懵懂的激烈，他却已人到中年，学会了平静看透了痴狂。她感念他没虚夸一分，只表现真诚的部分，并对不能给予的表示抱歉。

　　起初也有过疑惧、焦虑，也想过理智地抽身，却还是渐进成难以割舍的眷恋。叶庚，这张她撕下来藏进抽屉的照片，丰满立体成一个人，偶尔呼吸均匀地酣睡在她身边。劳累疲惫后会打呼噜，小腹略微突起有了少量赘肉，匆忙中会错穿本不是一双的袜子，对电脑一窍不通遇到病毒就气急败坏，买东西不看价钱买完了又抱怨不值得，饮食马虎粗糙食欲不振，不能忍受脏乱坚持每天打扫房间，在频繁的年会研讨会策划会后抱着她发呆……他带着凡俗男人的鲜活忙碌在她的视线里，从意淫中的虚幻具体成空气里的真实。她发现梦想与现实的出入，却惊喜地爱上那些未曾设想过的琐碎细节，这在叶庚的完美之外镀上了一层可爱。她是戴着有色眼镜看他的，透过金色的眼镜，这个大她十五岁的男人闪烁着让她沉溺的光亮。借着那男人的金色光晕，她臆想的爱情宫殿也一下子金碧辉煌。她迷醉在人与宫殿的灿烂里，发狠地想，怕什么粉身碎骨，要什么地久天长！

11 求婚

"翩翩,嫁给我吧!"欧阳雷掏出一个精巧的红色盒子,不用看,是戒指。

"别闹了。"林翩翩心一惊,得过且过。

"你看不出我是严肃的吗?"欧阳雷清了清嗓子,诚惶诚恐地说。

"我……太没有心理准备了。太突然,太不人道了。"林翩翩心里非常畏惧,嘴上依然在打趣。

"我知道你都察觉得到。你一直在容忍我,这我都知道。"

"你知道?"林翩翩觉得自己心怀鬼胎,眼圈因为羞愧而泛红。

"别难过,你的好我都记在心里。我发誓真的没做什么对不起你的事,我无数次想跟你说清楚,但见到你就开不了口。你越发沉郁,我知道以你的敏感什么都察觉得到,我知道你在等我开口。可是我……我没脸说。我想来想去,觉得不能失去你。我要向你求婚,我希望以这些宽慰你约束我,坚定我们俩的关系!"欧阳雷已经两年没这么动情地说过什么了。

"那你说清楚吧。"一年的情感热线让林翩翩训练有素,她已经反应过来欧阳雷说的容忍和她的不是一回事,而这中间有他对她的亏欠。

"我以人格担保我真的只是逢场作戏,我没有动过心思。"

"是吗?"林翩翩心头掠过一片悲凉。她一直对他深感歉疚,却没想到他也是半斤八两,原来谁也不是秦香莲,都有一本糊涂账。

"你也知道,我的生活节奏太快了,有时会忽然有种解脱不了的压抑。你太小了,工作又那么忙,觉得没法跟你说,说了你也不懂……"

"别铺垫那么多,直接说关键的。"林翩翩打断她,好像在对听众说话。

"我有过一夜情。"欧阳雷羞愧地低下头。

"还怪时髦的。"林翩翩像背后挨了一枪,错愕又疼痛。

"真的只有一次。她第二次约我,我虽然去了,但什么都没发生。我裤子都脱了,可是一下子想到了你……"欧阳雷乞怜地说。

"裤子都脱了,还想到了我,我太感动了!"林翩翩好像遗失了原本的说话方式,只剩下做节目时的调子。

"翩翩,我也非常痛苦。你的沉默和包容更让我难过,我发誓不会再背叛你,我爱的只有你。"

"你不觉得你今天发誓发得有点多吗?" 林翩翩冷笑着起身,要离开。

"别活在梦想里了。修复一段感情到底比重新寻觅容易,我们至少手里有碎片,粘在一起就可以了!"

"你这话是说给我还是说给你自己?"林翩翩难掩鄙夷。

"难道你一直的忍耐只是为了让我自己说出来,然后离开我?"欧阳雷惶惑地抓住她。

"我没你那么运筹帷幄。"

"那你会原谅我吗?"

"你让我想想吧。别给我打电话,我会找你的。"林翩翩甩开他,凄然地离开。

欧阳雷绝望的样子其实已经让她心软了,但她浇不灭心头的怒火,那种被欺骗被愚弄的屈辱感让她呼吸急促,很想破坏点什么。她紧紧捏着方向盘,以手的发力消解着怒气。她想给叶庚打个电话,却在想起叶庚的瞬间蒙了,她觉得自己挺损,背叛了男朋友一年多,却在对方小小的出轨后把自己当成了最委屈的受害者。眼泪漫上眼眶,她不知这泪是为谁而流。

人到底都是自私的,自己最知道心疼自己。之前还一直内省着脚踩两只船的事实，总觉得辜负了欧阳雷，今天却伤感地揪住他的错误不放。而且，她一直觉得自己和欧阳雷之间没有爱情，只是惯性造就的亲情，不分手只是苦于没有合适的理由，这下理由来了，她却心神难安。她以为对他的情已经枯竭了，却发现不是说没有就真的没有了。他们一起走过了五年时光，那种喜怒最无常皮肤最光滑是非最分明谎言最简易的准成人年纪，她和他，被认为是一个整体。他是她与那段岁月的联系，是纤细的线牵扯着她毛茸茸亮晶晶的记忆。如果他和她结束了，她会再也不敢回去。他们缺乏沟通，貌似般配其实有点南辕北辙，但是既然当年会怦然地动情，并且多年没有分手，至少说明两人之间还有种本质上的认可和交融。回头看，那误以为笔直的情路竟是这样里出外进。没有争吵，没有纠纷，没有刺刀见红，他们选择杀人不见血，分头出轨，再伪装安详，这一点上两人还真是心心相印。没有谁为谁守身如玉，我爱你是为配合这寂寥的人生。

"是我。"林翩翩第一次拨通了叶庚的电话。一年来她都是乖巧地等待，不被需要就不出现。

"翩，你怎么了？"叶庚沉吟片刻，关切地问，大概是听出她声音的异样。

"我也许要结婚了。"

"好梦总是容易醒。你是在向我告别吗？"他黯然。

"你可以见我吗？"她哭了。

"我们约一次会吧，很少带你出去的。"

"不，我想去你家，行吗？"

"也好，我等你。"

林翩翩不想今晚有什么特别，她怕特别与结束有关，她在听到叶庚声音的瞬间下了决心，无论如何不要先离开这个男人，除非他要离开。这才是她内心深处的那个男人，不能免疫。

　　他开门，她扑向他。他们亲吻，脸贴着脸蹭着，再亲吻，她把头埋在他肩上。她一股脑全说了，男朋友求婚了，坦白了背叛，一夜情，忏悔，戒指很大，她以为不爱他，但是她难过了。

　　他说："不如就嫁吧。这是多幼稚的孩子，结婚了应该会恋家。捉奸在床都该抵赖的事竟然在求婚的时候没有屈打成招就坦白了。有学历有教养有前途还这么傻。"

　　"他吐露的会是全部吗？"

　　"不会。所有人都有道德以外的情不自禁，如同你也有秘密。"

　　"他的背叛就那么原谅了吗？"

　　"人生中失望总是一个接一个，不可能了结。女人容易老就是因为放不下无谓的固执和较真。"

　　"那么我依照你的意思嫁了！"

　　"不要为了我做任何事。我的想法仅供参考，因为痛苦比你多，所以多少有点价值。"

　　"我还可以来吗？"

　　"你要知道，结了婚性质就不一样了。我们现在是男未婚女未嫁，到那时候你可是有夫之妇了。相濡以沫不如相忘于江湖。"

　　"我早就不是什么好东西了，做你的情妇吧，到你结婚为止。"

　　"我不想毁了你的生活。"

　　"我不听你的，我只做参考。我要来。"

　　林翩翩其实想问为什么你不能娶我，话到嘴边还是原路返回了。自尊在唇边是一道关口。

12 无题

"翩翩，你真是锦心绣口，在这样恶浊的世界上怎么还会有人纯洁到你这样的程度！你太让我感动了，让我重新开始相信爱情。原来爱情很简单，只要我们保护好自己的纯洁。"这是节目尾声时一个男听众的电话。

林翩翩歪了歪嘴想笑笑，却不小心淌了眼泪。她在叶庚家睡到下午，一脑子空白地靠到直播时间，什么都没准备就进入了工作状态。恐是节目里说得太多太花哨，生活里的林翩翩物极必反，不见了原来的心直口快，总是悄无声息地安静着。她越来越职业化，节目里尖锐，私下里沉默，天天实践着判若两人的转换。每日五点准时火冒三丈语重心长，六点立刻刀枪入库马放南山，瞬间游刃有余地调动着冰火两重天，简直像川剧里的变脸。流年飞转，林翩翩被这些在别处的故事日复一日轰炸了快两年，她褪去了羞怯麻木了悲悯，工作时心如止水只剩花架子的刁钻。轻车熟路了，无非是听各种移情别恋生离死别背信弃义无病呻吟，野蛮粗鲁地提出以道德为准的解决方案，故作清醒地一针见血扎几针。

晚风拂面，下节目总是在这个时间。重新相信爱情。原来爱情很简单。男听众的话萦绕在耳边。林翩翩忽然很想说声抱歉。听众总是错她永远对，没心没肺地胡说八道，得寸进尺地攻击别人的悲哀，置身事外地指出血淋淋的出路，这便是她体面的工作——最当红的先锋情感聊天节目《不是我说你》主持人。自负、狂躁、武断、一刀切，谁赋予她这样的权利，以高人的身份践踏人愚弄人，还轻蔑地装作一切很简单！他们喜欢她信任她甚至依赖她，却不知她只是按最粗浅原始的原则说话，生活里比谁都慌乱。慢慢地，林翩翩终于发现，任何一段感情都复杂，都充满困难。幸福是个虚无的词汇，质感缥缈并且太遥远。她和那些电话旁专注倾诉的听众一样，把握不了自己的内心，有时勇敢，有时畏惧，有时从容，有时忧虑。她原来一直不信，每个人的故事都是寓言。现在她终于信了，却还是无法规劝自己接受别人的教训。有些苦一定要吃了才知道，有些话说再多也无意义。

　　她拨弄着手上的订婚戒指，擦去泪痕换上一副笑脸。完美是个圈套，相安无事就好，别要求太高，别委屈就好。太阳底下，并无新事。

你让我难过

1

　　林翩翩气急败坏地把戴安娜拖上电梯,眼泪含在眼圈里,脸上肌肉抽搐。"你是不是人,那是我家,我搬进来一个月的新房子,墙上的涂料贵着呢!""你要不要脸,我那白床单得怎么洗才能洗出来呀!""给别人添麻烦是你爱好还是怎么的!"她嘟囔着,紧抓着戴安娜,好像捏着幻觉,一撒手她就灰飞烟灭了。

　　大堂里,保安看见林翩翩煞白的脸,还没来得及思索,自己也跟着脸煞白了。他怔怔地看着林翩翩身上的血迹,呆若木鸡。"快去拦车,出租!"林翩翩扯着嗓子,一脸惊慌失措。

　　保安飞奔进来,帮着搀扶一脸邪恶的戴安娜。出租车司机面露难色。"师傅,求您帮帮忙吧,时间紧迫。"林翩翩哀求地盯着司机,掏出二百块钱,递过去。"姑娘,别这样,这不是寒碜人吗!"司机把钱扔回后座,坚毅地关上门,一脚油门朝医院驶去。

　　"师傅,你是退伍兵吗?"戴安娜气若游丝地说。

　　"你他妈都快死了,还胡扯什么?"不等司机回答,林翩翩就抢白起来。她觉得戴安娜疯了,快挂了,还有心思闲扯呢。

"我还真当过兵，姑娘好眼力。"司机在飞速行驶中证实了戴安娜的判断。

"我看着像嘛！一种感觉。"戴安娜蜡黄的脸浮上一层垂死的得意。

"师傅，甭搭理她，快点开。"林翩翩半张着嘴喘息着，仿佛嘴闭上就阻断了需要的空气。她搂着戴安娜，让她的头靠在自己肩上。

刹车。医院到了。林翩翩推开车门，一个跟头栽倒。她被戴安娜靠麻了半边身子，下车的瞬间骤然感到凝滞的血液恢复流动，一阵健康的不舒服，再加上紧张，竟然没站稳。她慌忙站起来，回身搀戴安娜下车，叮嘱她按紧手腕，拽她进了医院。她拦住看见的第一个穿白大褂的，说："救命啊！"

林翩翩讨厌医院，已多年未曾踏入任何医院的大门。她讨厌那种有点酸有点腐朽的味道，好像一种终被吞噬的力挽狂澜，很残酷。她仿佛能过分敏感地感知到有多少人在那儿咽下最后一口气，灰亮的大理石地面上有多少死神爪牙的脚印。那是好运厄运都结束，一切归零的终点，她曾在这里送走自己最亲爱的人。因为讨厌，所以陌生，她不知该如何挂号，怎样才能让戴安娜最快得到抢救。

被林翩翩拦住的白大褂，先是习惯性地露出厌恶的表情，然后才职业化地帮起忙来。急诊抢救，争分夺秒井然有序。

"怎么不打 120？"白大褂问。

"忘了，没反应过来。"林翩翩抱歉地笑笑，被这迟来的提醒刺激，暗骂自己蠢。

急诊大夫给戴安娜验血型。戴安娜念经般反复说："我都说了我是 B 型，我是 B 型没错的，我从出生就是 B 型的。"

"医疗程序，为你好。"大夫本来不理她那茬，被她的絮絮不止弄烦了才言简意赅地说。

"那我也是 B 型。"戴安娜油盐不进，到医院后她回光返照般更精神了。

"你怎么那么多话？闭嘴！"林翩翩没好气地说。

"你对病人能温柔点吗？"戴安娜反驳。

"对你这种自寻死路的糙人，简单粗暴就够了。"

验完血，配血，输血，缝合。戴安娜被开源节流，留在了人间。入院观察三天，以防感染。

戴安娜是在林翩翩家割腕的。之前的几小时，她在鼻涕一把泪一把地讲着冯铮如何冷淡她，如何跟别的女人发暧昧短信。林翩翩坐在对面，喝着芒果汁，心不在焉地听。戴安娜言语伴着眼泪，却始终不渴，林翩翩喝完自己的把她那杯也喝了。相似的情节她听了一遍又一遍，从十八岁开始，戴安娜就喜欢把心里的垃圾掏给她，并且垃圾品种极单一，总是她被冯铮欺负、践踏、忽略、背叛和控诉后认命的死心塌地。

"那你就离开那个王八蛋！"林翩翩每次都这样说。

"你说得简单，这么多年感情能说断就断吗？"戴安娜恶狠狠地谴责。

"怎么不能？那还说断不能断啊？时间能证明什么？最近三年，你俩在一起快乐吗？别老拿时间说事，情感质量那么低，顶多也就算是又臭又长。我听着都腻歪了，一千多集苦情戏，逼谁看谁受得了啊，你饶了我吧。"林翩翩脸上每块肌肉都透着不屑。

"我相信你才跟你说，别人问我，我都不告诉。"

"你当谁愿意听呢！琼瑶戏都过时了，你这个还不如琼瑶呢！"林翩翩继续嘲讽。

"那么，翩儿，你真认为我的感情很垃圾吗？"戴安娜忽然正色问。

"要我说多少遍？确实是的，非常。你把它扔掉吧，头也别回，余光也别看，转身就走。"

"我活着是扔不掉了，要不我死了吧！"戴安娜以调侃的语气商量。

"瞧你那点出息。"

"我不是开玩笑。我是真的想不开也离不开，我打算死。"戴安娜尖厉的声音如何也配合不了这句子的基调。

"怎么死，琢磨了吗？吃药？太没创造性了。或者吞金怎么样？《红楼梦》里尤二姐不就这么死的吗！够古典，也够排场。"林翩翩也不是第一次听戴安娜说死了，基本不拿她说的死当真的死，那就是一个出现频率极高的字，没实际意义。

"你听听，你说的是人话吗？我就一个金戒指，还打算死了留给你呢，吞了可惜了。再说那么小，估计吃了也死不了，我要有一坨金子，吃了都能死的，我就不死了。爱情没了，还有点黄金聊以自慰啊！"戴安娜语速减慢，沉浸在没有黄金的痛苦中。

"那卧轨？那个挺惨烈的，连全尸也不要。准保冯铮一时半会儿走不出心理阴影，见女的就想起你血肉模糊的样子，半辈子不敢坐火车。"

"你真是什么狠招都敢出啊！我应该给你们台长写封信，说你是个嗜血的心理变态，让你主持少儿节目是十分危险的。为了祖国的未来，我就大义灭亲了，让你及早下课。"

"我求求你，你快写吧。我快被那帮孩子折磨疯了，有比你还能说的呢！但是麻烦写信前先买本字典，我对你的词汇量能否顺利写完一封忧国忧民的信，表示怀疑。"

"少来这套。我跟你一个高中毕业的，不就大学比你差点吗！你学那个破播音主持，除了多比我会几个绕口令，还多什么呀？狂什么狂！"戴安娜总是光脚的不怕穿鞋的，认为林翩翩不比她有文化，虽然她俩高考差了二百多分。

"得，我不跟你争，争也是鸡同鸭讲，你一个决意赴死的情种。我就会几个绕口令,行了吧?"

"我不会卧轨的。我和冯铮最心心相印的时候,就是在火车上。"戴安娜刚咋呼了几句,又哭了。

"你和那垃圾私奔的事我也知道,你休想再讲一遍。"林翩翩指着戴安娜的鼻子,遏制着继续听她絮叨的可能。

"不讲了,我没心力讲了。你把我包递过来。"

林翩翩把戴安娜的包扔过去,顺手打开了一袋薯片。

"我觉得还是割腕好一些。"戴安娜从包里掏出一把小刀,对林翩翩挥舞着。

"你不怕疼吗?"林翩翩心一惊,却还是想起了去年、前年戴安娜握刀自杀的情景,也就放宽了心。

她回到戴安娜对面的位置上,坐下,吃着薯片,看着戴安娜。

"我真的想割。"

"算了吧。"

"刀都带来了。"

"拿回去吧,不沉。"

林翩翩递过去两片薯片,戴安娜张嘴吃了。吃完,把刀划向左胳膊。

可能是第一次实践,手也没个准儿,割得挺深的,血喷溅出来,浓稠黏腻,却轻盈地四处飞舞。两人都有些惊了,那场景跟电视剧里不一样,血不像眼泪那般乖巧,不是安静有序一滴滴掉落的,它们一改在血管里的和顺,张牙舞爪争先恐后跃跃欲试,仿佛手腕是律动的泉眼。

"啊!"林翩翩张着嘴,发出喉部紧张的声响。薯片掉了一地,有的和血滴混在一起,像干燥薄脆的落叶。

戴安娜开始号啕,她看着不断冒血的伤口,歇斯底里起来,好似要趁着还在人间,把所有委屈逼出体内。林翩翩也哭了,她顺手抓起床上的秋裤,按住戴安娜的伤口,毫无章法地缠着,恨自己没及时阻止。戴安娜一脸邪恶，好像将要被她杀死的是别人，不是自己。

2

晚上医院不让陪床，林翩翩第二天一早还有节目，所以不能在第一时间赶去医院看戴安娜。她们在北京举目无亲，朋友圈子也并无交集，也就是说，林翩翩的朋友都不认识戴安娜，戴安娜的朋友也与林翩翩毫无瓜葛。她们其实是南辕北辙的，却视彼此为最亲密的姐妹，打十七岁开始。她们像字典里内涵迥异却宿命相连的两个词语，看到一个，总会不小心也看到另一个。从狭路相逢的童年到各自为战的成年，她们见证着对方的奔跑和踉跄，亲密无间地活在彼此的逻辑之外。

她们是小学同学。七岁入学时，两人身高都一米二几，在那座比邻异邦的北方城市，属于发育正常的小女孩。班主任安排她们前后桌，林翩翩在第五排，戴安娜坐第六排，也就是最后一排。林翩翩回头望了望戴安娜，礼貌地笑了笑就转过去了。她不喜欢戴安娜。戴安娜太胖了，皮肤黑毛孔大，长得粗糙敦实，纵使有双又大又圆的亮眼睛，也找补不回来，缺乏美感。当听说她叫戴安娜时，林翩翩更是暗暗觉得滑稽，那副强横跋扈的样子，哪合适这么娇俏动人的名字。戴安娜也看不上林翩翩，她歪着头看前边小狐狸脸女孩转过来，长得细皮嫩肉，头发柔软卷曲，一副自我感觉良好瞧不起人的模样。两人迅速捕捉到互相抵触的磁场，默契地停止了进一步交流。小小年纪，便凭自己的判断决定着亲疏。林翩翩的橡皮掉在后边地上，她就是把椅子推进去，再蹲下来捡，也不会麻烦戴安娜，她认为井水不犯河水是自尊。戴安娜正相反，她就是自己能够到，也要点点前边的林翩翩，让对方帮忙，她觉得不共戴天也得去占点便宜。

两人开始真正意义的冲突是在二年级一次家长会后。家长会要求家长坐在子女的位置上，以便班主任训话数落人的时候可以有的放矢。林翩翩的爸爸和戴安娜的爸爸回家都气哼哼的，不是因为孩子犯了什么错，被老师损了个脸红脖子粗，而是发现老对头的闺女竟然和自己女儿同班，还坐前后桌。原来林翩翩和戴安娜的敌意是遗传的，她们的父亲，已经互相看不上几十年了。之前的家长会两人没同时出席过，这次真是冤家路窄。

林翩翩父亲是交警，戴安娜父亲是个体户，按说，两人不该有什么纠缠。却怎知两人幼年在一个家属院里长大，打小就剑拔弩张。两人身上有儿时比武留下的伤疤，都曾幼稚却坚定地想消灭对方。长大后，温良斯文的林翩翩父亲按部就班找了工作，穿制服戴大盖帽，成了光荣的人民警察。粗鲁嚣张的戴安娜爸爸不出所料当了二流子，骑摩托泡女孩，成了附近几条街闻名的小地痞。两人二十几岁时最常出现的情景就是：小戴龇牙咧嘴骑摩托冲向小林，在即将碰触的瞬间急刹车，流里流气扔下一句："警察叔叔，对不起。"小林强压怒火瞪着故意找碴的小戴，偶尔被惹急了就开张罚款单。总之是水火不容，势不两立。直到小林结婚搬家调换辖区，才摆脱了那个横眉立目闲着没事就来挑衅的小戴。

林翩翩的户口一直在奶奶家，这是父母出于长远利益考虑做的英明决定——小学是按户口所在区域就近入学，奶奶家那片划分的学校，比他们家附近那所要好得多。入学时，父母兴奋地准备了书包本子铅笔橡皮，为上户口时的可持续发展战略得意。可恰恰是这所学校，促成了林父与戴父无巧不成书的再相逢。林父比戴父大几岁，可偏巧大的结婚晚，小的结婚早，两人的女儿阴差阳错在同年降生，为今后的小学相逢埋下了伏笔。

家长会上，两位父亲都不动声色，表现出成年人的狡诈与心机。回家后却都没闲着，一股脑散落多年的耿耿于怀。

"上梁不正下梁歪，那个戴安娜也不能是什么好东西！"林父给出了自己的判断。

"就是的就是的,她可讨厌呢。学习不好,也不用功,像头猪。"林翩翩连忙附和。

翩翩爸平素不喜欢她用恶毒的话形容小朋友,那晚却没有阻止。"戴安娜长得好看吗?"他忍不住问。

"猪怎么可能好看呢!"林翩翩得意地看着父亲。她虽然小,却明白在大众美学的范畴,她比戴安娜好看多了。

"那林翩翩长得怎么样?"这边厢戴安娜爸爸也在打探敌军情报。

"我看她长得挺难看的。但老师总让她指挥啊,给领导献花什么的,运动会还让她举我们班牌,老师觉得她好看。"戴安娜心里也清楚,林翩翩的容貌是不错的。

"跟她那个死爹一样,自以为是,狗屁不是!你能欺负就使劲欺负她,为爸报仇!"戴父好像还没咽下几十年前那口气。

"放心吧。"戴安娜觉得自己接受了神圣的使命,深深地点了点头。

那一晚,林翩翩、戴安娜、林爸爸、戴爸爸都是亢奋的,他们觉得那点私人恩怨被升华了,变成了祖传的纠葛,带上了难得的传奇色彩。两边的父女关系都大大增进,因为同仇敌忾。

第二天,其他同学在家长会后大都蔫头耷脑,刚经历过暴风骤雨的批评教育,处于夹起尾巴做人的恢复期,林翩翩和戴安娜却精神抖擞。两人从进教室开始,就雄赳赳气昂昂的,都觉得肩负着家族的仇恨荣辱,不仅是进了教室,还进了战场!

从此两人明争暗斗互不相让,恨不得把对方置之死地而后快。林翩翩是文艺委员,戴安娜就喜欢在音乐课上出怪声;戴安娜运动会拿了全球第一名,林翩翩就阴阳怪气说有的人头脑简单四肢发达;林翩翩考试得了九十九分,戴安娜说再折腾也是两位数,不是一百说什么也没用;戴安娜生病请假,林翩翩一脸想不通:怎么那么胖还会生病啊?六年的小学生活在你一句我一句谁也不饶谁的反复交火中度过，林翩翩和戴安娜分别进入两所重点初中，林翩翩是考上的，戴安娜却花了钱。

三年初中，仇人再无来往，却料不到又在高中的教室里打了照面。在那所鱼龙混杂的艺术高中，林翩翩和戴安娜再次被分进了同一个班。那高中好得出名也乱得出名，年年向各所国家著名艺术院校输送大量的新鲜血液，也年年因打架早恋成风遭到上级教委的批评。那里有艺术细胞丰富、身怀绝技的尖子，比如林翩翩；也有自知考学无望，看着艺术院校文化分低想钻空子走关系蹭进大学的混子，比如戴安娜。

开学的前三个月几乎成了小学的延续，同学们都搞不清楚这两个明显风马牛不相及的人物，为何打了鸡血似的械斗交恶。她俩不理旁人的不解，仿佛要弥补三年没斗的遗憾，斗得物我两忘天昏地暗。戴安娜甚至指挥班里最猥琐的男生去戳林翩翩衣服的扣子，林翩翩羞愤的脸让她神清气爽。林翩翩抬起眼眉看着那猥琐的男生说："你真让我失望，竟然像戴安娜一样下作！"

三个月后，林翩翩忽然一周没来上课。平时班里逃课的也不少，但林翩翩属于乖顺的学生，从无不良记录，戴安娜曾经嘲弄她一身贱骨头，就是天上下刀子她也会来上学。

及至再出现时，林翩翩胳膊上多了一块黑纱，形容枯槁。她安静地坐在自己的位置上，面容素淡，手却有些颤抖。同学中有人传说，她的父亲去世了。后来，捕风捉影的传说被证实，林翩翩的父亲，死了。那个当了二十多年交通警察的男人，死于一场交通意外。一辆卡车撞向他坐的出租车，他从车窗里飞出去，像高空抛出的一袋废物，完成了生命最后的自由落体运动。送到医院时，心电图已然是一条直线，他满身血污地躺在白床单上，沉重地诠释着无力回天。林翩翩扑过去推搡揉搓他的身体，脸蛋在他胡子上蹭来蹭去，带着怨恨和惊恐呼唤他，他却一直肮脏疲沓地躺着，仿佛自暴自弃般，再也没有醒来。他答应给她买一件昂贵的新裙子，还说好周末全家一起去看油画展，却忽然以最无奈决绝的方式破坏了事情的实现。林翩翩得到了一件新衣服——大伯给她买的丧服，之前她没穿过黑衣。周末他们全家出席了一个冷峻的活动——父亲的丧礼。她与妈妈站着，父亲躺在棺木里，一家人，阴阳两隔，都很肃穆。父亲的脸被擦去血污重新清理干净，两腮凹陷，施了淡妆，人世上最后的亮相，体面而悲凉。然后他被烧掉了，林翩翩和妈妈狼一样凶狠地扑上去抢救他，却终究被亲属阻拦。火葬场，那个肉身归于寂灭的地方，爸爸理所当然地化为灰烬，变成雪白的骨块和碎末，干燥纯洁，没有一点多余。有人抽烟有人交谈，一片末世的人声鼎沸。林翩翩把手插在骨块和碎末里，试图感受父亲最后的温度。

　　卡车撞上出租车的瞬间，是林翩翩命运的切割点。家，好似被五马分尸，成了断壁残垣。父亲消失了，家门之内只剩一种性别，两个女人。林翩翩开始失眠，彻夜睁着眼。对父亲的思念像一口井，幽暗深沉，闪着难以抗拒的波光。她常沉默地站在井边，看水面上映出自己悲伤的脸，忍不住想跳下去。她什么也不想做，带着青黑的眼圈，独来独往。考试时，竟然分数比戴安娜还低。其实就算她半年不学，成绩也一定比戴安娜好，随便答几道题，都会及格的。可是她不答，一脸无辜盯着卷子，直到快交卷时才胡乱写些ABCD，对付完所有的选择题。开始老师还是忍耐迁就的，失去父亲的少女，怎能不教人怜惜！可面对着那无赖的卷子，老师压不住怒火。

　　"林翩翩，你到底想怎么样？"

　　林翩翩低着头，沉默不语，却并无歉疚的表情。

　　"人生得朝前看，一蹶不振毁的是你自己。"老师语重心长。

　　还是沉默，林翩翩以不变应万变。

　　"你抬起头来。能不能振作起来？"

　　没有声响。林翩翩抬起头，眼神空洞。

"还没完没了了！你想跟去是怎么的！"老师火了。

"你是不是人！"一个尖厉的声音从后边响起。旋即，戴安娜冲上讲台，给了老师一个耳光。

所有人都错愕地看着戴安娜，包括老师，不包括林翩翩。她依旧空洞地发着呆，满脸隔阂。

事后戴安娜被处分了，还写了检查。她的爸爸却并没像每次听闻她捅娄子那样暴跳如雷，他看了女儿一眼，兀自叹了口气。像戴安娜把林翩翩父亲去世的消息告诉他时一样，父女俩都没有说话。

"对翩翩好一些吧。父一辈子一辈的，到底是一块儿长大的，其实哪有什么实在的仇啊！"过了好一会儿，戴父像是自言自语，又像是嘱咐女儿。

那年元旦，戴父要带林翩翩和戴安娜一起去看彩灯，林翩翩拒绝了。两个女孩的关系却逐渐融洽，又逐渐亲密，后来干脆就形影不离了。

3

林翩翩捧着一束百合进病房的时候，戴安娜正坐在床上吃饼干。林翩翩看见她床头一塑料袋的零食，皱着眉头问："哪来的？"

"冯铮买的。"戴安娜轻描淡写。

"你知道什么叫狗改不了吃屎吗？"林翩翩其实已经猜到了。

"这话过时了，现在狗都不吃屎。"

"你昨天差点为他与世长辞了！"

"但是我没辞，今天还活着。我不喜欢白花，你怎么不买点新鲜的来？"

"你有什么品位啊！百合多好看。花圈新鲜，可惜你没死。"林翩翩说着从肩上的大包里掏出一个花瓶，到走廊找水去了。

她回来时，戴安娜在吃牛肉干，丝毫不像昨天还要结束自己生命的病人。她曾多次吵嚷自杀却未予执行，听戴安娜说死，就像那个咋呼的小孩说狼来了，不必认真。这回，她竟真的果断了一次，添上了自杀未遂的新纪录。

"翮儿，你怎么青面獠牙就来了？"戴安娜看着林翮翮浓妆的脸。

"我刚下节目，还不是惦记你。一想我差点忍看朋辈成新鬼了，妆都没卸，就来了。怕你饿，怕你再寻死！"

"没了你林屠户，我还吃不上猪肉了！"戴安娜又吃了块饼干。

"他人呢？"林翮翮问。

"谁？"戴安娜瞪着大眼珠嚼着饼干问。

"你的未亡人，你亲爱的冯铮。"

"别这么恶狠狠的，人家好歹比你先来看我的。知道你快来了，吓跑了。"

"买一堆逗小孩的东西，他以为开运动会呢！"林翮翮把那袋子零食转移到地下，好像冯铮在那兜里似的。

"不吃这个我早饿死了，你带来什么了？赶紧慰问慰问差点去了黄泉的我老人家。那罐里是鸡汤吗？"

"我们台楼下饭店煲的汤，你凑合喝吧,你也知道我什么都不会做。"林翮翮抱歉地笑笑。

"给姐姐盛上。"戴安娜盘腿坐在床上。

"我扣你脸上！你还有功了是怎么着？大张旗鼓跑到我家红颜薄命去了，把我家弄得跟凶案现场似的。我昨天回去就睡在沾满你鲜血的床上，看墙上星星点点的血迹，血衣也没来得及洗。今早起来俩胳膊都酸疼，你少吃点吧，那么胖，拖你拽你快累死我了。"林翮翮一边盛汤一边抱怨。

"你真睡在那床上啊？胆够大的！没做噩梦？"

"没有,一觉到天亮。不过总感觉我身上有股血腥味,早晨跟那帮孩子录节目,心想怪对不住他们的。今天回去真得好好收拾收拾。"

"我还挺心疼我那些血的。"戴安娜看着自己手腕说。

"你还真是肥水不流外人田,全洒我家了。一双冷眼看世人,满腔热血酬知己。强!"

"又装有文化。唐诗?这谁写的?"

"差不多吧,古人写的。"

"我知道是古人不是孙子,问你具体是谁。"

"谁知道谁是狗。"林翩翩还真被问住了。

"看吧,一知半解的,比我强不到哪儿去!——不是一般的难喝,比刷锅水强点有限。"戴安娜端着汤做一言难尽状。

"您受累,喝了吧。喝了这碗汤,你就算正式起死回生了!"

"行,给你点面子。"

"戴安娜!别告诉我,你跟那孙子和好了。"

"那我只能不告诉你了。"

"不是吧?你都下决心死了,怎么又重蹈覆辙了?"林翩翩腾地站起来,瞪着戴安娜。

"我知道你是为我好。死不就是为了绝情吗,既然没死成,绝不了,就只能续上。其实昨天来医院的时候,我特害怕,怕死。看着车外往后退的风景,我不想离开,不想这么可怜地死掉。但我有种预感,知道自己死不了,知道你会尽力,医院会尽力,我还会活着。那时候我特后悔,琢磨着折腾一圈,花一堆医疗费,手上还落一疤,太不值了。"

"那你不想想,是谁害你成这样的?谁让你差点死不瞑目的?"

"你别循循善诱了,我想了,没谁。不能一出了事就赖别人,是我自己糟践自己。他也没让我死啊,顶多是他看着我死不心疼,但凭什么要求别人心疼自己?我不想死,我尘缘未了。我以后好好活就是了,不会再死了。"

"他怎么催你泪下，把你感动的？"林翩翩恨铁不成钢地问。

"他没感动我。他来，把东西放下，打开，递给我吃。也没说什么，我就觉得很自在，七八年了，一直这样。这就是我的生活，就是这样。我不是给他机会，是给我自己机会。"

"你就不能洗手不干了？"

"我决定循环往复以致无穷。是有点疼，但是忽然不疼，也不适应。什么叫忍无可忍啊？我还真想试试。"

"那你以前的厉害劲都上哪儿去了？你能不能好好教训教训他？"

"我尽量吧。"

林翩翩是打心眼里看不上冯铮，别说他对戴安娜不好，就是好，她也照样烦他。冯铮也是他们高中的，大一届，算是学长了。高二时忽然成了风云人物，是因为他智力低下，差点把学校点着。他和学校里众多小流氓一样，骑摩托上学，彼时摩托车正流行，好像不弄来骑骑就不是男人。某个冬天的午后，他威风地跨上坐骑，打算风驰电掣去赴一个牌局，却发现，那机器打不着火了。他左瞧瞧右看看，尴尬地踢了车两脚。其实他踢得很概念，动作狠，力道轻，生怕真弄坏了心爱的摩托。他对机器缺乏了解，它稍一罢工，他就束手无策了。一个平素总跟着他、利用一切机会对他溜须拍马的高一男生适时出现了。他说外边太冷了，车大概是冻了，该搬去走廊里缓一缓。冯铮大受启发，觉得有道理，两人便吃力地把摩托抬进了学校的前厅。在教学楼修车，其实心里是有些紧张的，虽说喜欢摆出天不怕地不怕的不羁姿态。两人互相壮胆，脸上表情特仗义豪迈。可惜谁也不是真懂，鼓捣了半天，摩托还是死一般沉寂。于是高一男生说要去锅炉房取点火，把车烤热。车又不是白薯，这种愚蠢的提议简直连小学生都会拒绝，冯铮却以为是个好点子。后面的事，就是两个蠢货不小心弄出了火苗，午休的学校一片慌乱，多年没派上用场的消防栓大显身手了，冯铮的摩托在泡沫的冲击下冒着黑烟。其实火不大，只是校园生活太单调寂寞了，大家喜欢稍微打破点常规，比如在学校前厅修理摩托车，比如修着修着竟然起火了。

林翩翩和戴安娜当时正好从前厅经过，看着冯铮瞪着大眼珠，带着一副恶劣表情站在破摩托旁接受教导主任训斥。林翩翩觉得那男孩长得像一条鱼，眼睛大而鼓，嘴常态就向下撇着，脸上疙瘩散乱，身上皮包骨头，带着湿漉漉的倒霉气息。戴安娜却正相反，她眼里的他桀骜生动，虽说当时正身处逆境，却掩不住骨子里玉树临风的匪气。并不是只有张生崔莺莺贾宝玉林黛玉才能一见如故，胖乎乎的不良少女戴安娜和惨兮兮的落难流氓冯铮也有资格一见倾心，虽然两人站在一起，更容易让人想到的是狼狈为奸。戴安娜彼时正为鸡肋初恋糟心，与冯铮的相见恨晚促使她快刀斩乱麻，告别了初恋男友，箭一样射向冯铮的怀抱。

她问林翩翩觉得冯铮如何，林翩翩据实相告，说感觉那家伙长得奇形怪状，像条傻鱼。她咂咂嘴没说话，还是中意那条傻鱼，春心荡漾得稀里哗啦。两对大眼睛眉来眼去了几天就公然在校园出双入对了，林翩翩每到此时都躲得远远的，替戴安娜脸红。那个整日跟在冯铮屁股后边的高一男生，见到戴安娜就恭敬地喊大嫂，弄得林翩翩都不好意思和戴安娜一起走了。两人也没怎么花前月下过，都不是什么安静人，恋爱也谈得呼朋引伴的。冯铮把那摩托修好，带着戴安娜在地痞圈子里招摇，整个一戴安娜爸妈的昨日重现。

别看年轻时也荒唐过，戴爸爸现在可是深沉稳重的生意人了，经营一家规模不小的灯具城，整日里红光满面生意兴隆，活脱脱的成功人士，早甩掉了当年的二流子背景。当某天他从车窗里看见自家掌上明珠在上课时间紧抱着一个细杆男生的腰陶醉地坐在摩托车上，气得简直要鼻口蹿血。他狠狠地追上去，拦下摩托，在少男的惊愕中把戴安娜拽了下来。他像绑架一样把她塞进车里，抬起手，想扇一巴掌，迟疑，而后放下了。戴安娜有点畏惧却佯装无所顾忌，底气不足地爱谁谁。他把她带回家，一脸凶恶地和戴安娜妈妈复述了之前的情景。戴妈妈先是拍着大腿乐了，说："我那点不着调，全遗传给我闺女了。"继而抽抽搭搭地哭了，哭着还含混地说："别怪我没告诉你啊，跟小流氓混，绝没有好结果呀！我遭的罪还少吗？凭什么我姑娘也得走这路啊！"平日里两口子总是意见相左，一个说东另一个就偏要说西，任何事都要求个分歧。这一次两人却保持着高度一致，坚决不许戴安娜和那摩托小流氓来往，否则就把她扫地出门。

戴安娜搞不明白，她和冯铮明明就是翻版的父母啊，怎么成年人就不懂惺惺相惜呢！爸爸总说要是不和妈妈结婚会有更欢畅的人生，妈妈总念叨碰到爸爸是她最败兴的遭遇，其实两人还不是不离不弃！十九岁勾搭成奸，二十来岁新婚宴尔，婚后六个月戴安娜降生。父亲给女儿取名戴安，母亲却坚持叫戴娜，几番争执，谁也不让谁，最后中和双方意见定下芳名戴安娜。当时那二位并不知这名字竟然漂洋过海重到英格兰去了，那边有个美丽短命的王妃，也叫戴安娜。两个孩子又生了个孩子，一家三口加起来才四十多岁，整日里小的哭大的叫，欢欢喜喜吵吵闹闹。戴安娜的记忆里，家里的气氛时常骤然改变，父母上一秒还在甜言蜜语，下一秒就大打出手，妈妈经常回娘家，爸爸总是摔门而去。但其乐融融的时候也很多，比如全家一起去公园野餐，妈妈喝多了就睡在草地上；比如爸爸把两张火车票藏在地毯下，诱使妈妈掀开，给她一个惊喜；再比如戴安娜被邻居家狗吓到，爸妈一起密谋商量如何吓唬那狗给女儿报仇。

戴安娜九岁时父母离婚了，但当时经济窘迫，只有一套住房。爸爸离婚不离家，继续和妈妈对着干。两年后爸爸买了大房子，搬进去的却是他们三人——两人又复婚了。他们就是那样，每天威胁要杀死对方，什么狠话都敢往外说，却越打越瓷实，用最粗俗的方式表达着故剑情深。

戴安娜以为，她和冯铮也会有这样的人生——缘分天注定，深深的爱裹挟深深的恨。却没想到戴爸爸棒打鸳鸯，在那个寒假将戴安娜软禁起来。电视随便看，东西随便吃，就是不许出门。戴安娜抓耳挠腮软硬兼施想尽办法，依然几天没法脱身，可她相信有志者事竟成的老话，悄悄筹划着出走。这句戴爸爸教育她努力学习的话，在不该发挥作用的时候显威了。一个深夜，她带着平时积攒的零用钱和几件衣服，蹑手蹑脚打开了家门。北方后半夜的冷风中，冯铮大睁双眼如约等在楼下，那目光如灯盏，照亮了戴安娜兴奋的脸。

两人私奔了，搂着对方，他们决定浪迹天涯，四海为家。

第二天，在戴妈妈的哭泣和戴爸爸的怒吼中，电话响了。戴安娜已乘着火车抵达另外的城市，决意开始崭新的生活，却还是忍不住拿起电话报了个平安。

"你让那畜生接电话！"戴爸爸低沉的声音透着不可抗拒。

"你说谁？我男朋友吗？他叫冯铮。"戴安娜不高兴爱人被父亲辱骂。

"就算是吧，就是他。"

听筒转过去，戴爸爸只是说了一句话。

冯铮忽然决定把戴安娜送回家。他不顾戴安娜的挣扎哭闹，带她登上了返程的列车。

后来戴爸爸说，他当时说的是："明天晚上五点前，我看不见戴安娜，就要你胳膊。说到做到！"

4

"喂？我在医院。"林翩翩接起电话奔向走廊。

"今晚可以见面吗？"钟泽直奔主题。

"恐怕不行，我要陪住院的朋友。或者不吃饭，我们晚些时候一起喝东西吧？"

"宝贝，我晚了就没时间了。"

"那……过了这几天吧，我朋友状况不太好。"

"好吧，只能这样了。给我电话。"钟泽失望地挂了电话。

钟泽是林翩翩的男朋友，林翩翩却只能被称作钟泽的情人，因为他结婚了。但林翩翩觉得自己不算第三者，她从没要求过和钟泽结婚，哪怕他曾那样说过，她也并未当真。她甚至替他记着结婚纪念日，为他备好礼物，祈祷他家庭幸福，愿他减轻出轨的内疚。他们相好后，钟泽的婚姻反而更好了。

"屋里又不是信号不好，你干吗鬼鬼祟祟出去接？"戴安娜一语道破。

"我文明礼貌，不在人前喧哗。"

"死鸭子嘴硬。是老男人吧？"

"你打探别人隐私，有意思吗？"林翩翩避而不答。

"我的隐私你全知道，我都透明了。瞧你那小气样，藏着掖着的。"

"那是你自己爱说，谁非知道你那点破事啊！"

"赶紧招了吧，是不是又偷人了？"

"别废话。"

"那就是承认了，还老说我呢，自己不照样拎不清。"戴安娜来神了。

"这你就错了。我想得清清楚楚，绝不会为谁自杀！我和他，压根就不是以厮守为前提的。他懊恼和我相遇在结婚后，而我压根不想结婚，我们清醒地在一起，不扰乱对方的生活，也互不相欠。"

"你们都三年了吧？他给你什么了？初恋就当第三者，不亏吗？"

"我不是第三者，他离婚我也不嫁他。我比他还疼他媳妇，根本没破坏他婚姻。我爱他，至少他也表现出了爱我，言语和行为都能满足我，没什么吃亏的。"

"说得跟做买卖似的，真没劲。"

"你有劲，上天入地哭天抢地的。跟个不是人的主儿，还永远一片冰心在玉壶的。"

"你知不知好赖？我那是心疼你！"

"我也心疼你呀！你知好赖吗？"

两人喋喋不休了一下午。晚饭时，林翩翩到外边买了红豆粥和清淡的小菜，说是给戴安娜补补血。冯铮也来了，林翩翩怕影响戴安娜心情，对他友好地笑了笑。加上冯铮买的东西，三人一起在病房里吃了晚饭，还挺丰盛的。最后，戴安娜竟然举起饮料，说起了祝酒词。

"我明天就可以出院了。谢谢我最亲爱的两个人对我的照顾。我愿天下有情人终成眷属。"说罢，三人碰了杯。

冯铮与戴安娜深情地对望，一饮而尽。林翩翩强咬住嘴唇，怕自己笑出声来。有情人终成眷属，这跟她有什么关系？这种跟世界和平比肩的宏愿，竟然配合着对冯铮的深情凝望，太匪夷所思了！但她分明看见戴安娜的眼睛潮润地翻了翻，眼球滚动着虔诚和绝望。林翩翩鼻子酸了一下，瞬间脑子空白。病房里，啼笑皆非的晚餐。

第二天来接戴安娜出院，进门时见冯铮和戴安娜正收拾呢，俩人闷着头各干各的，一副残酷冷漠的中年夫妻景象。冯铮多年长相未变，还是耷拉着嘴角瞪着眼,顽固的鱼。戴安娜死过一回,似有所悟地神采飞扬。她浓妆艳抹,满身毫无必要的花里胡哨,甚是夸张。

"呦,你们动作够快的。"林翩翩冲两个忙碌的身影说。

"怕大小姐你有节目,名主持人,官大不由己呀!"戴安娜挤眉弄眼。

"别说没用的,干吗收拾得这么风情万种?跟老鸨子似的!"

"都跟你似的呢,制服诱惑!"

多年来两人在审美上背道而驰,一起逛商场总慨叹对方病得不轻。戴安娜在北京开服装店三年了,总叫林翩翩去挑两件,林翩翩却一件也没拿过。不是客气或者不好意思,而是真看不上,严重的各花入各眼。

"你回我那儿吗?"林翩翩问。

"当然回我自己家了,你那个血宅,我可不去。"戴安娜说的自己家就是她和冯铮租的房。从她随他来北京起,他们三年换了五处房子,都是租的。

冯铮走到林翩翩面前,拿出一个信封,有点胆怯地小声说:"抢救和住院的费用,我给你。"他知道林翩翩看不上他,一直有点怵她。

"这是干什么?那么点碎银子我还掏得起,我和安娜什么时候分过这些?你收好,给她买些有营养的吃的,虽然胖,割一次也得损失不少。以后别老欺负她,再倩女离魂一回,我可受不了。"林翩翩把钱推回去,示意戴安娜别和她客气。

冯铮的手僵在那儿,没主意地向戴安娜求助。

"拿着吧。反正咱俩又是房租又是吃饭的,也不富裕。回头她割腕了,咱给她付医药费。"戴安娜说。

"你给我滚!"林翩翩笑骂着。

冯铮搀着戴安娜上车的时候,林翩翩忽然觉得看到了命运。那一胖一瘦两个身影搅和在一起,在她身边晃荡了七年,往事最堪伤。她认为他们不幸福,但他们自己不愿改变。他们又钻进那辆破旧局促的夏利车,回到了自己的生活。戴安娜的割腕像一句叫骂，虽有些尖厉，却终究静下来，又变回平淡的话语。

乌云密布，但是没有下雨。林翩翩在医院门外阴暗中站了一会儿，吸嗅着她厌恶的各种药液消毒水和病毒混合的医院味道，像是在哀悼什么。她面无表情，看着进出的脸色惨白焦急的陌生人，随后缓过神来，快速离开，坐地铁回家。

林翩翩来北京六年了，高中毕业她考进那所著名的广播学院，拖着沉重的箱子，眨着好奇的眼睛，如愿成了播音系的一员。戴安娜不顾父母反对执拗地报考了冯铮念的艺校，她在不谙世事的年纪规划了自己的人生，随着那条鱼，一起下沉。戴妈妈哭了，戴爸爸打了她，但她还是扬着脖子，一定要投奔那个男人。戴安娜成绩差，亦没有什么真正的特长，分数与那艺校倒是般配的，但戴爸爸朋友多交际广，本可以让她念个综合性大学的预科，只多耽误一年就可成功获得正牌大学的毕业证。可面对她自甘堕落的志愿，父母失望地放弃了活动。她遂心满意地与艺校双向选择成功，扑奔了爱人，摔碎了前途，也疏远了和父母的关系。她周末很少回家，谈到冯铮就话不投机，那个男孩，成了三口之家的雷区。

两年后冯铮毕业，费尽心思也没找到工作。他们班几乎全军覆没，没谁找到了中意的去处。大部分无业，小部分进了发不出工资的演出团体，最幸运的一个也不过是靠着父母的关系进了群众艺术馆，得了个闲差。冯铮和几个朋友打算到南方闯荡，据说那边夜生活发达，或许可以在歌厅舞厅走穴混口饭吃。戴安娜舍不得冯铮，也知道他们那三脚猫的两下子还达不到走穴的水准，软磨硬泡把他留下，没让去。两人说好了等一年后戴安娜毕业共同进退从长计议。冯铮租了个房子，天天窝在里边抱着电脑打游戏，偶尔回家从父母那儿拿点钱挨顿骂。戴安娜后来也干脆搬了进去，尚未毕业就过起了贫贱夫妻百事哀的日子。

北京这边林翩翩却是春风得意马蹄疾，那个培养名人教人说话的专业，带给她崭新的世界。她看见中央台最帅的男主播回校打篮球，听说那个闪电结婚又闪电离婚的女主持上学时很爱放屁，电视里的名人都褪去光环，戳在了生活里。第一学期没结束，她就可以靠专业赚钱了，只要说是广院播音系的本科生，配音、主持都可以拿到不错的价钱。他们把这个叫作接活儿。她清楚地记得接的第一个活儿——配了四个小的专题报告，赚了七百块。她兴冲冲拿着钱回班里炫耀，却被常出去配音的同学告知赚少了。他们说她被压了价，定是有人见她初出茅庐吃柿子拣软的捏了。尽管如此，她还是相当兴奋。她给妈妈买了件毛衣，给自己买了瓶指甲油，又挑了个夸张耀眼的颜色，给戴安娜寄去。后来她渐渐习惯了隔三岔五出去接活儿，大二就不向家里要生活费了。大三，她给一个公司录宣传音频时认识了钟泽。他是那公司企划部的主任，没少在她录音时挑三拣四。她却对他印象良好，只因他鸡蛋里挑出的都是真骨头，是个感觉准眼睛亮的人物，不像大多监工的，总叉着腰找毛病，外行指导内行。

钟泽也盯上了这个叫林翩翩的小女孩。她的脸清纯中带几分哀怨，一派古典的弱柳扶风，说起话却爽脆利落得理不饶人，奇异的杂糅显得宜古宜今。后来，钟泽打电话约林翩翩看话剧，她没多想就赴约了，反正不讨厌那个男人，还挺喜欢看戏。一来二去便成了有些暧昧的关系，她知道他已经结婚，那种整洁安逸的表情极少属于未婚的男子。他说他有家。她说她猜到了。他说对不起。她说没关系。

钟泽并未说过妻的坏话，也未曾谈及家庭的不和谐，他只是说应该更早遇到她。大概是他其实挺满意的，只觉得和林翩翩在一起能锦上添花吧。她不是他婚姻外一棵暂时的救命稻草，她是他相见恨晚极想呵护的一朵小花。他有一次痛苦地说应该离婚把林翩翩娶了，林翩翩笑意盈盈地拒绝了。她说他的好意她心领了，她对婚姻没兴趣，他也没必要狠伤了他的妻多欠一笔情债。他感恩又有些失望地看着她，不知她心胸博大是真是假。他追问，为何不想合法地独自占有他。她说婚姻把爱情变成了规定动作，过于绝对，带了强制性，本来美的就不美了，让人毛骨悚然。而且她不会煮饭烧菜，照顾不好他，还是留给别人照顾吧，偶尔借用一下她就满足了。

也是在那一年，戴安娜跟着冯铮夫唱妇随来北京了。他们大包小裹锅碗瓢盆，像一对逃荒的耷耷夫妻，什么也不舍得扔下。脸上的表情倒是意气风发的，仿佛身怀绝技，必将摧枯拉朽飞黄腾达。林翩翩去车站接他们，三人在车站对面的永和豆浆吃早餐，同一个桌上，怎么看都是一个大学生，一个家庭妇女，一个流氓。

戴安娜和家里几乎闹翻了。戴爸爸想让她到家里的灯具城打理生意，抑或凭关系为她安排安稳的工作。她提出顺手也将冯铮安排了，戴爸爸怒目圆睁没有回答。她说那她就去北京发展了，戴爸爸发出一声轻蔑的鼻息，说啥能耐没有，还发展呢！戴安娜带着走着瞧的眼神离开了，却还是在临走前从妈妈那儿搜刮了一笔钱。

戴安娜和冯铮是打算来发大财的。她想爸爸也没文化，还不是轻易就白手起家了。现在，轮到他们写新一代的传奇了。北京的灯红酒绿中，他们必然会找到属于自己的颜色。他们先是给朋友打理游艺厅，每天游弋在模拟的打打杀杀里。主要工作都是戴安娜做，冯铮动不动就痴迷地玩上了，梦里以为身是客，一晌贪欢。后来戴安娜嫌环境太吵，也看不惯冯铮张着大嘴只玩不干活儿的作风，就干脆不去了。她逛了几天街，盘算着卖服装是条出路，就自己开起了服装店。谁知生活竟总是指哪儿打不到哪儿，上货再勤快，服务再周到，累得人仰马翻，也不过是小有盈余。本以为不过是相逢开口笑过后不思量，干了以后才知道，笑脸一赔就是一天，就是交钱买了都不能放松，还要拉回头客呢。一年后游艺厅倒闭，冯铮经朋友介绍去了一家地下赌场看场子。一天四百块的报酬，收入比初级小白领高，却因随时有被收监的危险而提心吊胆。戴安娜是在赌场被查抄，冯铮侥幸逃脱后才知道他的"尖端"工作的。她抱着他呜呜地哭了，觉得他们那样年轻就报废了，被全世界遗忘，打入冷宫，干什么都鞭长莫及，迫不得已大隐隐于市，因能力低下而与世无争。其间，冯铮赋闲了一阵，戴安娜还做了一次流产手术，他们白日做着无米之炊，夜晚做着黄粱梦，一脸晦气慨叹旧时梦难圆，像一对饥饿的受诅咒的狗，相依为命等着林翩翩雪中送炭。

5

戴安娜出院的当晚，林翩翩想约钟泽吃饭，掏出电话又觉得自己太疲惫，该歇歇了。她回家就睡觉了，连晚饭都没吃。睡得渐入佳境的辰光被门铃叫醒，她本想装死不去开门，又怕戴安娜再抽风寻死，就怏怏地起来了。

门镜里是钟泽铁青的脸。

"怎么了，杀人了？"林翩翩见是他，有些愤恨地说。

"你怎么了，脸色那么差，病了吗？"钟泽仔细盯着林翩翩的脸。

"没事，这两天没睡好。今天好容易睡个觉，又被你给骚扰了。"林翩翩睡眼惺忪，不招呼钟泽就往卧室走去。

"你也不问问我为什么这么晚来？"

"好吧，为什么？"

"天！那墙上是什么？"钟泽本就铁青的脸几乎失血了。

"跟你想的一样，血。我一朋友削苹果伤了手，她不懂，还一直甩，溅到墙上了。别大惊小怪的。"林翩翩不愿提起戴安娜的事，觉得与外人说像是在伤害她。

"吓死我了，你认识的人也跟你一样，怪。"

"你不是想告诉我为什么来吗？"林翩翩不想讨论谁更怪。

"我和她吵架了。"钟泽声音低下去。

"被撵出来了？"

"不是，我受不了了。"

"哦，是愤而出走了。那消消气回去吧，别把小差开大了！冰箱里有冰淇淋，你爱吃的朗姆的在第二格。"林翩翩趴在床上。

"我不回去。今天我住这儿。"钟泽一屁股坐在床上。

"谁邀请你了？别拿自己不当外人！我的家，你说住就住啊？难道，难道她知道我了，是为这事跟你吵的？"林翩翩心一惊。

"没你想得那么惊心动魄。她非让我穿粉色的衣服，我不愿意穿，也配合了她几次。今天她又让我穿，我就忽然一股火，着了。再加上想你，我就不想在那个家待了。"

"那你打算一辈子住我这儿了？"林翩翩表情可爱，等着钟泽尴尬。

"这……"果然，他被问住了。

"那就回去吧，反正早晚要回去的。我在这里，跑不了，可以白天来找我，夜不归宿可不好。"

"我有时候真怀疑，你到底爱不爱我？怎么总是事不关己高高挂起呢！"

"挺爱的。为你好。"

"那为什么不纠缠我？"

"合着在您老眼里，爱就是纠缠！新鲜两天你就烦了，会甩了我。我是野花，得懂事。"

"别说得那么可怜，你知道我离不开你。"

"明天你回家，她问你，昨晚到哪儿过夜了？你怎么说？"

"我说去哥们儿家了。"钟泽一副胸有成竹的样子，看来他还是想了，装得孤注一掷，不过是因为留了退路。"

"不行。她可能不信，要证实，问你要哥们儿的电话，你不能不给，到时候就杀你个措手不及。除非你事先告诉一个哥们儿，让他陪你演戏帮你保守秘密。但这显然也是危险的，多一个人知道你外边有人，留隐患，得不偿失。"林翩翩香港片看多了，知道越是哥们儿越容易翻船。

"行啊，脑子够利索的呀。"

"那是，我为了你婚姻幸福操碎了心！有其他谎可撒吗？"

"去酒吧咖啡店，枯坐一夜。"

"蠢死了，你十六岁情窦初开吗？"

"那我说我开了一夜车，思绪难平。"

"不好。万一你太太心细如发，记得你车上大概的公里数，这个说法还是站不住。"

"不管了，她心没那么细。"

"不如你就说你在车里坐了一夜吧。想到婚前婚后的点点滴滴，心潮难平。"

"有你的。"

"铺床吧。"林翩翩沉浸在各个击破的得意中，睡意全无。

"你脑袋太好使了，天生当间谍的料。"钟泽搂着林翩翩，"我以后要是娶了你，出个轨可困难了。"

"放心，我只是块帮你瞒天过海的料。你娶的是她，已经一劳永逸地娶过了。我不是来讨债的，没打算拆散你们。"

"你没吃晚饭吧，我给你做点？"钟泽饭做得一般，但怎么着也比林翩翩强。

"在那边挨一顿损，上这儿做饭来了？别自己感动自己，装悲剧了。睡觉。"林翩翩不领情。

简短交谈后是"检查身体"，汗流浃背接二连三，春宵一刻值千金。

清晨醒来时两人都神采飞扬，林翩翩忽然发觉，睁眼时能感受到另外的呼吸也是好的。在北京一起过夜，他们还真是第一次。通常他们都是在钟泽下班后草草相聚，入夜前挥手道别，林翩翩解语知心从不多做挽留。整夜的耳鬓厮磨都谨慎地留在异地。她第一次随他出去，是刚认识不久。他到南方出差，邀她同去。她爽快地答应，其实逃了重要的专业课。他们在标准间里分床而居，默契地互不侵犯，又互相有点惦记。还是她先跨上了他的床，用头发蹭他的臂膀。他来了情绪，游戏般把她脱光。她不抗拒，却眼神闪烁，带着掩饰不住的慌张。

处女，她还是个姑娘。林翩翩如是说。钟泽犹豫了，他心想如若这女子什么也不想要，自己也不该取走太多吧。她说没关系，给你吧。他犹豫一番，挣扎着说算了吧。小女孩不计得失，老男人反而不敢鲁莽行事。

南方归来，她依然还是姑娘。钟泽权衡利弊，决定还是不要贸然沾上少女的鲜血，以免日后插翅难逃鸡飞蛋打。她什么也不索取，带着让人脊背发凉的无欲则刚，他甚至怀疑这是高深莫测的奸诈伪装。相约了半年，他对她竟是秋毫不犯的。

慢慢地，他发现她就是那样，不索要礼物，漠视金钱，替他保护婚姻，善解人意得让人眩晕。甚至在她毕业时谢绝他帮忙，纵使那时她有充分的理由要挟她，比如她的第一次终究还是给了他，"饿死事小，失节事大"。他可以通过关系让她当上综艺节目主播，他知道她一直渴望那份工作。但是她拒绝了，她说爱情是爱情工作是工作，她想凭自己的努力，拼到哪儿算哪儿。不想依赖实力以外的什么。

其实林翩翩说了大话，她很希望自己可以依赖什么，比如位高权重的爸爸，或者资金雄厚的准男友。只是她已然没有了爸爸，也惧怕和男人过于亲密稳定的关系，只能故作清高自己打天下。林翩翩相信爱情是短命的，因朝生夕死才越显珍贵纯粹。像莫文蔚唱的那样，"开始总是分分钟都妙不可言"，后来就没人忍心再提了。最让人灰心的是如愿以偿之后。童话里说，公主和王子过着幸福的生活，全剧终。其实后边日子还长着呢，极大的可能是公主发福，王子出轨，他们偶尔还皮肤过敏消化不良，不是永远干净漂亮。金碧辉煌的皇宫里，没谁相看两不厌。他们不凭吊也不懊恼，过去的就过去了，有时候觉得挺恶心的，恶心了就吐一吐。誓言的反义词是时间，许诺时都是真诚的，可是岁月让爱情来不及兑现就消散了。如若以婚姻来固定爱，那必是一片千疮百孔的虚假繁荣，搞不好挖地三尺也找不到爱的影踪了。爱情走家串户，很少在哪儿长久驻扎。婚姻太容易半途而废了，她不想忍辱负重，也怕不小心伤了那同床共枕的人。婚姻的赌局，她的赌注不敢轻易下，怕扑向海市蜃楼，撞个头破血流。如若不结，便不怕看走眼。在局外，才可永不遭受出局的苦涩。待到有一天爱到死心塌地一往无前，同时亦做好了肝脑涂地粉身碎骨的最坏打算，再去染指婚姻吧。那时，怎么也得三十以后了吧。

　　所以她不想依赖钟泽，她不想多吃多占，她觉得诱惑他出了婚姻已经害了他。不是夫妻，不该要求人家同舟共济。事业不靠他，经济不沾他，没有非分要求，甚至连合理要求也不提，安分守己断不会骚扰他的家人。她本就不是什么择木而栖的势力鸟，只想安安静静地爱他，一旦不爱了，也好干干净净地走开。她简直被自己感动了，这看似轻飘的爱，已经有些飞蛾扑火了。

　　少儿节目就少儿节目吧，林翩翩浪费了钟泽的好意，被那张略显稚嫩的脸拖累，成了少儿节目主持人，每天扎着小辫穿着蓬蓬裙，和一群小大人比比画画。一张巧嘴用不上，被要求断着句说话；一脑袋思想也废了，被勒令咧嘴微笑就行了。初次录像后，她对钟泽苦笑，说竞争太激烈了，正适应如何做职场菜鸟，麻烦他千万别看她的节目呀。他爱怜地摸着她的下巴，揣测她过于自尊要强的原因。彼时他们已经甚是亲密了，她大四几乎没课程，经常跟随他去异地约会，成了他出北京时最想带的行李。他们放松地出行，在飞机、火车上，像一对新婚的夫妻，带着共同的展望逃离原有的生活。某一个过于振作的夜晚，身体和心，水到渠成地重叠交汇了。钟泽望着那光滑的身体平静的面孔，好似搂着舍弃肉体的圣女。鲜血和眼泪中，他信誓旦旦说会一生爱她，争取日日陪伴她。她擦了眼泪在疼痛中笑笑，说，没必要如泣如诉的，别把事情弄复杂了。关键是心能不能在一起，不是人。乍一听还以为她是有夫之妇，他是单身少年呢！

钟泽曾经试图摸透她，不过后来放弃了。她似乎义无反顾地爱着他，却又好像对一切都无动于衷，伶牙俐齿嬉笑怒骂，却搞不清她真正在想些什么。

6

台里发了两张戏票，林翩翩邀戴安娜一起看话剧。其实组里有多余的票，林翩翩可以多要一张，叫冯铮也去的。她犹豫了一下，没有张口。

傍晚她们先到桃花岛吃了晚饭，酒足饭饱，朝剧场走去。是小剧场的票，不对号，去晚了位置不好。

"你妈挺想让你结婚的。"戴安娜走在左侧。

"你怎么知道的？再说中老年不都那样吗，你妈还想让你结呢！"

"错，我妈可不想让我结，我妈求爷爷告奶奶希望我和冯铮结束呢。我上次回老家去你家时候，你妈说的，说你一天就顾着事业，心总长不大。一和你提结婚的事，你就不哼不哈的。"

"我不想结婚，也没人想娶我。"林翩翩耸耸肩。

"别闹了。你现在大喊一声：我想结婚！有兴趣的排队！后边一准儿站一排。"

"会有排队的，可是，有几个是人呢？"

"那倒是。可是不能要求太高，干吗非嫁给人啊？有个禽兽先凑合着得了。天天寂寞深闺的，青春都死掉了。"戴安娜有些无奈地说。

"我有时候是想找一个，安慰安慰我妈。我爸去世这些年，她一个人怪不容易的，按说就这么一个小要求，真该满足她。"

"你那个钟泽呢？把他们家挑黄了，你嫁他不就得了。"

"他是口口声声说可以娶我，可那是他知道我没一门心思想嫁他，我要真箭在弦上了，他可能就改口了。你当婚姻是那么容易拆开的呢！吐故纳新总是困难重重的，一日夫妻百日恩。你跟冯铮还没结婚呢，他在外边扯，不是也没打算和你再见吗！而且，我还真没打算嫁他！我从跟他好那天就没动过那个心思。我是真喜欢他，他对我也算挺真诚的，有时候还千方百计想讨我高兴，但我总觉得我们还缺点什么，太严谨了，没激情。真的，哪怕有点你跟冯铮那些要死要活的，也行啊！"林翩翩左手搓着右手食指的戒指。

"你现在说得潇洒，好像你们互惠互利似的。到时候分手，照样血淋淋地疼。吃亏的是你，他拍屁股走了，回家老婆一搂，你呢？你就是卖火柴的小女孩，冻得你点燃所有火柴，看见他和妻儿其乐融融。火柴熄了，青春没了，就剩黯然失色的你了。"

"你这话够文艺的，有那么点意思！但请别把我说得那么可怜。我要到那分儿上了，我也拿把刀，去你们家自杀，弄你们家一墙血，不是B型，O型的。"

"你这是饮鸩止渴。"

"同学，您说的是饮鸠止渴吗？那字念鸩。要不然，您说的是引咎辞职？"

"哎呀，不就说错一个字吗！你明白就行了，跟我这文盲较什么劲。"

"得，我也是多余，我错了。咱到了。"林翩翩指着热闹的大门示意。

两人晃荡进了剧场，并不算昏暗的灯光中，林翩翩一眼看见坐在第二排的钟泽。他穿着粉色衬衫,正与旁边的女人交谈,没有看见她。直觉告诉林翩翩,钟泽旁边的女人是他的妻。那女人漆目朱唇面色白皙,穿着咖啡色真丝小礼服裙,歪着头听钟泽说话。这便是冤家路窄吧,那个昨夜与她相拥而眠的男人,携正牌娘子和美亮相,竟亮在她眼前。这是林翩翩第一次见到他妻子,那个和她分享一个男人的女子。她们是那么相似,白,瘦,过于黑的瞳仁,齐耳的中发,热衷小礼服裙。她的小手也是凉凉的吧,末梢循环也不大好吧?林翩翩好似那女人的青春版,那女人宛如林翩翩的未来。她们互为参照,像有着同样血统的姊妹,填满了一个男人的生活。

演员上场了,戴安娜盯着迫近的舞台,说妈的妈的,真近呀。这是她第一次看小剧场话剧。林翩翩配合地冲她笑笑,忍不住望向钟泽的方向。他们的背影也是和谐的,那宽窄、长短,放在一起那么合适,好像是为搭配对方而设计的。他们偶尔窃窃私语,林翩翩感觉每一句都是宣告相爱的誓言,耳朵也一定沉浸在甜蜜的歌谣里。他笑了,林翩翩看见他对她笑了。他侧过头,刻意地对她笑了。她仿佛听到搭配那笑容的声音:滴答滴答,像时钟带走年华。

"你们台再发票,还叫我啊!太搞了!"戴安娜边看边笑,抓住不笑的空隙说。

"好,下次两张都给你,你和冯铮来。"

"哎呀,看把你仁义的,这话我可记下了!"

林翩翩斜视一样望着固定的方向,偶尔跟着剧情笑一笑,好似被绑架来看戏的智障。她远远地望着他们,觉得自己像一只老鼠,寂寞又无话可说。这一切都是她知道的,甚至期望的。她知道他有家,期望他婚姻幸福,而当那份幸福劈头盖脸逼视着她,她又凄凄惨惨戚戚了。整个一出戏,她侦探一样盯着那伉俪情深的一对,甚至眼睛都不想眨。那两人水乳交融的默契,让她说不出什么滋味。她演了好多年的超脱和大气,忽然就有点演不下去了。

　　散场了，戴安娜意犹未尽地站起来，林翩翩怅然若失，好似想一直在暗处监视着那对夫妻。

　　"你怎么了，失魂落魄的？"戴安娜问。

　　"隐约看见一个女的，觉得她就是未来的我。你知道，别人很容易发现谁像谁，发现一个人像自己，不容易。"

　　"哪儿呢？哪儿呢？让我也开开眼。"戴安娜猴急地四处瞅着。

　　林翩翩刚想指向钟泽夫妇座椅的方向，却发现他们已然离开。那被她注视了两个小时的座位人去椅空，一片寂寥。她回身说了两句话，他们却在那时心满意足地离开了。甚至她唯一亲密过的男子——钟泽，在这并不宽敞的剧场里，没有感知到她的存在。这其实是正常的，他又没有特异功能，只是太不浪漫了。

　　"我找不到了，我的未来混进散场的人流了。"林翩翩有气无力地说。

　　"把我的好奇心撩拨起来了，她还跑了。"戴安娜好像受了多大委屈似的。

　　"走吧，她跑她的，过几年你就看见了。"

　　"那废话。到时候你是老了，可惜我也不是现在的我了。"

　　一钩新月几点疏星，剧场前人头攒动，人像移动的病菌，陡然扩散。林翩翩和戴安娜打不着车，于是沿街走着。

　　"你真的没什么？"戴安娜问。

　　"什么没什么？"

　　"我是说你看戏时心不在焉。"

　　"看的戏多了，有点麻木了。"林翩翩没有如实回答。

　　"别骗我了，你有心事。"

　　"说不清楚的，多小的故事，也是说来话长。总结一下：我忽然对钟泽有些爱恨交加。"林翩翩深呼了一口气。

"我对冯铮也是的。"戴安娜最擅长把与情感有关的话题转移到自己身上，然后自说自话。

"回我那儿得了，一天不给冯铮暖被窝，你不负疚吧？"

"你等会儿，我打个电话，提醒冯铮把洗衣机里的衣服捞出来晾了，我出来时没洗完呢。"

"麻烦您了，冯嫂。"

"你怎么就那么看不上我们家冯铮？"

"我恨他！他把一个新鲜的女土匪变成了一个懦弱的怨妇，我恨他！"

"也未必都是他吧。人都是越来越老，越来越老实！"

"唉，我们怎么就风雨兼程地老了？我想不通啊！"林翩翩若有所思。

戴安娜睡在里边，林翩翩大睁着双眼。她听着戴安娜均匀的呼吸，觉得冯铮应该挺幸福的，有个内心安稳的胖媳妇全心全意守着自己。那么，钟泽也是幸福的吧，昨天还夫妻不睦彻夜未归出来会情人，今天就和首席家眷言归于好举案齐眉双双看话剧。虽然可能忙了点，但好歹算兼顾得不错，游刃有余穿梭在东西两房之间。

很出乎意料的是，钟泽的妻竟是与自己相似的。她一直以为，她们定然背道而驰，像牡丹和雏菊，或者更甚，是草本和木本的大差异。她以为钟泽是厌倦了妻子的类型，才到婚外寻找刺激，却未料到，他是爱极了那一口，要的是补充。那么，他爱她吗？他把她林翩翩当独立的个体，还是当妻子的影子、青春版、替补队员？他说爱她的时候，是不是像一句双关语，爱林翩翩，爱这一类型，爱他的妻子。他的妻，以自己绝对的形象左右着他全部情感。轨出得这么保守，真是多此一举。他喜欢上她，简直都不能称作移情别恋。这更像是种变异的忠诚，即使出轨，也不敢或者说不舍得摆脱固有模式，煞费苦心地寻找妻子的类型！这听起来有些滑稽，仿佛一个守着自己果园的农人，冒着被抓的风险到村外偷吃了别家品种相同的果子。林翩翩忽然想起多年前电视广告上大力宣传的一种洗衣机，叫爱妻号，这名字给钟泽，挺合适。

盯着窗帘上细碎的花朵，林翩翩觉得自己仿佛其中一朵，挺好看，也挺可怜。三年来自得其乐的恋爱，一下子变味了，她发现自己不过是个无足轻重的配角，在钟泽灵魂出窍的时候短暂地站在舞台中央，像个省略号，六小点，可以不提。林翩翩越想越觉着对不住自己，没法向自己交代，吃了亏受了气，眼前一片漆黑，过去不堪回首，仿佛被连根拔起。

7

林翩翩穿着球鞋花短裤粗线毛衣去台里，反正录像要穿的衣服都借好了挂在柜子里，她穿什么上班无所谓。可是还是引起骚动了，摄像、灯光、编导、化妆都惊了，觉得她穿得这么轻松随意是吃错了药。他们眼里，林翩翩基本天天都穿着简洁修身的小礼服裙，颜色以白、灰、黑居多，忽然花里胡哨地随意起来，让人颇有些意外。

"我说，你是林翩翩吗？"化妆故做将信将疑状。

"如假包换。没脱胎换骨，只是改换个路线，咱也街头一把，运动一把。"林翩翩俏皮地笑笑。

"不错，比原来有活力。但是原来更精致。"

"谢谢啊！我这是天生丽质难自弃，什么路线都精彩。"林翩翩忽觉苦涩，竟为了将自己与钟泽的妻子区分开，换掉了钟爱的衣服。

录完节目已是下午。她打电话约钟泽吃晚饭，很有些不甘，想证明自己不是板凳队员。

两人约在烤肉店见面。钟泽先到，林翩翩大毛衣小短裤大墨镜地进来，钟泽眼前一亮。

"宝贝，今天怎么跟明星似的？"

"我本来就是明星，天天上电视还不是明星？"

"说你胖你还喘上了。"钟泽温柔地笑。

"好看吗？"

"好看，显得腿特长！"

"不是显得，是我腿本来就长。以前不爱这么露，是装低调呢！"

"平时也好看，收拾得像个小胸花似的，又美又精致！这样也好，衬你漫不经心的气质。"

"你喜欢小胸花那类型的吧？"

"喜欢，你怎么样我都喜欢。"

"你媳妇是小胸花吗？"

"你怎么想起问她了？"

"我问问怎么了？在她阴影下这么多年，你得允许我有点好奇心，打听打听。"

"她还真是那路子，喜欢收拾得一丝不乱的。"

"她长什么样啊？漂亮吗？"

"挺漂亮的。我媳妇差得了吗！"

"长得跟我像吗？"林翩翩忍不住问。

"你今天怎么了？十万个为什么，还都是关于她的。"

"我开始纠缠你了，你应该得意啊！快说，她和我像吗？"

"别说，你们还真有些相像。看着都精巧文静，爱打扮，但是不出格，很得体。"

林翩翩心想，钟泽倒是诚实，对她俩的相似直言不讳。

"那你有什么意思啊！非整得无独有偶的。家里家外，一株是枣树，另一株也是枣树。"

"你这么一说我才发现，我可能就喜欢你们这种外形的，干净整洁，看着舒服又有距离感。但是你俩性格不一样啊，她缺少你那种古灵精怪。你一生气了吧，还大喊大叫几声，她就会闷着不说话。她当年是个好姑娘，现在也是，但是有点乏味，处久了有点像隔夜茶。她只会浅笑，认识这么多年，没见她使劲笑过。你就不一样了，人前浅笑，人后有大笑的时候啊！"

"你这是夸我呢？意思是，我是个外表达到了你老婆水准，还比你老婆好玩儿的人。雏凤清于老凤声？"林翩翩听了钟泽的话，心里怪高兴的。

"差不多就是这意思。你比她小，但比她丰富，怎么接触都觉得有没开发的内容。"

"整半天你这是探险呢！由来只有新人笑，有谁听到旧人哭啊。家里开发得差不多了，开发到我这儿来了。我作为新太阳，正在你心中冉冉升起呢？"

"你今天不对劲儿啊，带着气来的吧？"

"没有。昨天去看话剧了——心一惊吧？不小心看到您老人家了。"林翩翩干脆说了，省得绕弯子。

"你也会吃醋啊！我太有成就感了，三年终于看到你为我动一回怒！"钟泽说得轻松，身子却还是抖了一下。

"思君令人老啊，我难免岁数越大越心理不平衡。"

"那我娶你吧。"

"你歇着吧！我还真是光脚的心疼穿鞋的，没想逼你就范，而且也有没伤害我大姐的意思。"

"谁？"

"你屋里头的。"

"其实我也真下不了那个狠心。那你……"

"你倒真是喜新不厌旧！我也不知道，随便那么一说，反正回头也不是岸了。觉得以前把爱情想得太散漫了，可能以后得改改。咱俩要是朝夕相处了，天天在一块儿，没几天我也成隔夜茶了，开发到最后照样没什么可开发。爱情就是新鲜水果，好吃，却容易腐烂。现在这样挺好，相见时难别亦难的。"

"不会的。我见识的女孩多了，像你这么看着天真烂漫，却把自己藏得那么深的，还真是头一个。你很率真，不虚伪，但又拒人千里之外，有很强的戒备。"

"我深刻吧？"

"你看，又开始打太极了。"

"那你让我说什么？难道解释解释我为什么如此深？"

"你要有这个兴趣，我不拒绝。"

"办不到的事情，我办不到。"

"昨天你是不是真嫉妒了？"

"说不清楚，有点酸楚。一直看着你们的方向，还真般配。觉得我对不起她，还觉得你对不起我。"

"我终于发现你也是普通人了。"钟泽倒露出了满意的笑容。

"原来你以为我特不凡？"

"搞不清楚，原来感觉你有礼仪没情谊，太独立。"

林翩翩沉默，把快烤煳的肉抢救下来，分到两人盘里。

"是不是有点恨嫁了？"钟泽倒像抓住什么把柄一样，不依不饶了。

"难道跟您老行到水穷处，最后落个孤家寡人？我昨天是有点一箭穿心了，但目前还不太舍得离开你，虽然知道最后是竹篮打水的事。"

"说得我有些伤感了。"

"别，恋爱三人行，很难皆大欢喜，道路曲折，前途也不光明。早晚是此情可待成追忆，你伤感的日子在后头呢。但也别未雨绸缪，现在左拥右抱的，多美，提前愁也没用。备不住我一直想不明白，就糊涂地陪着你呢。这都是说不准的事，暂时你还可以偷着乐。"

"行吧，怪姑娘。"

"有些时候，你让我难过。"

"我也是。想到你，忽然就有点……"

"知道你也不容易，属于多劳多得，赚个辛苦钱。两头立正，我和你媳妇好歹还经常稍息呢。"林翩翩有些嘲弄地看着钟泽。

"你这算体恤还是羞辱？"

林翩翩把身子向左倾，朝门口方向看去，面色狐疑："你别动，挡着我点，我好像看见个熟人。"

好像是冯铮。林翩翩看见一男一女牵手进店，男人貌似冯铮，女人与戴安娜相去甚远。她目送他们进门，左转，落座，见两人有说有笑。这两天是怎么了，怎么上哪儿都碰见不想碰的熟人呢！是冯铮吗？但愿不是吧。

"认识？"钟泽问。

"好像是我朋友的男朋友，但又似乎不是。"

"你可以过去看看，何必左摇右晃地看。"

"真相有什么好玩的！有时候我不想知道得太多。"

"我有时觉得，你看起来很清醒很勇敢深思熟虑，是因为你什么都怕，带着脆弱的凶猛。"

"被你说对了。我怕做错，怕承担沮丧，所以不作为。心里知道利害得失是很难比较出来的，不实践，再权衡也是傻。但还是下不了坑自己的决心，我什么后果都直面不了，随时可能崩溃。我很难把想法说给谁听，跟再亲近的人，我也觉得分享是可怕的。"

"跟我也不可以吗？"

"不可以，你甚至是一个背叛妻子的人。"林翩翩斩钉截铁。"不过，我还是很有些爱你的。"见钟泽沉默，林翩翩补充声明。

"掩耳盗铃好玩吗？"钟泽问。

"至少比直接堵枪眼好。我不想果敢，果敢都特悲壮。"

"可是人都是这么活的，无论是美国总统，还是街上要饭的，都要参与过程，面对结果。"

"十七岁以前，我以为只要疯狂礼赞真善美，就逃得开假恶丑，后来我发现这些都是配套的，哲学课说这叫相辅相成。你说的我都懂，但尽量走边上，不想参与太多。开始我跟你好，就是自我放逐。"

"你以为跟有妇之夫，又尽量保持道德，就把时间都消磨了？"钟泽有些泄气。

"当然还是先怦然了几下的，然后告诉自己别想太多。反正也不想结婚，就找个不能结婚的爱吧。"

"现在后悔了？"

"没。结婚可怕呀，朝朝暮暮，跟另外一个人统一思想统一行动，利益共同体，简直像两人一起被关进了笼子。但是我昨天看到你们俩，觉得不结婚就像一个人在游泳池中间站着，不着边际。"

"我太有负罪感了。从我对你一见钟情到现在，我总觉得应该替你的未来想，但是又很上瘾很自私，不想让你离开。你真的不想和我结婚吗？"钟泽皱着眉。

"不是不想跟你结，是不想结，和跟谁无关，至少现阶段是这样。"

"你知道现在多少年轻姑娘天天琢磨结婚的事，指望结婚改变命运！"

"我知道。我和她们想得差不多，没她们那么乐观而已，我也怕改变命运，我怕结婚坏了我的好命。我觉得结婚是把爱情小题大做了，又要有感而发，又要严守制度，难度比较大，时间长了容易精神分裂。本来滚烫的东西，慢慢就凉了，冷了，最后不是不了了之，就是同归于尽。跟着谁一起穿山越岭，未必有我自己原地不动安全。"

"我想说服你，但自私告诉我，你想通了，会离开我，所以我选择沉默。"

"与子相悦不难，与子偕老不简单，我暂时想不通。"

一轮轮关于爱情的谈话直至酒足饭饱，钟泽对林翩翩采访结束，依然觉得这个女孩是神秘的。有些人，无论相处多久，总戴着揭不开的面纱。

"宝贝，走吗？"话语绵密至相顾无言一会儿后，钟泽提议。

"回家撒谎别改地点，身上有烤肉味。不管说跟谁在一起，说吃烤肉了。"

"这样的心思，以前让我感动，现在有几分寒冷。"

"爱冷自己冷去，反正别改地点。"

两人出门，林翩翩忽然一怔。那辆属于冯铮的夏利低眉顺眼又确凿地停在门前。戴安娜喜欢的加菲猫靠垫、破损程度、牌号……那无疑是冯铮的破车。当年他看赌场时不顾戴安娜反对从朋友手里接手了这辆灰头土脸的小车，快两年了。林翩翩想着刚才饭店里他与那陌生女子的亲密，一股火从丹田烧到喉咙。她歇斯底里冲向那车，一脚脚地踢，好像球鞋短裤的打扮，特意为踢车而来。钟泽先是痴了般看着，眨了几下眼才上去拉。

"你别拽我，我踢死这个畜生！我踢死他！"林翩翩不解气地停下来，左右看着，忽然，她捡起一块砖头，朝前风挡砸去。说时迟那时快，玻璃在砖头的照顾下，呼啦啦裂开，从一个碎点，蔓延出蛛网状的裂纹。"我砸死你！王八蛋！"林翩翩踢也踢了砸也砸了，却依然鬼上身般气哼哼的。

钟泽看着她忽然发飙，只能莫名其妙地拉着拦着抱着，不知如何稀释她的疯狂。周围稀稀拉拉围了几个人，以为在欣赏一场家庭闹剧。

"翩翩！"冯铮吃惊地吐出两个字，大而鼓的眼睛越发突出，塞满有苦说不出的惊骇。

　　"车是我砸的。你跟别的女的拉手，我看见了。我认为你不是人。走了，回去好好吃吧。"林翩翩瞪着那张无言以对的死鱼脸，一瞬间，不想再多言，平静地转身走了。

　　钟泽惶惑地跟在她身后，不知这演的是哪出。他取了车，载上林翩翩，余光看了看她怒气刚消的脸，宽慰地拍了拍她的肩。她真是爆发力极强，发起狂来疾风劲草，挡也挡不住。

　　"我最好朋友的男朋友。"一路，林翩翩目视前方，气沉丹田，只说了这么一句。她眼前浮现出高一时的戴安娜，彼时她染了金头发，歪着脖子，对她恶语相向，像一只营养过剩的暴脾气鹦鹉。那只鹦鹉飞走了，飞向狭窄的隧道，羽毛掉在黑暗里，留下散乱的踪迹。

　　下车，她习惯地和钟泽吻别，勉强笑了笑才转身离去。

　　"翩儿，你把冯铮车砸了？"三个小时后，戴安娜出现在林翩翩门前。

　　"你来算账的，冯嫂？"林翩翩撇撇嘴，看着戴安娜。

　　"下次别那么冲动了，或者别砸那么狠。我们没什么钱。"说完，戴安娜抱着林翩翩哭了。

　　"你何必对那禽兽那么好，再与人相爱，我们也还是一个人。"

　　"我不想一个人，也不想承认以前选错了。"

　　"活着挺苦的，别总惦记着对别人负责。"

　　"也没必要对自己太负责，反正就一辈子，哪儿说哪儿了，没什么了不起的。"戴安娜呜咽着。

　　"我爸爸出车祸的时候，车里还有一个女人。她没死，也没来参加葬礼。妈妈大概知道，我不知道她是谁。"轻轻地说着，林翩翩也哭了。

夜色凄迷，林翩翩没有拉窗帘，月光射进来，混在灯光里。两个女孩都站着，谁也没有再说什么。

后记
有意思加正常

　　有一天，我一边吃晚饭，一边看《蜡笔小新》。那一集下雪了，小新和广志在院子里堆雪人。我忽然想到，我大概有二十年没堆过雪人了。最近一次堆雪人还是高三时和同学在校门口堆了一个，第二天不知道被谁给踢碎了。东北小孩每年冬天都会堆雪人，因为有大雪，有体育课。后来我来北京上大学，这边不太下东北那种鹅毛大雪，据说东北的雪也没我小时候那么大了，大雪变得越来越金贵。我在北京默默做一个成年人很久了。想完雪人，我忽然发现，二十年过去我还在看《蜡笔小新》。好像成长就是如此，很多事慢慢消失了，很多东西竟然还在。

　　就如同这本集子，里边一些小说是十几年前写的了，我自己都不太敢看，想不起来当时为什么要写那个故事。有些作品是写过创作谈的，但是创作谈都是被要求写的，我其实对自己的创作并没有什么想谈的。如同现在写这篇后记，我也不知道该说点什么。我以为人世间最难写的四样东西是：序、跋、创作谈、发言稿。它们既算不上作品，又要求不能太假，但有时候太真诚了好像也不太合适。如果非常真诚的话，这篇后记首先需要为任性忏悔。我觉得旧作应该敝帚自珍，旧作的亮相好像总能显露出过去的孱弱和肤浅，但是出于某种私心和自恋，又想收进这种总结性的集子里，回溯自己的成长。我由衷佩服那些烧掉旧作的人，但是我不想成为他。旧作就像一张张丑态百出的拍立得，虽然出糗，但那一闪而过的瞬间不会再来，自己看得出珍贵和可爱。

但我想我还保留了一些分寸，至少有一半是新作。毫无疑问，我还是喜欢新作多一些。《有意思的事多了》是最新的一篇，我很喜欢这个题目，它看起来喜气洋洋，透着欢愉和吉利。主人公是一个精力旺盛的裁缝汪姐，她风风火火，把命运攥在自己手心，相信有意思的事很多。我很羡慕以及想成为这样的人，我没有这么稳定的好情绪。我常常觉得生活没意思透了，过一段时间又意识到美妙的人和事依然很多，在臊眉耷眼和炯炯有神中反复切换。这一次我抓住了自己情绪的高点，乘势写了这篇小说。说起来有点好笑，写这篇小说的出发点是为了哄自己高兴——我希望借此鼓励自己，不要总是试图躺平，要相信有意思的事还有很多，做一个勇敢的人。

我喜欢有意思的人，有意思几乎是我判断大部分事物的标准。小说、电影、朋友，我都需要他们有意思。这大概也是我常看《蜡笔小新》的原因。我有时候真的不想理那些乏味的好人，他们是很好，可是和我有什么关系呢，我又不打算去占他们的便宜。

《骨肉》里我写了一个好人，一个给情敌养孩子的大好人，你可以占他便宜，但我确定他不乏味。我不是十分喜欢老实巴交的温情脉脉，我觉得很多深挚的情感其实埋伏在坚硬、淡定的日常里，这也是一种含蓄。所以我赋予这对没有血缘关系的父女某种属于他们自己的有点冷硬的表达方式，那种相依为命，除了温暖以外，应该多多少少有点别的什么。

我想写有意思的小说，想写一些像脱缰的野马一样的东西，疯疯癫癫，带着意料之外的刺激。这么说来，《你让我难过》之类当然不是。那时候我还非常年轻，对成人世界充满好奇，又极力掩饰，假装自己活得挺透彻。当年的我还在上学，并不确定写作这件事是短暂的兴趣还是长久的热情，处在能力和态度都有点可疑的阶段。但那时候我非常自信，虽然没有公开说过，但暗搓搓认定自己挺有才华。

从那时候开始，我和同龄的写作者一直被称为 80 后作家。年轻时曾对这个靠年龄段划分的代际颇有些不满，不理解怎么就和一堆人被归类到一起了，我一个这么有个性的人怎么能和前后几年的人不分青红皂白一块儿说呢？后来不满的事多了，这事就可以放一放了。而且 80 后奔赴中年，这个称呼就没有什么年龄歧视色彩了，当年觉得这是当权中老年不尊重年轻人的粗暴归类方式。还有，我发现我其实没什么个性，特别正常，特别适合和大伙放在一块儿说。

对，除了有意思，我对写作的要求还有正常。就是虽然活蹦乱跳，但神志清楚，并不歇斯底里。我不喜欢没边的故事，比疯，就是没有规则，没有规则降低了难度。有活力和疯了从来都是两码事。我也不想哽咽着写一些哭着喊着的事情，毕竟克制才比较尊贵。我希望可以写一些朴素平凡的事，那一切好像就是真的，符合日常的逻辑，在这个前提下，又有意思极了，透着健康的生机勃勃。